24 dagen

W0272313

Van dezelfde auteur

Bericht uit Parijs
Vlucht uit New York
Central Park

Bezoek onze internetsite www.awbruna.nl voor informatie over onze boeken, volg @AWBruna op Twitter of bezoek onze Facebook-pagina Facebook.com/AWBrunaUitgevers.

Guillaume Musso

24 dagen

A.W. Bruna Uitgevers

Oorspronkelijke titel
L'instant présent
Copyright © XO Éditions 2015. All rights reserved.
Vertaling
Maarten Meeuwes
Omslagbeeld
© iStock
Omslagontwerp
Wil Immink Design
© 2016 A.W. Bruna Uitgevers, Amsterdam

ISBN 978 90 449 8363 0
NUR 332

Dit boek is gedrukt op papier dat het keurmerk van de Forest Stewardship Council (FSC®) mag dragen. Bij dit papier is het zeker dat de productie niet tot bosvernietiging heeft geleid. Een flink deel van de grondstof is afkomstig uit bossen en plantages die worden beheerd volgens de regels van FSC. Van het andere deel van de grondstof is vastgesteld dat hiervoor geen houtkap in de laatste resten waardevol bos heeft plaatsgevonden. Daarom mag dit papier het FSC Mixed Sources label dragen. Voor dit boek is het FSC-gecertificeerde Munkenprint gebruikt. Dit papier is 100% chloor- en zwavelvrij gebleekt en wordt geleverd door Arctic Paper Munkedals AB, Zweden.

Behoudens de in of krachtens de Auteurswet van 1912 gestelde uitzonderingen mag niets uit deze uitgave worden verveelvoudigd, opgeslagen in een geautomatiseerd gegevensbestand, of openbaar gemaakt, in enige vorm of op enige wijze, hetzij elektronisch, mechanisch, door fotokopieën, opnamen of enige andere manier, zonder voorafgaande schriftelijke toestemming van de uitgever. Voor zover het maken van reprografische verveelvoudigingen uit deze uitgave is toegestaan op grond van artikel 16 h Auteurswet 1912 dient men de daarvoor wettelijk verschuldigde vergoedingen te voldoen aan Stichting Reprorecht (Postbus 3060, 2130 KB Hoofddorp, www.reprorecht.nl). Voor het overnemen van gedeelte(n) uit deze uitgave in bloemlezingen, readers en andere compilatiewerken (artikel 16 Auteurswet 1912) kan men zich wenden tot de Stichting PRO (Stichting Publicatie- en Reproductierechten Organisatie, Postbus 3060, 2130 KB Hoofddorp, www.cedar.nl/pro).

Voor mijn zoon

Voor mijn vader

Liefde heeft tanden
waarvan de wonden nooit genezen.

Stephen King

De geschiedenis van onze angsten

De geschiedenis van ons leven is de geschiedenis van onze angsten.

Pablo De Santis

1971

'Wees niet bang, Arthur. Springen! Ik vang je op.'

'Weet je... weet je het zeker, papa?'

Ik ben vijf jaar oud. Mijn benen bungelen over de rand van de bovenste matras van het stapelbed dat ik met mijn broer deel. Met opengespreide armen kijkt mijn vader mij met een vriendelijke blik aan.

'Vooruit dan, jongen!'

'Maar ik ben bang...'

'Ik vang je op, zeg ik toch. Je vertrouwt je vader toch wel?'

'Ja, maar...'

'Spring dan, kampioen!'

Nog enkele seconden wieg ik met mijn ronde hoofd heen en weer. Dan zet ik me met een brede glimlach af, de diepte in, klaar om mijn armen om de nek van mijn vader te slaan, van wie ik het meeste in de wereld houd.

Maar op het laatste moment doet mijn vader, Frank Costello, met opzet een stap achteruit en val ik languit op de grond. Ik val met mijn kaak en hoofd pijnlijk hard op de houten vloer. Versuft duurt het even voordat ik overeind kom. Mijn hoofd tolt en mijn jukbeen is gebroken. Voordat ik in tranen uitbarst, leert mijn vader mij een lesje dat ik nooit zal vergeten: 'In het leven moet je niemand vertrouwen. Heb je dat begrepen, Arthur?'

Ik kijk hem angstig aan.

'Niemand!' herhaalt hij met een mengeling van droefheid en woede jegens zichzelf. 'Zelfs je eigen vader niet.'

Deel een
24 Winds Lighthouse

Vuurtoren

Ik vraag me af wat het verleden voor ons in petto heeft.

Françoise Sagan

1

Boston
Voorjaar 1991

De eerste zaterdag in juni kwam mijn vader onverwachts klokslag tien uur 's morgens bij mij binnen. Hij had amandelcake en cannoli met citroen meegebracht, die zijn vrouw voor mij had gemaakt.

'Weet je, Arthur, we zouden samen de dag kunnen doorbrengen,' stelde hij voor, terwijl hij het espressoapparaat aanzette alsof hij thuis was.

Ik had hem sinds afgelopen kerst niet meer gezien. Tegen de keukentafel geleund, bekeek ik het spiegelbeeld van mijn gezicht in de verchroomde grillpan. Ongeschoren, ongekamd haar, holle ogen met wallen door het gebrek aan slaap en te veel *apple martini*. Ik droeg een oud Blue Öyster Cult-T-shirt, dat ik ooit tijdens mijn schooljaren had gekocht, en een verbleekte Bart Simpson-onderbroek. De vorige avond had ik na een dienst van achtenveertig uur met Veronika Jelenski, de aantrekkelijkste en minst onbesuisde verpleegster van het Massachusetts General Hospital, een paar glazen te veel gedronken in de Zanzi Bar.

De mooie Poolse had een deel van de nacht bij mij doorgebracht, maar gelukkig was ze twee uur geleden opgestapt en had ze haar zakje met wiet en sigarettenvloei meegenomen, wat me een lastige confrontatie bespaarde met mijn vader, een van de hoge omes op de afdeling Chirurgie in het ziekenhuis waarin we allebei werken.

'Een dubbele espresso, de beste shot om de dag mee te beginnen,' zei Frank Costello, terwijl hij een sterke kop koffie voor me neerzette.

Hij opende de ramen, om de kamer te luchten waarin een zware wietgeur hing, maar hij onthield zich van commentaar. Ik nam een hap van een stuk cake, terwijl ik hem vanuit mijn ooghoeken opnam. Hij was twee maanden geleden vijftig geworden, maar door zijn grijze haar en de diepe rimpels in zijn gezicht leek hij algauw tien of vijftien jaar ouder. Ondanks alles zag hij er goed uit. Hij had een regelmatig gevormd gezicht en azuurblauwe ogen, net als Paul Newman. Deze ochtend had hij zijn maatpak en lichte, op maat gemaakte schoenen verruild voor een oude, kaki pantalon en een versleten schipperstrui. Aan zijn voeten droeg hij zware werkschoenen van dik leer.

'Hengels en aas liggen in de pick-up,' zei hij, terwijl hij zijn espresso opdronk. 'Als we meteen weggaan, zijn we voor het middaguur bij de vuurtoren. We eten tussendoor wat, waarna we de hele middag op goudbrasem kunnen vissen. Als de vangst meezit, stoppen we op de terugweg bij het huis. Dan maken we de vis met tomaat, knoflook en olijfolie in folie klaar.'

Hij praatte met me alsof we elkaar de vorige dag nog hadden gesproken. Het klonk nogal geforceerd, maar niet echt onaangenaam. Terwijl ik kleine slokjes van mijn koffie nam, vroeg ik me af waar die plotselinge drang om de dag met mij door te brengen, vandaan kwam.

De afgelopen jaren hadden we vrijwel geen contact met elkaar gehad. Ik was bijna vijfentwintig jaar oud, ik was de jongste van twee jongens en een meisje. Met de welwillende instemming van mijn vader hadden mijn broer en zus het familiebedrijf overgenomen dat door mijn grootvader was gesticht – een bescheiden uitgeverij in Manhattan – en ze hadden het voldoende laten floreren om het hopelijk binnen enkele weken te kunnen verkopen aan een grote communicatiegroep.

Ik had me altijd buiten hun zaken gehouden. Ik maakte deel uit van de familie, maar vanuit de verte, een beetje als een kunstzinnige oom die in het buitenland was gaan wonen, maar die met alle plezier voor de maaltijd op Thanksgiving werd uitgenodigd. De waarheid was dat ik, zodra ik de kans had gekregen, zo ver mogelijk weg van Boston was gaan studeren: een *pre-med* in Duke, North Carolina, vier jaar medicijnenstudie in Berkeley en een jaar coassistentschap in Chicago. Ik was pas enkele maanden terug in Boston om er het tweede jaar van mijn specialisatie als eerstehulparts te doen. Ik werkte bijna tachtig uur per week, maar ik hield van het werk en de druk die het op me uitoefende. Ik hield van de mensen, ik hield van het werk op de Spoedeisende Hulp en ik genoot van de harde werkelijkheid. De rest van de tijd bracht ik door in de bars in North End, rookte ik hasj en dook ik het bed in met niet al te serieuze meisjes zoals Veronika Jelenski.

Lange tijd had mijn vader mijn manier van leven afgekeurd, maar ik had hem weinig kans gegeven het mij lastig te maken: ik had zelf mijn studie medicijnen gefinancierd, zonder hem ooit om een stuiver te vragen. Toen ik achttien was, had ik na de dood van mijn moeder de moed opgebracht het huis te verlaten en nooit meer iets van hem te verwachten. En die scheiding leek hem niet veel te hebben uitgemaakt. Hij was hertrouwd met een van zijn maîtresses, een charmante, intelligente vrouw die hem steunde. Twee of drie keer per jaar zocht ik hen op, waarmee iedereen tevreden leek te zijn.

Des te groter was mijn verbazing dus die ochtend. Als een duveltje-uit-een-doosje was mijn vader mijn leven binnengekomen en hij had me bij mijn mouw gepakt om me een weg van verzoening op te leiden die ik niet meer had verwacht.

'Goed, klinkt zo'n vistochtje verleidelijk of niet, verdomme,' drong Frank Costello aan, waarbij hij zijn irritatie over mijn zwijgzaamheid niet langer kon verbergen.

'Goed, papa. Gun me even de tijd om te douchen en me aan te kleden.'

Tevreden haalde hij een pakje sigaretten uit zijn zak en stak hij er een op met een oude, zilveren stormaansteker, waarmee ik hem altijd al had gezien.

Ik reageerde verbaasd. 'Ik dacht dat je was gestopt, na je keelkanker...'

Hij doorboorde me met een stalen blik. 'Ik wacht in de pick-up op je,' antwoordde hij, terwijl hij uit de stoel opstond en een grote, blauwe rookwolk uitblies.

2

De reis van Boston naar even ten oosten van Cape Cod duurde nog geen anderhalf uur. Het was een mooie ochtend aan het einde van de lente. De lucht was helder en stralend blauw, de zon scheen fel door de voorruit en wierp een verguld licht op de stofjes die boven het dashboard zweefden. Trouw aan zijn gewoontes verspilde mijn vader geen moeite aan het voeren van een gesprek. Maar de stilte was niet drukkend. In het weekend reed hij graag in zijn Chevrolet-pick-up en luisterde hij naar de *eight-tracks* in zijn autoradio: een met het beste van Sinatra, een concert van Dean Martin en een onbekend country-album dat The Everly Brothers tegen het einde van hun carrière hadden opgenomen. Op de achterruit zat een reclamesticker geplakt waarop de kandidatuur van Ted Kennedy voor de senaatsverkiezingen in 1970 werd gesteund. Zo nu en dan hing mijn vader graag de botte boer uit, maar hij was een van de bekendste chirurgen van Boston en hij was mede-eigenaar van een bedrijf dat enkele tientallen miljoenen dollars waard was. Zakelijk had iedereen die zich door zijn boerse uiterlijk had laten misleiden, er de prijs voor moeten betalen.

We waren de Sagamore Bridge gepasseerd en hadden nog een veertigtal kilometers doorgereden, voordat we stopten bij Sam's Seafood, om broodjes kreeftsalade met patat en bier te kopen.

Even na twaalf uur reed de pick-up het grindpad naar de noordpunt van Winchester Bay op.

Het was een woeste omgeving, ingeklemd tussen de oceaan en de rotsen, en er stond vrijwel altijd een harde wind. Daar stond, op een geïsoleerd liggend terrein, begrensd door de steile, rotsachtige kust, 24 Winds Lighthouse.

De oude vuurtoren bestond uit een geheel houten, achthoekig gebouw van ongeveer twaalf meter hoog. Hij stond naast een huis van witgeschilderde planken en een leistenen dak. Wanneer de zon scheen, was het een fijne vakantiewoning, maar zodra het bewolkt was, of de avond viel, veranderde het landschap van een zomerse prentbriefkaart in een donker, dromerig schilderij van Albert Pinkham Ryder. Het gebouw was al sinds drie generaties eigendom van de familie. Mijn grootvader, Sullivan Costello, had het in 1954 gekocht van een weduwe van een luchtvaartingenieur, die het zelf in 1947 had gekocht op een veiling van de Amerikaanse regering.

Dat jaar had de staat, bij gebrek aan financiële middelen, zich van honderden stukken onroerend goed ontdaan die geen strategische waarde voor het land hadden. Dat was het geval geweest met het 24 Winds Lighthouse, dat overbodig was geworden na de bouw van een moderne vuurtoren op de heuvel van Langford, vijftien kilometer naar het zuiden.

Trots op zijn aankoop was mijn grootvader begonnen de vuurtoren en het huis te moderniseren en er een luxueus tweede huis van te maken. Maar tijdens de werkzaamheden was hij aan het begin van de herfst van 1954 op een geheimzinnige manier verdwenen.

Zijn auto was voor het huis teruggevonden. Het dak van de Chevrolet Bel Air-cabrio had opengestaan en de sleutels hadden in het contactslot gezeten. Tijdens zijn middagpauze ging Sullivan altijd op de rotsen zitten eten. De conclusie was daarom al snel dat hij moest zijn verdronken. Hoewel de zee nooit zo hoog was gekomen dat die hem had kunnen wegspoelen, was mijn grootvader toch doodverklaard, verdronken aan de kust van Maine.

Ik had hem nooit gekend, maar ik had vaak de beschrijving gehoord van een originele en kleurrijke persoonlijkheid. Ik had als tweede naam zijn doopnaam geërfd en omdat mijn oudste broer het niet wilde hebben, had ik ook het horloge van Sullivan gekregen, een Cartier Tank Louis uit het begin van de jaren vijftig van de twintigste eeuw, met een rechthoekige kast en blauwe, metalen wijzers.

3

'Pak de papieren zak en het bier, dan gaan we in de zon zitten eten.'

Mijn vader sloeg het portier van de pick-up dicht. Ik zag dat hij onder zijn arm de versleten, leren schooltas had geklemd, die hij ter gelegenheid van een van hun trouwdagen van mijn moeder had gekregen toen ik nog klein was.

Ik zette de koeltas op een houten tafel bij de gemetselde barbecue, die een tiental meters van de ingang van het huis stond. Al twee decennia lang weerstonden de tuinmeubels en de twee Adirondack-stoelen op de een of andere manier alle weersinvloeden. De zon stond hoog aan de hemel, maar de lucht was fris. Ik trok de ritssluiting van mijn jack omhoog, voordat ik de broodjes kreeftsalade uitpakte. Mijn vader haalde een Zwitsers mes uit zijn zak en opende twee flesjes Budweiser, waarna hij op een van de stoelen van rood cederhout ging zitten.

'Op jou,' zei hij, terwijl hij me een flesje gaf.

Ik pakte het aan en ging naast hem zitten. Terwijl ik een eerste slok bier nam, zag ik een verontrustende fonkeling in mijn vaders ogen. De stilte duurde voort. Hij nam slechts enkele happen van zijn brood en stak toen snel weer een sigaret op. De spanning was voelbaar en op dat moment begreep ik dat hij me niet hierheen had meegenomen voor een rustige middag als vader en zoon, en dat van vissen, noch van stoere praat, noch van op zijn Italiaans bereide, beboterde geroosterde vis iets zou komen.

'Ik wil je iets belangrijks vertellen,' zei hij, terwijl hij zijn tas opende en er enkele in kartonnen mappen opgeborgen papieren uithaalde.

Op elke map zag ik het bescheiden logo van het advocatenkantoor Wexler & Delamico, dat de belangen van de familie al tientallen jaren behartigde.

Hij nam een grote trek van zijn sigaret, voordat hij vervolgde: 'Ik heb besloten orde op zaken te stellen voordat ik vertrek.'

'Vertrekken waarheen?'

Zijn onderlip vertrok tot een grijns. Ik daagde hem verder uit: 'Bedoel je, voordat je doodgaat?'

'Precies. Maar steek de vlag nog maar niet uit: het gebeurt niet vandaag of morgen, al nadert het moment wel.'

Hij kneep zijn ogen samen, probeerde mijn blik te vangen en zei toen met een kalme stem: 'Het spijt me, Arthur, maar je krijgt geen cent van de verkoop van het bedrijf. En geen cent van mijn levensverzekeringen of vastgoed.'

Ik kon mijn verbazing nauwelijks verbergen, maar ondanks al mijn gevoelens, was ik eerder verrast dan kwaad. 'Als je me hierheen hebt laten komen om me dat te zeggen, had je er niet zoveel moeite voor hoeven doen. Je geld interesseert me niet, dat weet je toch...'

Hij knikte met zijn hoofd naar de kartonnen dossiermappen die op tafel lagen, alsof hij geen woord had gehoord van wat ik zo-even had gezegd. 'Ik heb juridisch laten vastleggen dat mijn hele nalatenschap naar je broer en zus gaat.'

Ik klemde mijn handen samen. Wat speelde hij voor pervers spelletje? Dat mijn vader mij onterfde was al erg genoeg, maar waarom maakte hij het me op zo'n omslachtige manier duidelijk?

Hij nam nog een trek van zijn sigaret. 'Het enige wat je erft...'

Hij trapte de peuk met zijn hak uit en wachtte even voordat hij zijn zin afmaakte. Zijn manier om een soort spanning op te bouwen, wat ik ziekelijk vond.

'Het enige wat je erft, zal 24 Winds Lighthouse zijn,' zei hij, terwijl hij naar het terrein wees. 'De grond, het huis, de vuurtoren...'

Een windvlaag deed een stofwolk opwaaien. Ik was zo verbaasd, dat het enkele seconden duurde voordat ik reageerde. 'Wat moet ik met dat krot?'

Toen hij zijn mond opende om het me uit te leggen, barstte hij in een verontrustende hoestbui los. Ik zag hoe hij zich de longen uit zijn lijf hoestte en ik had er bijna spijt van dat ik met hem mee hierheen was gegaan.

'Het is graag of niet, Arthur,' waarschuwde hij me toen hij weer lucht had. 'Als je mijn erfenis accepteert, is dat onder twee voorwaarden. Twee voorwaarden waarover niet valt te onderhandelen.'

Ik deed alsof ik wilde opstaan, toen hij vervolgde: 'Om te beginnen moet je beloven dat je het onroerend goed nooit zult verkopen. Hoor je me? Nooit! De vuurtoren moet in de familie blijven. Voor altijd.'

Ik raakte geërgerd. 'En de tweede voorwaarde?'

Hij wreef langdurig in zijn ogen en slaakte een diepe zucht. 'Kom mee,' zei hij, terwijl hij opstond.

Met tegenzin ging ik achter hem aan. Hij nam me mee naar de oude woning van de vuurtorenwachter. Dat was een klein, rustiek aandoend, muf ruikend huis. Aan de muren hingen visnetten, een gelakt, houten scheepsroer en allerlei schilderijtjes van lokale kunstenaars, die het landschap in de omgeving moesten voorstellen. Op de schoorsteenmantel stonden een olielamp en een klein zeilschip in een fles.

Mijn vader opende de deur naar de gang – een gang van een tiental meters lang met een lambrisering van gelakt hout, die van het huisje naar de vuurtoren liep – maar in plaats van de trap naar de top van de toren te nemen, tilde hij een houten luik op, waaronder de toegang tot de kelder lag.

'Kom mee,' zei hij, en hij pakte een zaklantaarn uit zijn tas.

Gebukt ging ik achter hem aan een krakende trap af en kwam ik uit in een ondergrondse kamer.

Toen hij het licht aandeed, zag ik een rechthoekige ruimte met een laag plafond en muren van rode baksteen. Alles was bedekt met spinrag en in een hoek lagen houten tonnen en kisten, al sinds mensenheugenis bedekt met stof. Aan het plafond hing een rondlopend netwerk van ouderwetse buizen. Ondanks het feit dat het ons verboden was, herinnerde ik me heel goed dat ik, toen ik klein was, hier eens met mijn broer was wezen kijken. Onze vader had ons toen zo erg gestraft, dat we het nooit meer gewaagd hebben.

'Wat ben je allemaal van plan, pap?'

In plaats van te antwoorden, haalde hij een wit krijtje uit de borstzak van zijn overhemd en tekende een groot kruis op de muur. Hij wees er met zijn vinger naar. 'Hier bevindt zich achter de bakstenen een ijzeren deur.'

'Een deur?'

'Een doorgang die ik dertig jaar geleden heb dichtgemetseld.'

Ik fronste mijn voorhoofd. 'Een doorgang waarheen?'

Mijn vader negeerde de vraag en barstte opnieuw in een hoestbui uit.

'Dat is de tweede voorwaarde, Arthur,' zei hij toen hij weer op adem was gekomen. 'Je mag nooit proberen die doorgang open te breken.'

Even dacht ik echt dat hij seniel was geworden. Ik wilde hem nog meer vragen, maar hij deed het licht al uit en liep weg uit de kelder.

De erfenis

Het verleden is onvoorspelbaar.

Jean Grosjean

1

De zeelucht die van de oceaan opsteeg, werkte zowel verkwikkend als afstompend.

We bevonden ons weer in de tuin en zaten tegenover elkaar aan de houten tafel.

Mijn vader gaf me een oude vulpen van glanzend metaal. 'Je weet nu aan welke afspraken je je zult moeten houden, Arthur. Alles staat in dit contract. Je bent vrij het te weigeren of ermee akkoord te gaan. Ik geef je vijf minuten om een besluit te nemen en de papieren te tekenen.'

Hij had een nieuw flesje bier opengetrokken en wachtte kennelijk onaangedaan af.

Ik nam hem lange tijd op. Ik had hem nooit kunnen plaatsen of begrijpen, ik had nooit kunnen ontdekken hoe hij nou echt over me dacht. Maar jarenlang had ik geprobeerd, ondanks alles, van hem te houden.

Frank Costello was niet mijn biologische vader. Hoewel we het er nooit over hadden gehad, wisten we het allebei. Hij wist het zeer waarschijnlijk al lang voordat ik was geboren. Ik sinds het begin van mijn puberteit. De dag na mijn veertiende verjaardag bekende mijn moeder mij dat ze in de herfst van 1965 enkele maanden een relatie had gehad met de man die in die tijd onze familiearts was. Deze man, ene Adrien Langlois, was kort na mijn geboorte naar Quebec vertrokken. Ik had stoïcijns op het nieuws gereageerd. Deze openbaring was bijna een opluchting voor me geweest en verklaarde het soms duistere gedrag van mijn vader jegens mij.

Het kan vreemd lijken, maar ik heb nooit geprobeerd mijn verwekker te vinden. Ik had de informatie in een hoekje van mijn hoofd opgeborgen en het langzaam laten vervagen, tot ik het bijna was vergeten. Een gezin wordt niet door bloedbanden bepaald en in mijn hart was ik een Costello, geen Langlois.

'Goed, heb je een besluit genomen, Arthur?' riep hij. 'Wil je dit hok hebben, of niet?'

Ik knikte. Ik wilde maar één ding: zo snel mogelijk een einde maken aan deze maskerade en terug naar Boston gaan. Ik trok de dop van de vulpen, maar op het moment dat ik mijn handtekening onder aan de papieren wilde zetten, probeerde ik het nog een laatste keer ter sprake te brengen. 'Wil je me er echt niet meer over vertellen, papa?'

'Ik heb je alles verteld wat je moet weten,' zei hij zenuwachtig.

Ik bleef hem aankijken. 'Nee, je bent niet gek, je weet heel goed dat hier niets van klopt.'

'Ik probeer je te beschermen!'

De woorden knalden eruit. Intrigerend, onverwacht en volkomen oprecht.

Met mijn wijd opengesperde ogen zag ik dat zijn handen trilden. 'Me waartegen beschermen?'

Om tot rust te komen, stak hij nog een sigaret op, waarna hij ergens aan leek toe te geven. 'Goed, ik moet je iets bekennen,' zei hij op vertrouwelijke toon. 'Iets waarover ik nog nooit met iemand heb gesproken.'

Er volgde een stilte die bijna een minuut aanhield. Ik haalde ook een sigaret uit zijn pakje, om hem de tijd te gunnen zijn herinneringen op te halen.

'In december 1958 ben ik, vier jaar na zijn verdwijning, door mijn vader gebeld.'

'Dat meen je niet.'

Hij nam zenuwachtig nog een grote trek van zijn sigaret en gooide de peuk in het grind. 'Hij zei dat hij in New York was en dat hij me zo snel mogelijk wilde ontmoeten. Hij vroeg me niemand over zijn telefoontje te vertellen, en we hebben voor de volgende dag een afspraak gemaakt in een bar op het vliegveld JFK.'

Koortsachtig klemde hij zijn knoestige vingers samen. Terwijl hij verder praatte, zag ik hoe zijn nagels in zijn vlees drongen. 'Ik heb de trein naar het vliegveld genomen. Ik zal het nooit vergeten. Het was de zaterdag voor kerst. Het sneeuwde. Veel vluchten waren vertraagd of geannuleerd. Mijn vader zat aan een tafeltje achter een martini op me te wachten. Hij zag er moe uit en was lijkbleek. We hebben elkaar omarmd en voor het eerst zag ik hem huilen.'

'Wat is er daarna gebeurd?'

'Hij begon met te zeggen dat hij een vlucht moest halen en niet veel tijd had. Toen legde hij me uit dat hij ons had verlaten omdat hij geen andere keus had gehad. Zonder er verder over uit te weiden, vertrouwde hij me toe dat hij grote problemen had. Ik vroeg hem hoe ik hem zou kunnen helpen, maar hij antwoordde dat hij de ellende aan zichzelf te danken had en dat hij zelf een manier moest vinden zich eruit te redden.'

Ik was verbijsterd. 'En toen?'

'Hij liet me enkele dingen zweren. Ik mocht niemand laten weten dat hij nog leefde, ik mocht nooit 24 Winds Lighthouse verkopen, ik mocht nooit de ijzeren deur in de kelder van de vuurtoren openen en ik moest hem onmiddellijk dichtmetselen. Natuurlijk ontweek hij al mijn vragen. Ik wilde weten wanneer ik hem zou terugzien. Hij legde zijn hand op mijn schouder en zei: "Misschien morgen, misschien nooit meer." Hij verbood me te huilen en zei dat ik sterk moest zijn en me als een waar gezinshoofd moest gedragen, wanneer hij er niet meer was. Na een minuut of vijf stond hij op en dronk zijn martini leeg. Toen zei hij dat ik moest gaan en zijn raad niet mocht vergeten. "Het is een kwestie van leven of dood, Frank," waren zijn laatste woorden.'

Stomverbaasd door deze late bekentenis, vroeg ik: 'En wat heb je toen gedaan?'

'Ik heb zijn raad naar de letter opgevolgd. Ik ben teruggegaan naar Boston, diezelfde avond ben ik naar de vuurtoren gegaan en heb ik die bakstenen muur in de kelder gemetseld.'

'En je hebt de deur nooit geopend?'

'Nooit.'

Ik zweeg enige tijd.

'Ik kan niet geloven dat je er nooit meer over wilde weten.'

Hij spreidde zijn armen in een gebaar van onmacht uit. 'Ik had het beloofd, Arthur... Bovendien, als je het mij vraagt, tref je alleen maar een hoop ellende achter die deur aan.'

'Waar denk je aan?'

'Ik zou er alles voor overhebben om het te weten, maar ik hou me tot aan mijn dood aan mijn belofte.'

Ik nam er de tijd voor na te denken en vroeg toen: 'Wacht, ik begrijp iets niet. In de herfst van 1954, toen Sullivan plotseling was verdwenen, is de vuurtoren toch doorzocht?'

'Ja, van boven tot onder. Eerst je grootmoeder, toen ik, en daarna nog de districtssheriff en zijn adjudant.'

'Dus toen heb je de deur opengemaakt.'

'Ja. Ik herinner me heel goed een lege kamer van hooguit tien vierkante meter met een vloer van aangestampte aarde.'

'Was er geen luik of een verborgen doorgang?'

'Nee, niets. Dat zou ik hebben gezien.'

Ik krabde op mijn hoofd. Ik begreep er niets van. 'Wees nou eens reëel,' zei ik. 'Wat zouden we er in het ergste geval kunnen vinden? Een lijk? Meerdere lijken?'

'Daar heb ik natuurlijk ook aan gedacht...'

'In elk geval, ook al zou het om moord gaan, wanneer je de deur in 1958 hebt dichtgemetseld, is die allang verjaard.'

Frank zweeg enkele seconden en sprak toen met een matte stem: 'Ik denk dat er wat achter die deur ligt, veel erger is dan een lijk.'

2

De hemel was zwart geworden. De donder rommelde. Enkele druppels spatten op de juridische papieren. Ik pakte de pen, zette een paraaf op alle vellen en ondertekende de laatste pagina.

'Ik denk dat het vissen niet meer doorgaat,' zei mijn vader, terwijl hij schuilde voor de regen. 'Zal ik je terug naar huis brengen?'

'Ik ben al thuis,' zei ik, en ik gaf hem de kopie van het ondertekende contract.

Hij lachte zenuwachtig en borg de papieren in zijn tas op. Zwijgend liep ik achter hem aan naar de pick-up. Hij stapte achter het stuur en stak de sleutel in het contactslot, maar voordat hij de motor startte, tikte ik op het raam. 'Waarom vraag je dit aan míj? Ik ben niet de oudste van de familie. Ik ben niet degene met wie je het best kunt opschieten. Dus, waarom ik?'

Hij haalde zijn schouders op en wist niet wat hij moest antwoorden.

'Je wilt me tegen de anderen beschermen, niet? Tegen je echte kinderen.'

'Ik ben niet gek!' zei hij kwaad. Hij haalde diep adem. 'Om te beginnen haatte ik je moeder omdat ze me heeft bedrogen,' gaf hij toe. 'Toen haatte ik jou, ja, want je bestaan herinnerde me elke dag aan dat bedrog. Maar in de loop der jaren haatte ik alleen nog mezelf...'

Hij knikte met zijn hoofd in de richting van de vuurtoren, die tegen de regen afstak, en verhief zijn stem, om boven het lawaai van het naderende onweer uit te komen. 'De waarheid is dat dat mysterie al dertig jaar een obsessie voor me is. En ik denk dat jij de enige persoon bent die het zal kunnen oplossen.'

'Hoe moet ik dat doen zonder die deur open te maken?'

'Dat is nu jouw probleem,' zei hij, terwijl hij de motor startte.

Hij trapte het gaspedaal in en reed met een schok weg. Het grind kraakte onder zijn wielen en de pick-up was binnen enkele tellen verdwenen, alsof hij was opgeslokt door het onweer.

3

Ik rende naar het huis om te schuilen.

Ik zocht in de salon en daarna in de keuken naar een restje whisky of wodka. Zonder resultaat, er was geen druppel alcohol te vinden in deze vervloekte vuurtoren. In een kast vond ik een oud espressoapparaat en een restje gemalen koffie. Ik zette het water op, deed het maalsel in een filter en bereidde me voor op een grote kop met een brouwsel dat me hopelijk wat zou oppeppen. Binnen enkele minuten hing er een heerlijke geur in de kamer. De espresso was bitter en zonder schuim, maar ik knapte er wel van op. Ik bleef in de keuken bij het aanrecht van wit hout staan. Minstens een uur lang, terwijl het steeds harder ging regenen, bestudeerde ik aandachtig de juridische documenten die mijn vader had achtergelaten. Uit de fotokopieën van de verschillende verkoopaktes kon ik de geschiedenis van het gebouw achterhalen.

De vuurtoren was in 1852 gebouwd. In het begin bestond hij uit een klein, stenen huis waarop een kleine koepel was gebouwd, waarin een lantaarn stond die uit een tiental olielampen bestond, die algauw door een fresnellens werd vervangen. In de negentiende eeuw werd het gebouw door een aardverschuiving en brand getroffen. Het huidige bouwsel – de houten toren met het huis ertegenaan – stamde uit 1899, en tien jaar later was er een modernere kerosinelamp in de vuurtoren geplaatst. Elektriciteit was er in 1925 gekomen.

In 1947 besloot de Amerikaanse regering dat de vuurtoren geen strategische waarde meer had en had zij hem van de hand gedaan tijdens een veiling waarop ook verscheidene andere oude, militaire gebouwen waren aangeboden.

Volgens de papieren die voor me lagen, heette de eerste eigenaar Marko Horowitz, in 1906 in Brooklyn geboren en in 1949 overleden. Zijn weduwe, Martha, in 1920 geboren, had de vuurtoren in 1954 aan mijn grootvader, Sullivan Costello, verkocht.

Ik rekende het in gedachten na: die Martha was nu 71 jaar oud. De kans was groot dat ze nog in leven was. Ik pakte een pen van het aanrecht en onderstreepte het adres dat ze indertijd had opgegeven: Preston Drive 26 in Tallahassee, Florida. Ik pakte de telefoon, die aan de muur hing, en belde inlichtingen. Er woonde geen Martha Horowitz meer in Tallahassee, maar de telefoniste vond ene Abigael Horowitz in dezelfde stad. Ik vroeg haar me met dat nummer door te verbinden.

Abigael nam op. Ik stelde me voor en vertelde waarom ik belde. Ze zei dat ze de dochter van Marko en Martha Horowitz was. Haar moeder leefde nog, maar na 1954 was ze twee keer hertrouwd. Ze gebruikte nu de naam van haar huidige man en woonde in Californië. Toen ik Abigael vroeg of ze zich 24 Winds Lighthouse nog herinnerde, barstte ze uit: 'Natuurlijk, ik was twaalf jaar oud toen mijn vader verdween!'

Verdween... Met gefronst voorhoofd bekeek ik de papieren nog eens. 'Volgens de verkoopakte die ik hier voor me heb liggen, is uw vader in 1949 overleden. Klopt dat?'

'Mijn vader is op die datum doodverklaard, maar hij is twee jaar eerder al verdwenen.'

'Hoezo, verdwenen?'

'Het was eind 1947, drie maanden nadat hij de vuurtoren en het huisje had gekocht. Papa en mama genoten van de omgeving en wilden er ons vakantiehuis van maken. We woonden toen in Albany. Op een zaterdagmiddag werd mijn vader gebeld door de sheriff van het district Barnstable om hem te waarschuwen dat de voorgaande nacht een boom op zijn terrein door de bliksem was getroffen en op een elektriciteitsleiding terecht was gekomen. Volgens de politieagent had het onweer ook het leistenen dak van het huis beschadigd. Mijn vader is in de auto gestapt en naar 24 Winds Lighthouse gereden om de schade op te nemen. Hij is nooit teruggekomen.'

'Wat bedoelt u daarmee?'

'Twee dagen later is zijn Oldsmobile voor het gebouwtje teruggevonden, maar van papa geen spoor. De politie heeft de hele omgeving met zaklantaarns uitgekamd, zonder enige aanwijzing te vinden waarom hij zou zijn verdwenen. Mijn moeder heeft altijd hoop gehouden en bleef wachten. Dagen, weken, maanden... Tot een rechter begin 1949 mijn vader officieel doodverklaarde om zijn nalatenschap te kunnen regelen.'

Ik viel van de ene verbazing in de andere. Hier had ik nooit iets over gehoord. 'Heeft uw moeder vijf jaar gewacht voordat ze de vuurtoren te koop aanbood?'

'Mijn moeder wilde niets meer over het huis horen. Ze had er geen enkele belangstelling meer voor, tot ze geld nodig had. Toen heeft ze de verkoop in handen van een makelaar in New York gegeven, met het verzoek dat hij het in geen geval aan mensen in de omgeving mocht aanbieden. Die wisten allemaal van de verdwijning van mijn vader af en zouden nu zeggen dat de vuurtoren ongeluk bracht...'

'En sindsdien hebt u nooit meer iets van uw vader gehoord?'

'Nooit meer,' beaamde ze.

Tot ze zichzelf verbeterde: 'Op één keer na.'

Ik zweeg om haar de kans te geven door te gaan.

'In september 1954 vond er in New York een ernstig treinongeluk plaats tussen de stations Richmond Hill en Jamaica. Het was een bloedbad: in het spitsuur was een overvolle trein in volle vaart tegen een andere trein gebotst, die net het station binnenreed. Bij het ongeluk zijn ruim negentig doden gevallen en bijna vierhonderd gewonden. Het was een van de ergste treinongelukken ooit.'

'Ik heb erover gehoord. Maar wat had dat met uw vader te maken?'

'In een van de wagons zat een van zijn collega's. Hij was gewond geraakt, maar hij heeft het overleefd. Na de ramp is hij verscheidene keren bij mijn moeder geweest en hij zei dat mijn vader zich in dezelfde wagon bevond en bij het ongeluk was omgekomen.'

Terwijl ze praatte, maakte ik snel aantekeningen. De overeenkomst met wat er met mijn grootvader was gebeurd, was schokkend.

'Ze hebben het lichaam van mijn vader natuurlijk nooit in de trein gevonden, maar ik was toen nog een puber en de beweringen van die man hadden me flink van streek gemaakt. Hij geloofde heilig in wat hij vertelde.'

Toen Abigael klaar was met haar verhaal, bedankte ik haar voor de informatie.

Toen ik ophing, dacht ik aan haar vader en mijn grootvader: twee mannen die door het binnenste van de vuurtoren waren opgeslokt, met enkele jaren verschil getroffen door het ongeluk dat deze plek bracht.

Een plek waarvan ik nu de enige eigenaar was.

De vierentwintig winden

Daar was de zon stervend in de afgrond.

Victor Hugo

1

Het bloed stolde in mijn aderen.

Met de mouw van mijn trui veegde ik de condens van de ramen. Het was pas vier uur 's middags en al bijna donker. Vanuit een duistere lucht geselde de regen onophoudelijk de tegels. De wind gierde. Zijn kracht trof alles: de bomen bogen om, de elektriciteitskabels wiegden in de lucht en de ramen rammelden in hun sponningen. De metalen constructie van de schommel kraakte, een klaaglijk geluid als het schelle krijsen van een huilend kind.

Ik wilde warm worden. Er lagen aanmaakhout en houtblokken bij de haard. Ik maakte vuur en zette nog een kop koffie. Ik verbaasde me nog steeds over de recente onthullingen. Mijn grootvader was kennelijk niet tussen de rotsen van Maine verdronken. Hij had zijn vrouw en kind verlaten om aan hen te ontsnappen. Maar om welke reden? Zeker, iedereen kan worden getroffen door een vlaag van waanzin of de bliksem, maar deze gebeurtenis paste geheel niet in het beeld dat mij altijd was voorgehouden van de persoon Sullivan Costello.

Hij was de zoon van een Ierse immigrant, een harde werker die in het zweet zijns aanschijns zijn deel van de Amerikaanse droom had verdiend. Waarom was hij op een herfstdag in rook opgegaan, had hij plotseling met alles gebroken wat hij in zijn leven had opgebouwd? Welke vreselijke, onmogelijke geheimen had hij verborgen gehouden in de duistere hoeken van zijn ziel? Wat had hij gedaan tussen de herfst van 1954 en het einde van het jaar 1958? En vooral: was er nog een kans dat hij nu nog leefde?

Plotseling leek het me logisch dat deze vragen niet onbeantwoord konden blijven.

2

Ik trotseerde de regen om naar de schuur te gaan die tegen het huisje stond. Toen ik de deur openduwde, zag ik tussen de versleten en verroeste gereedschappen een gloednieuwe moker liggen waarop nog het etiket zat van de doe-het-zelfketen Home Depot. Het was een Duits model met een grove, houten steel en een metalen kop die was gegoten uit een speciale legering van koper en beryllium. Die moest mijn vader kortgeleden hebben gekocht. Heel kortgeleden zelfs... Ongetwijfeld voor mij.

Ik voelde de kaken van de val zich al sluiten.

Zonder erbij na te denken, pakte ik de moker, een oude beitel en een slagboor, die er ook lagen. Ik ging de schuur uit, het huis in en de gang door. Het luik naar de kelder stond nog open. Met mijn gereedschap daalde ik de trap af en daar deed ik het licht aan.

Ik kon nog terug. Ik kon een taxi bellen om me naar het station te laten brengen om vervolgens met de trein terug naar Boston te gaan. Ik kon een makelaar vragen 24 Winds Lighthouse te huur aan te bieden. 's Zomers brachten dit soort woningen in New England duizenden dollars per maand op. Zo kon ik me verzekeren van een vast inkomen en er rustig van leven.

Maar wat voor leven?

Buiten mijn werk was mijn bestaan leeg en zonder enige betekenis. Zonder banden. Zonder iemand om van te houden.

Ik knipperde met mijn ogen. Een beeld uit het verleden schoot voorbij. Ik ben vijf jaar oud. Ik heb mijn blonde hoofd opgeheven naar mijn vader, die me zo-even op de houten vloer van mijn slaapkamer heeft laten vallen. Ik ben verstijfd van angst.

'In het leven moet je niemand vertrouwen. Heb je dat begrepen, Arthur? Niemand! Zelfs je eigen vader niet.'

Dit was een giftige erfenis, een valstrik die Frank voor me had opgezet. Mijn vader had de moed niet gehad zelf de deur te openen. Een oude belofte te breken. Maar voordat hij stierf, wilde hij dat iemand anders dat in zijn plaats zou doen.

En die iemand was ik.

3

Ik veegde de zweetdruppels van mijn voorhoofd. In deze ruimte van het huis was het drukkend warm. Er was weinig lucht en de atmosfeer was er verstikkend, als in de machinekamer van een schip.

Ik stroopte mijn mouwen op en tilde de moker met beide handen omhoog. Ik hield hem boven mijn hoofd om zo hard mogelijk te kunnen uithalen. Toen richtte ik de kop van de moker op het midden van het kruis.

Met samengeknepen ogen, tegen de steensplinters en het stof, haalde ik een tweede en een derde keer uit.

Bij de vierde keer haalde ik nog verder uit met de moker. Toen ging het mis: ik sloeg twee buizen die langs het plafond liepen kapot. IJskoud water spoot over me heen, voordat ik de kans kreeg de watermeterkast te openen en de waterkraan dicht te draaien, waarna de zondvloed stopte.

Verdomme!

Ik was drijfnat, van top tot teen. Het water was ijskoud en geelachtig, en rook bedorven. Ik trok meteen mijn hemd en broek uit. Het zou verstandiger zijn geweest naar boven te gaan en me om te kleden, maar het was warm in de ruimte en ik wilde weten wat zich achter die deur verborg. Dus ging ik verder.

Met ontbloot bovenlichaam en in een onderbroek met roze stippen sloeg ik kwaad de rode baksteen kapot. De woorden van mijn vader galmden na in mijn hoofd: ik denk dat wat achter die deur ligt, veel erger is dan een lijk.

Na een tiental klappen voelde ik een metalen oppervlak achter de muur. Een kwartier later had ik de hele opening vrijgemaakt en was er een smalle, lage deur te zien van roestig gietijzer. Met mijn onderarm veegde ik het zweet weg dat over mijn borst stroomde. Op een koperen plaat die op de deur was geschroefd, was een windroos te zien die in het metaal was gekerfd.

Ik had dit symbool al eerder gezien: in de lage, stenen muur rondom de vuurtoren. Er stond een uitgebreide lijst op van alle windstreken die in de oudheid bekend waren.

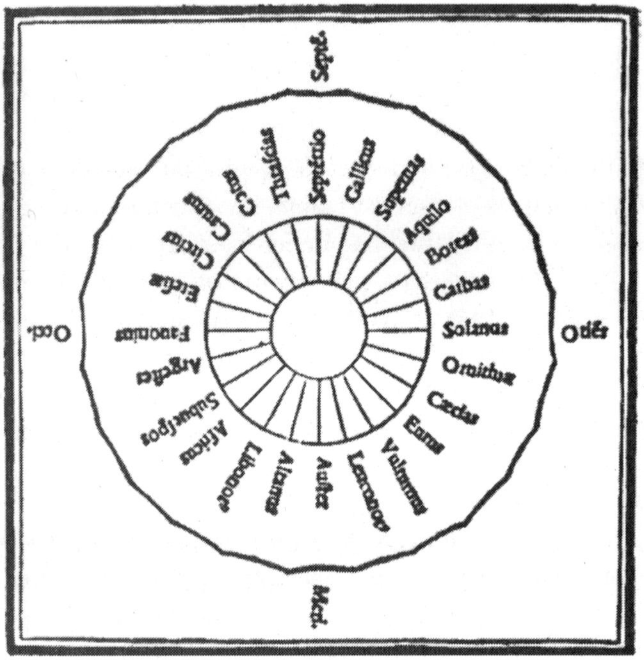

Eronder stond als waarschuwing een inscriptie in het Latijn:

POSTQUAM VIGINTI QUATTUOR VENTI FLAVERINT, NIHIL JAM ERIT

Na de vlaag van vierentwintig winden, zal niets overblijven.

Het was duidelijk, al wist ik niet waarom, dat de naam van de vuurtoren van deze rozet afkomstig was. Met al mijn kracht probeerde ik de deur open te maken, maar er zat geen beweging in de hendel, alsof hij zat vastgeroest. Ik forceerde hem, maar hij brak af. Ik bekeek het gereedschap dat ik had meegenomen en pakte de slagboor. Het beitelvormige uiteinde stak ik in de kier om hem als koevoet te gebruiken. Ik trok er uit alle macht aan, tot ik een droge tik hoorde. Het slot had het begeven.

4

Ik deed mijn zaklantaarn aan. Met kloppend hart duwde ik de ijzeren plaat opzij, die langs de vloer schraapte. Ik scheen met de zaklantaarn naar binnen. In de lichtstraal zag ik een ruimte zoals mijn vader die had beschreven: een onverharde vloer van nog geen tien vierkante meter, omgeven door vier muren van onbewerkt steen. Het bloed klopte in mijn slapen. Voorzichtig ging ik de ruimte binnen en bescheen alle hoeken. Op het eerste gezicht was het er leeg. De aarden vloer was onstabiel. Het was alsof ik door modder waadde. Ik bekeek de muren aandachtiger: die waren maagdelijk schoon, zonder enige inscriptie.

Al die drukte hierom?

Had Frank me maar wat op de mouw gespeld? Had die ontmoeting met zijn eigen vader op JFK echt plaatsgevonden of had hij het gedroomd? Waarom had hij rondom deze vuurtoren een legende verzonnen die alleen in zijn waandenkbeelden bestond?

Mijn hoofd stroomde over van de vragen, toen ik plotseling een onwaarschijnlijke tocht door de ruimte voelde trekken, krachtig en koud. Verrast liet ik mijn zaklantaarn vallen. Op het moment dat ik me bukte om hem op te pakken, zag ik plotseling dat de deur zich achter mij sloot.

Ondergedompeld in de duisternis, kwam ik overeind en stak ik mijn hand uit om hem open te duwen, maar mijn lichaam verstrakte, alsof ik een standbeeld van ijs was. Het bloed gonsde in mijn oren.

Ik slaakte een kreet. Toen klonk er een oorverdovend kabaal van gierende lucht in mijn oren, terwijl ik de vloer onder mij voelde wegzakken.

Deel twee
Op onzekere plaatsen

1992

De lichten van de stad

De weg naar de hel is zo goed geplaveid dat er geen enkel onderhoud nodig is.

Ruth Rendell

0

Krachtige stromen van mirre en gelakt hout.

Een kamfergeur van wierook en kaarsvet.

Een drilboor die tegen de binnenkant van mijn schedel hamert.

Ik probeer mijn ogen te openen, maar mijn oogleden zijn als vastgenaaid. Ik lig op een harde, koude vloer. Mijn wang ligt tegen de stenen geplet. Ik voel me koortsachtig, rillend. Ik schok. Pijn schiet door mijn borst, waardoor ik niet normaal kan ademhalen. Mijn keel is droog en ik heb de smaak van cement in mijn mond. Ik blijf nog enkele tellen liggen, niet in staat me te bewegen.

1

Langzaam maar zeker maakte de stilte om mij heen plaats voor het gemompel van een drukke menigte. Woede laaide op.

Maar tegen wie?

Met een onmenselijke inspanning stond ik op en opende mijn ogen een klein stukje. Ze brandden en mijn blik was troebel. Ik probeerde mijn omgeving scherper te onderscheiden.

Een vage verlichting, een crucifix, kandelaars met kaarsen, een bronzen baldakijn, een marmeren altaar. Wankelend deed ik een paar stappen. Kennelijk bevond ik me midden in het koor van een kerk. Van een kathedraal zelfs: voor me strekte zich een middenschip van zo'n honderd meter uit, met daarlangs twee enorme rijen banken van bewerkt hout. Ik keek op: tientallen kleurige ramen filterden een schitterend licht. Gotische gewelven torenden meer dan dertig meter boven me uit. Ik werd er duizelig van.

Tegenover het koor stond een monumentaal orgel met blaasbalgen en talloze pijpen, onder de cyclopische blik van een rozet van glas in lood dat in eindeloze tinten blauw schitterde.

'Bel de politie!'

De kreet klonk op uit de menigte. Tientallen verschrikte ogenparen waren op mij gericht: toeristen, in gebed knielende gelovigen en priesters die bij de biechthokjes stonden te wachten. Toen ik merkte dat ik vrijwel naakt was, slechts gekleed in mijn onderbroek met roze stippen en mijn vuile Stan Smith-schoenen, begreep ik plotseling hun afkeurende gemompel.

Wat doe ik hier in vredesnaam?

Ik had het horloge van mijn grootvader om mijn pols. Ik wierp er een snelle blik op: 17.12 uur. Toen begon alles om me heen te draaien. Ik herinnerde me het gesprek met mijn vader, mijn onderzoek van de vuurtoren, de ommuurde ruimte in de kelder, waarin een tropische hitte heerste, en de metalen deur, die plotseling achter me was dichtgevallen.

Maar wat is er daarna gebeurd?

Mijn knieën knikten. Om niet te vallen, zocht ik steun bij de lessenaar, waarop een zware, gebonden Bijbel lag. Ik veegde de ijskoude zweetdruppels weg, die over mijn rug liepen. Ik moest ervoor zorgen dat ik hier wegkwam. En liefst zo snel mogelijk.

Te laat!

'Politie! Staan blijven! Handen omhoog!'

Twee agenten in uniform waren de kerk binnengekomen en renden het middenschip door.

Ik mocht me niet laten oppakken voordat ik begreep wat er met me was gebeurd. Ik verzamelde al mijn krachten en rende de marmeren treden naar de uitgang van de kerk af. De eerste stappen waren pijnlijk. Mijn botten leken bros als kristal en bij elke stap leek het alsof mijn benen krakend zouden breken. Met opeengeklemde kaken rende ik langs de zijkapellen, mensen opzijduwend. In het voorbijgaan stootte ik een groot boeket bloemen om, evenals een smeedijzeren kandelaar en een stapel misboeken die op een plank lagen uitgestald.

'Hé daar, staan blijven!'

Zonder om te kijken, rende ik verder over de gladde vloer. Nog tien meter en ik duwde de eerste deur open. Gelukt, ik was buiten!

Ik daalde een stenen trap af, rende een voorplein op en...

2

... een concert van claxons en sirenes verscheurde mijn trommelvliezen. Rijen witte stoom stegen op van het vettige asfalt, om vervolgens te verdwijnen in een smerige lucht, waarin een helikopter bromde. De lucht was elektrisch geladen, vochtig, verstikkend als in een kookketel.

Ik was zo verbijsterd, dat ik mijn evenwicht maar net kon bewaren. Ik probeerde te vluchten, maar voordat ik verder kon rennen, wierp een van de agenten zich op mij en greep mij in mijn nek. Ik slaakte een kreet. Ondanks zijn greep lukte het me om te draaien, de aanvaller van me af te schudden en hem een harde trap in zijn gezicht te geven.

Weer vrij rende ik verder, achtervolgd door zijn collega, een kleine, nogal mollige vrouw, die ik al snel dacht achter me te kunnen laten. Maar ik had mijn krachten overschat. Mijn slappe benen dreigden me in de steek te laten en ik haalde steeds moeizamer adem. Ik probeerde de straat over te steken, ondanks het drukke verkeer, toen de agente me tackelde en me met heel haar gewicht op de grond drukte. Nog voordat ik me kon verweren, voelde ik de ijzeren handboeien op mijn rug in het vlees van mijn polsen snijden.

Hierna vormde zich een caleidoscoop van trillende beelden voor mijn ogen: gele taxi's die zigzagden door een kloof van glas en beton, *stars-and-stripes* die wapperden in de wind, de omtrekken van een oude kerk die verdronk in een woud van wolkenkrabbers, een bronzen standbeeld van een atletische Atlas die een hemelse boog in de lucht ondersteunde...

Met mijn hoofd op de stoep gedrukt, was ik verlamd van angst. Vuur brandde in mijn ingewanden, brandend maagzuur kwam in mijn slokdarm omhoog. En toen ze mijn vrijwel naakte lichaam over het asfalt sleepten, vroeg ik me af hoe ik in Saint Patrick's Cathedral op 5th Avenue in New York terecht was gekomen.

3

20.00 uur

In een kooi, met mijn gezicht tussen mijn handen gesteund, masseerde ik met mijn duimen mijn slapen, terwijl ik droomde van drie aspirines en een ontstekingsremmend infuus.

Na mijn arrestatie had een politiewagen mij naar het 17th Precinct gebracht, een fort van bruine bakstenen op de hoek van Lexington en 52nd. Meteen na aankomst hadden ze me in een gezamenlijke cel opgesloten, te midden van een meute daklozen, asocialen en dealers.

De cel, in de kelder van het gebouw, was een oven. Geen airconditioning, geen ramen, geen enkel vleugje frisse lucht. In de winter moest het er ijskoud zijn, in de zomer was het er een sauna. Ik zat op een bank bij de muur al drie uur te wachten, zonder dat iemand de moeite had genomen mij kleren te geven. Met ontbloot bovenlichaam en slechts gekleed in een onderbroek met roze stippen, had ik talloze spottende opmerkingen van mijn 'celgenoten' te verduren gekregen.

Wanneer zal er eindelijk een einde aan deze nachtmerrie komen?

'Windt het je op om naakt rond te lopen, vuile flikker?'

De zwerver die naast me zat, zat me al een uur lang te treiteren. Hij was broodmager, een wrak met een roodachtig, pokdalig gezicht. Hij wilde kennelijk iets van me en continu liet hij een waterval van obscure voorstellen op me los, terwijl hij tot bloedens toe in zijn grote, gelige baard krabde. In Boston, op de spoedeisendehulpafdeling waar ik werkte, kreeg ik dagelijks met meerdere van dit soort gevallen te maken: mensen die door het leven en de straat waren uitgekotst, kwetsbare, maar agressieve wezens die buiten elke realiteit stonden, die soms in een alcoholcoma, onderkoeld of psychisch volkomen gestoord van de straat waren geplukt.

'Er zo bij lopen is wel handig als je je wilt afrukken, hè, flikker?'

Ik had medelijden met hem, maar ik was ook bang. Ik draaide mijn hoofd weg om hem te negeren, maar plotseling stond hij op en pakte mijn arm. 'Zeg, heb je niet wat te drinken in je broek verborgen? Een lekkere neut in je grote pik...'

Vol walging duwde ik hem weg. Ondanks de hitte droeg hij een jas van dikke wol, die onder de vettigheid zat. Toen hij op de bank terugviel, zag ik een dubbelgevouwen krant uit zijn zak steken. De dronkenlap ging met zijn gezicht naar de muur op de bank liggen. Terwijl hij een onverstaanbare woordenbrij stamelde, pakte ik het dagblad en vouwde het open. Het was een exemplaar van *The New York Times*, met op de voorpagina een grote kop:

IN DE RACE OM HET PRESIDENTSCHAP HEEFT DE DEMOCRATISCHE CONVENTIE ZICH ACHTER BILL CLINTON GESCHAARD.
EEN NIEUWE STEM VOOR EEN NIEUW AMERIKA

Onder de kop stond een grote foto van de trotse kandidaat, met aan zijn armen zijn vrouw Hillary en zijn dochter Chelsea. Het publiek verdrong zich om hem heen. De krant dateerde van 16 juli 1992.

Weer liet ik mijn hoofd tussen mijn handen zakken.

Dat is onmogelijk...

Hoe ik mijn hersenen ook pijnigde, mijn laatste herinnering ging tot begin juni 1991. Ik was gebroken. Binnen een minuut was het alsof ik in een diep gat viel. Mijn hart bonkte in mijn keel. Om tot rust te komen, probeerde ik mijn ademhaling te beheersen en mezelf tot rede te brengen. Hoe moest ik dit geheugenverlies verklaren? Een hersenbloeding? Een traumatische gebeurtenis? Druggebruik?

Ik was arts. Hoewel neurologie niet mijn specialisme was, had ik genoeg stages in verschillende ziekenhuizen gelopen om te weten dat geheugenverlies vaak een mysterie blijft.

Kennelijk leed ik aan anterograde amnesie: ik herinnerde me niets meer van de gebeurtenissen nadat ik de 'verboden' kamer in de vuurtoren was binnengegaan. Sinds die dag had iets kennelijk mijn geheugen geblokkeerd. Ik was meer dan een jaar uit mijn leven kwijt.

Maar hoe?

Ik dacht na. Ik had patiënten gezien die niet in staat waren na een ondraaglijk trauma nieuwe herinneringen vast te houden: een defensieve reactie van het lichaam om niet tot waanzin te vervallen. Maar in het algemeen keerden hun herinneringen wel na enkele dagen terug. In mijn geval ging het om een periode van ruim een jaar...

Verdomme...

'Arthur Costello?'

Een agent in uniform riep mijn naam bij de deur van de cel.

'Dat ben ik,' zei ik, terwijl ik opstond.

Hij opende het slot van de deur en nam me bij mijn arm mee. We liepen door een wirwar van gangen naar een verhoorruimte: twintig vierkante meter, een grote spiegel, een ijzeren tafel die aan de grond was bevestigd en drie verschillende stoelen.

Ik herkende de eerste agent, die had geprobeerd me te arresteren en die ik van me af had geschopt. Hij had een verband op zijn wenkbrauw en keek me aan met een vuile blik waaruit 'smerige schoft' sprak. Zonder hem uit te dagen, knipoogde ik hem toe in een gebaar van 'zand erover'. Hij was samen met een andere agente, een latino met gitzwart, samengebonden haar. Met een spottende blik gaf ze me een uitgebleekte streepjesbroek en een T-shirt van ruw, grijs katoen. Terwijl ik mijn nieuwe kleding aantrok, stelde ze zich voor als de *booking officer* die belast was met de afhandeling van mijn zaak en ze raadde me aan niet de bink tegen haar uit te hangen.

Toen ze erom vroeg, gaf ik haar mijn naam, leeftijd, adres en beroep. Nadat ze me op de hoogte had gesteld van de mij ten laste gelegde feiten – exhibitionisme in een godsdienstig gebouw, verzet bij arrestatie, slaan en verwonden van een vertegenwoordiger van het gezag – vroeg ze me of ik dat ontkende. Toen ik zweeg, probeerde ze uit te zoeken of ik een psychiatrische achtergrond had. Ik beriep me op mijn recht haar vragen niet te beantwoorden en vroeg om een advocaat.

'Beschikt u over de middelen er een te betalen of wilt u iemand toegewezen krijgen?'

'Ik wil dat mijn belangen worden behartigd door het kantoor van meester Jeffrey Wexler, advocaat in Boston.'

De agente drong niet verder aan, ze liet me mijn verklaring ondertekenen en zei dat ik de volgende ochtend zou worden voorgeleid. Toen liet ze me door een van haar adjudanten naar de *mugshot room* brengen, waar mijn vingerafdrukken werden afgenomen en foto's werden gemaakt.

Voordat ze me terugstuurde naar mijn cel, mocht ik van de booking officer telefoneren.

4

Zonder veel enthousiasme besloot ik mijn vader te bellen, Frank Costello. Ik vreesde zijn reactie, maar ik wist ook dat hij de enige was die me snel uit deze afschuwelijke situatie zou kunnen redden. Ik belde dus Pauline, zijn trouwe secretaresse in het ziekenhuis, die vroeger ook zijn maîtresse was geweest. Verrast mij aan de lijn te hebben, vertelde ze dat Frank nu met zijn vrouw op vakantie was naar het Comomeer in Italië.

'Wat zeg je me nou, Pauline? Mijn vader gaat nooit op vakantie en al helemaal niet zesduizend kilometer hiervandaan.'

'Nou ja, alles verandert mettertijd,' antwoordde ze, slecht op haar gemak.

'Luister, ik heb geen tijd om je uit te leggen waarom ik bel, maar het is van het grootste belang dat ik Frank meteen te spreken krijg.'

Ze zuchtte en zette me in de wacht. Nog geen minuut later klonk de schorre stem van mijn vader: 'Jezus, ben je dat echt, Arthur?'

'Dag, pap.'

'Waarom heb je een jaar niets van je laten horen? We hebben ons doodongerust gemaakt.'

In enkele zinnen legde ik hem de situatie uit waarin ik me bevond.

'Maar waar ben je verdomme al die tijd geweest?' vroeg hij met ingehouden woede. Zijn stem klonk hol, alsof hij vanuit het graf sprak.

'Ik heb geen flauw idee, echt niet. Het laatste wat ik me herinner, is de dag waarop je me de papieren over de erfenis van de vuurtoren hebt laten tekenen.'

'Over de vuurtoren gesproken! Ik zag dat je de bakstenen muur hebt opengebroken. Ook al had ik je duidelijk verboden dat te doen.'

Die opmerking schoot bij mij in het verkeerde keelgat. 'Daar was je toch op uit! Je had zelfs het gereedschap ervoor gekocht.'

Dat ontkende hij niet. Integendeel, achter zijn ingehouden woede voelde ik dat hij brandde van verlangen er meer over te horen. Zijn volgende vraag bevestigde mijn vermoeden.

'En... wat heb je achter die deur gevonden?'

'Een en al ellende,' zei ik, om zijn vraag te ontwijken.

'Wat heb je gevonden?' herhaalde hij op dreigender toon.

'Om dat te weten zul je er eerst voor moeten zorgen dat je advocaat me uit de gevangenis krijgt.'

Hij barstte uit in een hevige hoestbui, tot hij ten slotte toezei: 'Ik zal Jeffrey meteen bellen. Hij krijgt je er wel uit.'

'Dank je. Zeg, pap, heb je me echt wel alles verteld wat je over die vuurtoren wist?'

'Natuurlijk. Waarom zou ik iets voor je verborgen hebben gehouden? Maar ik had beter mijn mond kunnen houden, want je hebt niet naar me geluisterd.'

Hier wilde ik het niet bij laten. 'Ik denk met name aan het verhaal over mijn grootvader.'

'Wat, je grootvader? Geloof me, ik heb alles verteld. Dat zweer ik je op mijn kinderen.'

Ik lachte zenuwachtig. Zijn leven lang had hij mijn moeder bezworen dat hij haar niet had bedrogen. Op zijn kinderen...

'Frank, zeg verdomme de waarheid!'

Ik hoorde hoe hij aan de andere kant van de lijn zijn keel schraapte. Plotseling begreep ik het. Pauline had hem veel sneller kunnen bereiken dan ik had verwacht. Hij was dus niet in Italië, maar in een ziekenhuis, vanwege zijn kanker, die moest zijn teruggekomen. Hij wilde dat niemand het zou weten, ervan overtuigd dat hij hem opnieuw zou overwinnen.

'Goed,' gaf hij uiteindelijk toe. 'Er is nog iets wat ik je niet heb verteld maar wat je misschien zou moeten weten.'

Ik was overal op voorbereid... en nergens op.

'Je grootvader is niet dood.'

Vol ongeloof vroeg ik me af of mijn vader me niet voor de gek hield.

'Helaas niet.'

'Hoezo, helaas?'

Ik hoorde hem een diepe zucht slaken. 'Sullivan is in New York. Hij is opgenomen in een psychiatrische inrichting op Roosevelt Island.'

Terwijl ik deze onthulling tot me liet doordringen, tikte iemand op mijn rug: de agente, die me probeerde duidelijk te maken dat mijn gesprek niet eeuwig kon duren. Met een handgebaar vroeg ik om nog een minuut.

'Sinds wanneer weet je dat hij nog leeft?'

'Al dertig jaar.'

'Dertig jaar!'

Weer een diepe zucht. 'Op een avond in 1979 werd ik gebeld door het hoofd van een stichting in Manhattan die dakloze zwervers van straat haalde. Zijn mensen hadden Sullivan dwalend op Grand Central Station gevonden. Hij was agressief, volkomen gedesoriënteerd en hij wist niet meer waar hij was of in welk jaar hij leefde.'

'En jij, zijn eigen zoon, hebt hem laten opnemen?'

'Denk maar niet dat ik dat leuk vond!' barstte Frank uit. 'Hij was meer dan vierentwintig jaar lang verdwenen. Hij was ziek, gewelddadig, onbeheersbaar... Hij raaskalde. Hij zei dat hij een vrouw had vermoord... Bovendien heb ik er niet in mijn eentje over beslist. Hij heeft verscheidene psychiatrische onderzoeken ondergaan, die allemaal met dezelfde uitslag kwamen: achtervolgingswaanzin, psychose, dementie...'

'Maar hoe heb je dat geheim kunnen houden? Ik had het recht het te weten. Je hebt me mijn grootvader afgepakt. Ik had bij hem op visite kunnen gaan, ik had...'

'Onzin. Je zou niet leuk hebben gevonden wat hij was geworden. Wat had het voor zin om bij een kasplantje op visite te gaan? Daar zou je jezelf een hoop verdriet mee hebben aangedaan.'

Ik weigerde hem te geloven. 'Wie wisten ervan? Mama? Mijn zus? Mijn broer?'

'Alleen je moeder had ik erover in vertrouwen genomen. Wat dacht je dan? Ik heb er alles aan gedaan de zaak verborgen te houden. Ik wilde ons gezin beschermen, het bedrijf...'

'De schijn voor de buitenwereld ophouden, zoals altijd... Dat was voor jou altijd het belangrijkste, nietwaar?'

'Verdomme, Arthur!'

Ik wilde reageren, maar hij had al opgehangen.

5

9.00 uur, de volgende ochtend

'Je weet wat ze zeggen, knul: je krijgt nooit een tweede kans om een goede indruk te maken.'

Terwijl we wachtten in de gangen van het gerechtsgebouw, hielp Jeffrey Wexler me met het knopen van mijn das; zijn assistente probeerde, gewapend met een kwast, mijn wallen en lijkbleke gezicht met een dikke laag make-up te camoufleren. We hadden slechts enkele minuten de tijd gehad om te beslissen welke strategie we zouden volgen, voordat ik zou worden voorgeleid, maar geheel volgens de filosofie van mijn vader, was uiterlijke schijn voor Jeffrey belangrijker dan de inhoud van het dossier.

'Het is onterecht, maar het is nou eenmaal zo,' herhaalde de oude advocaat. 'Wanneer het je lukt bij de rechter een goede indruk te maken, hebben we al voor de helft gewonnen. De rest moet je aan mij overlaten.'

Ik kende hem al sinds mijn jeugd en zonder dat ik precies wist waarom, mocht ik hem graag. Maar de jurist had ook wel heel veel voor me gedaan. Hij had niet alleen een kostuum voor me meegenomen, hij had er ook aan gedacht mijn portefeuille mee te nemen, met mijn creditcard en al mijn papieren – paspoort, rijbewijs – zodat er bij de rechtbank geen twijfel over mijn identiteit zou bestaan. God mocht weten hoe, maar hij had het ook klaargespeeld dat mijn zaak met voorrang werd behandeld.

Deze eerste zitting duurde nog geen tien minuten. Een moeizame routine volgend, noemde een nog nauwelijks wakkere rechter snel de feiten op waarvan ik werd beschuldigd. Vervolgens gaf hij achtereenvolgens het woord aan de aanklager en de verdediging. Toen begon Jeffrey aan zijn betoog. Op overtuigende toon toonde hij aan dat deze hele zaak slechts op een onbetekenend misverstand berustte en hij verzocht alle mij ten laste gelegde feiten in te trekken. Zonder er lang over na te denken, ging de rechter ermee akkoord de belangrijkste aanklacht, die van exhibitionisme, te laten vallen. Maar na een laatste, fel overleg met Jeffrey, weigerde hij de aanklacht van het toebrengen van verwondingen aan een vertegenwoordiger van het gezag te laten vallen. Jeffrey zei dat we in dat geval niet schuldig zouden pleiten. De rechter stelde een borg van twintigduizend dollar voor, waar Jeffrey nog vijfduizend vanaf kon halen. Toen zei de rechter dat ik binnenkort voor een proces zou worden opgeroepen, waarna hij een klap met zijn hamer gaf.

Volgende zaak.

6

Zodra de hoorzitting was beëindigd, begreep ik dat Jeffrey de opdracht had gekregen mij mee te nemen naar Boston. Hij drong aan dat ik met hem zou meegaan, maar ik wilde vrij zijn om te gaan en staan waar ik wilde.

'Dat zal Frank niet leuk vinden,' mopperde hij.

'Als er iemand is die hem het hoofd kan bieden, bent u dat toch wel?'

Hij gaf toe en stak vier biljetten van vijftig dollar in mijn zak.

Eindelijk vrij!

Ik verliet het gerechtsgebouw en maakte een flinke wandeling. Het was al tien uur 's morgens, maar de lucht in de stad was nog fris. Het geroezemoes klonk geruststellend. Ik had die nacht geen oog dichtgedaan, maar er was een last van me afgegleden en ik voelde me fysiek een stuk beter. Mijn bewegingen waren soepel, ik haalde diep adem en mijn hoofdpijn was verdwenen. Alleen mijn buik deed pijn en rommelde. Ik stopte bij Dunkin' Donuts en nam een grote kop koffie en een donut, voordat ik verderging: Park Avenue, Madison, 5th. De laatste keer dat ik in New York was geweest, was voor een hengstenbal van een van mijn bevriende collega-artsen. Eerste stop New York, daarna naar Atlantic City. Ik herinnerde me nog dat we een auto hadden gehuurd bij de balie van Hertz in ons hotel, het Marriott Marquis, dat bekendstond om de bar bovenin, die ronddraaide, en van waaruit je een uitzicht van 360 graden over Manhattan had.

Toen ik op Times Square aankwam, schrok ik, net als elke keer. Terwijl 's nachts de neonlichten de oprukkende woekeringen camoufleerden, kon de wijk de weerzinwekkende omgeving overdag niet verbergen: zwervers, drugsverslaafden die zich als zombies gedroegen en vermoeide prostituees hingen rond voor de uitstallingen van peepshows en de borden van de pornobioscopen. In de smoezelige souvenirwinkels hingen enkele toeristen rond. Een tandeloze man met een touw om zijn nek met een bord HIV-POSITIEF, liep te bedelen. Sodom en gomorra op het kruispunt van de wereld.

Ik stak Broadway over en dook de ondergrondse doorgang naar de hal van het hotel in. Het kostte me geen moeite de balie van het autoverhuurbedrijf te vinden. De medewerker keek in zijn computer en zag dat mijn gegevens daarin nog steeds stonden opgeslagen. Om geen tijd te verliezen, accepteerde ik de eerste auto die ik kon krijgen: een tweedeurs Mazda Navajo met hoekige, scherpe vormen. Toen ik betaalde, constateerde ik verrast maar opgelucht dat mijn creditcard nog steeds werkte. Ik stapte achter het stuur en reed over FDR Drive in noordelijke richting Manhattan uit.

Om mijn geheugen terug te krijgen, moest ik het oorspronkelijke trauma opnieuw beleven. Waar alles was begonnen: in de kelder van 24 Winds Lighthouse.

Gedurende de vier uur die de rit naar Cape Cod duurde, schakelde ik van het ene radiostation naar het andere en wisselde nieuwsuitzendingen af met muziekprogramma's. Vier uur stoomcursus om een 'afwezigheid' van meer dan een jaar in te halen. Ik maakte kennis met de populariteit van Bill Clinton, van wie ik een jaar geleden nog nooit had gehoord, en met een nieuwe alternatieve rockgroep, Nirvana, die met hun felle gitaarspel de ether vulde. Ik hoorde dat in het voorjaar Los Angeles was getroffen door een oproer na de vrijspraak van de vier politieagenten die Rodney King hadden mishandeld. Aan de manier waarop een diskjockey het nummer *Living On My Own* afkondigde, begreep ik dat Freddie Mercury onlangs het tijdelijke voor het eeuwige moest hebben verruild. Op een station dat zich met film bezighield, discussieerden luisteraars over films waarvan ik nooit had gehoord: *Basic Instinct*, *The Commitments*, *My Own Private Idaho*...

7

Het was al na twee uur 's middags toen ik het grindpad naar 24 Winds Lighthouse opreed. Onverzettelijk en verleidelijk verhieven de dreigende omtrekken van de vuurtoren zich tussen de rotsen, met de zijkanten van geschilderd hout in de zomerzon, die hoog aan de hemel stond. Toen ik uitstapte, hield ik mijn handen voor mijn gezicht om me tegen het stof te beschermen dat door een wervelende wind vanaf de rotsen werd meegevoerd.

Ik liep snel de stenen trap naar het huisje op. De deur van het tegen de vuurtoren aan gebouwde huis zat op slot, maar met een harde duw van mijn schouder ging hij open.

In dertien maanden tijd was er niets veranderd. Hetzelfde rustieke meubilair, dezelfde in de tijd verstarde inrichting. Op het aanrecht in de keuken vond ik het Moka-koffiezetapparaat en het kopje waaruit ik ruim een jaar geleden had gedronken. Ook de as in de haard was niet opgeruimd.

Ik deed de deur open van de met hout betimmerde gang tussen het huisje en de vuurtoren. Aan het einde van de gang tilde ik het luik op dat toegang gaf tot de kelder en ik daalde de krakende treden naar de ondergrondse ruimte af.

Ik deed het licht aan. De rechthoekige ruimte lag er nog bij zoals ik hem ruim een jaar eerder had achtergelaten. Behalve dat de klamme hitte nu had plaatsgemaakt voor een droge, frisse lucht. Bij de houten tonnen en de stoelen zag ik mijn gereedschap liggen: de moker, de beitel en de slagboor, allemaal bedekt met spinrag.

Achter de opengehakte, bakstenen muur lag de kleine, smeedijzeren deur. Ik was vergeten het luik boven aan de trap te sluiten. De tocht deed de deur in zijn verroeste hengsels kraken. Ik liep zonder angst naderbij, in de hoop dat de herinneringen zouden terugkomen en dat ik het eindelijk allemaal duidelijker zou zien. Begrijpen. Ik zette me ertoe dezelfde bewegingen te maken, het zweet met mijn handpalm wegvegend, het stof van de koperen plaat met de inscriptie die me leek uit te dagen:

POSTQUAM VIGINTI QUATTUOR VENTI FLAVERINT,
NIHIL JAM ERIT

Het werd steeds kouder. Dit was beslist geen uitnodigende plaats, maar ik liet me niet uit het veld slaan. Ik probeerde niet te trillen en ging de ruimte binnen, die op een gevangenis leek. Nu had ik geen zaklantaarn bij me. Het was donker in de cel. Ik haalde diep adem en verzamelde moed om de deur dicht te doen. Toen ik mijn hand naar de kruk uitstak, was een windvlaag me voor en blies de deur plotseling voor mijn neus dicht. Ik schrok op en wachtte toen enkele seconden als verlamd, mijn hele lichaam gespannen en voorbereid op alles.

Maar... er gebeurde niets. Geen kramp, geen klapperende tanden, geen bloed dat in mijn oren gonsde.

8

Zowel gerustgesteld als gefrustreerd kwam ik de vuurtoren uit, ervan overtuigd dat ik iets wezenlijks had gemist.

Ik verlangde naar antwoorden, maar die zou ik elders moeten vinden. Misschien op de bank van een psychiater of bij een bezoek aan een neuroloog.

Achter het stuur van mijn SUV ging ik op weg naar Boston, naar mijn eigen huis. De rit van anderhalf uur leek eindeloos lang. Ik zat achter het stuur in mijn neus te pulken. Mijn hoofd tolde, als nawerking van de vermoeidheid, en tegen mijn zin vielen mijn ogen dicht. Ik voelde me vies en uitgeput. Ik verlangde naar een douche, waarna ik het klokje rond zou slapen om mijn achterstallige nachtrust in te halen. Plotseling had ik vreselijke honger. Mijn maag was hol en verkrampt.

Ik parkeerde op de eerste vrije plek op Hanover Street, met de bedoeling verder te lopen naar het gebouw aan North End waarin ik woonde. Hoe zou mijn appartement erbij liggen? Wie had tijdens mijn afwezigheid mijn kat te eten gegeven?

Onderweg stopte ik bij Joe's Food om in te slaan: pasta, pestosaus, yoghurt, afwasmiddel, blikjes Whiskas... Toen ik naar buiten kwam, had ik twee grote, papieren zakken in mijn handen. Ik nam de trap langs de blauweregen die van Hanover Street naar het iets hoger liggende terrein liep waar mijn gebouw lag. Ik wachtte met mijn twee zakken onder mijn armen op de lift. Ik ging de kleine cabine binnen, waarin het naar oranjebloesem rook, en draaide me in een krampachtige bocht om op het knopje van de bovenste verdieping te drukken.

Toen de ijzeren deuren opengingen en ik terugdacht aan wat mijn vader had gezegd, keek ik op mijn horloge. Het was vijf uur. Op dezelfde tijd was ik gisteren halfnaakt in Saint Patrick's Cathedral wakker geworden.

Vierentwintig uur eerder...

Het getal vierentwintig trilde op een vreemde manier in me na. Al-

Iereerst 24 Winds Lighthouse, toen de verdwijning van Sullivan, die... vierentwintig jaar had geduurd.

Het toeval was vreemd, maar ik kreeg de kans niet er verder over na te denken. Plotseling werd mijn blik troebel. Ik voelde het uiteinde van mijn vingers tintelen en ik werd misselijk. Ik trilde over al mijn ledematen. Mijn lichaam verstarde, alsof ik de beheersing erover was verloren. Alsof er kortsluiting in was ontstaan. Alsof er duizenden volts door mijn hersenen werden gejaagd.

Ik liet mijn zakken met boodschappen vallen.

Toen werd ik met een explosieve ruk uit de tijd weggesleurd.

1993

Sullivan

Weet dat ik alles zou kunnen geloven, op voorwaarde dat het echt ongelofelijk is.

Oscar Wilde

0

Een brandend hete wolkbreuk stort zich op mij.

Met zo'n kracht, dat het lijkt alsof er spijkers in mijn hoofd worden geslagen. De lucht is verzadigd van een equatoriale, verstikkende damp die om mij heen kolkt en mijn oogleden dichtgedrukt houdt. Mijn neus zit dicht, ik stik. Ik blijf overeind staan, maar enigszins met tegenzin, in een staat die bijna op hypnose lijkt. Mijn benen zijn slap en zullen me niet lang meer houden. Plotseling worden mijn trommelvliezen verscheurd door een afgrijselijke kreet.

Met een ruk open ik mijn ogen. Ik ben... in een douchecabine en ik sta onder een harde waterstraal!

1

Naast mij stond een jonge, naakte vrouw, bedekt met zeep en shampoo, die de longen uit haar lijf gilde. Haar doodsbange gezicht was vertrokken van angst en verbazing. Ik legde mijn hand op haar schouder, in een poging haar te kalmeren, maar voordat ik ook maar iets kon uitleggen, gaf ze me met haar vuist een harde klap op mijn neus. Wankelend bracht ik mijn handen naar mijn gezicht om me te beschermen. Terwijl ik probeerde op adem te komen, kreeg ik nog een klap midden op mijn borst, waardoor ik over de betegelde rand van de cabine struikelde. Ik probeerde me vast te houden aan het douchegordijn, maar de vloer was glad en ik viel met mijn gezicht omlaag tegen de wastafel.

Doodsbang sprong de jonge vrouw de cabine uit, pakte een handdoek en rende de badkamer uit.

In elkaar gerold op de grond hoorde ik vaag hoe ze haar buren waarschuwde. De woorden drongen vervormd en verward tot me door, maar ik hoorde toch duidelijk 'aanrander'... 'in mijn badkamer'... 'waarschuw de politie'...

Nog steeds dubbelgevouwen, versuft, onbeweeglijk, probeerde ik het water uit mijn ogen te vegen. Mijn neus bloedde en ik was buiten adem, alsof ik een marathon had gelopen.

Mijn hoofd droeg me op overeind te komen, maar mijn ledematen leken verlamd te zijn. Toch wist ik dat ik in groot gevaar verkeerde. Ik had mijn lesje in Saint Patrick's Cathedral geleerd. Ik moest tot elke prijs ervoor zorgen uit de gevangenis te blijven. Ik verzamelde mijn krachten en het lukte me moeizaam overeind te komen. Ik liet mijn blik door de kamer gaan en zag een raam. Ik opende het schuifraam: het keek uit op een toegangsweg tussen twee gebouwen in. Toen ik naar buiten boog, zag ik even verderop een brede, rechte vierbaansweg omlaag lopen.

Felgele taxi's, rijen bakstenen voorgevels en gietijzeren reservoirs op de daken: geen twijfel mogelijk, ik was weer in New York.

Maar waar?

En vooral... wanneer?

Terwijl de stemmen in het appartement steeds dwingender werden, klom ik door het raamkozijn en greep de ijzeren brandtrap vast. Zo goed en zo kwaad als het ging, daalde ik de treden naar de straat af, sloeg op goed geluk een richting in en maakte zo snel als mijn spieren me het toestonden dat ik wegkwam. Ik zag boven de kruising van de straten twee groen met witte borden: ik bevond me op de kruising van Amsterdam Avenue en 109th. Dus in het noordwesten van Manhattan, in de studentenwijk Morningside Heights. Ik hoorde een politiesirene naderen. In paniek sloeg ik meteen naar links af, weg van de hoofdstraat, en vluchtte een smalle steeg in waarlangs een dicht struikgewas groeide.

Verborgen tussen twee gebouwen, drukte ik me tegen de muur aan en probeerde ik op krachten te komen. Er zat bloed op de mouw van mijn overhemd. Mijn kostuum was drijfnat. Ik droeg kennelijk nog de kleren die Jeffrey Wexler mij had gegeven. Met een automatische beweging keek ik naar mijn pols. Ik had nog steeds het chique Cartier-horloge van mijn grootvader om. Het gaf aan dat het even na negen uur 's morgens was.

Maar welke dag was het?

Ik probeerde me te concentreren. Mijn laatste herinnering: de liftcabine van mijn appartement, mijn zakken met boodschappen op de grond, die vreselijke duizeligheid, net als die eerste keer in de kelder van de vuurtoren...

Ik niesde. De lucht was warm, de hemel blauw, de zon brandde al. Ondanks alles stond ik te klappertanden.

Ik had nieuwe kleren nodig.

Ik keek rond: er hing wasgoed buiten de ramen. Niet het soort waarvan ik hield, maar ik bevond me niet in een situatie om daar moeilijk over te doen. Ik klom op een vuilcontainer en klom tegen de gevel op tot ik bij de kleren was. Ik pakte het eerste het beste wat ik kon krijgen en trok het aan: een katoenen broek, een gestreept Yankees-hemd en een spijkerjack. Ze waren niet mijn maat. De broek slobberde over mijn enkels en het jack was te krap. Maar het was in elk geval droog. Ik haalde het contante geld uit de zakken van mijn kostuum en gooide de natte kleren bij het vuilnis.

Ik liep terug naar de hoofdstraat en verdween in de drukte. Opnieuw werd ik duizelig en mijn maag kromp zo hevig samen, dat ik er hoofdpijn van kreeg. Als ik wilde nadenken, zou ik eerst iets moeten eten. Ik zag een *diner* aan de overkant van de straat. Maar voordat ik er binnenging, stopte ik twee kwartjes in de gleuf van een krantenautomaat. Ik zocht naar de datum boven aan de voorpagina, bang voor wat ik te zien zou krijgen.

Het was dinsdag 14 september 1993...

2

'Hier zijn uw eieren, geroosterd brood en koffie, meneer.'

De serveerster zette glimlachend een kop en een bord op de formica tafel en liep terug naar haar buffet. Terwijl ik zat te eten, las ik de voorpagina van *The New York Times* aandachtig door.

YITZHAK RABIN EN YASSER ARAFAT TEKENEN EEN VREDESAKKOORD. PRESIDENT CLINTON NOEMT HET 'EEN MOEDIGE STAP'

Bij het artikel stond een opvallende, maar ook onverwachte foto: voor het Witte Huis feliciteerde een blije Bill Clinton met een glimlach op zijn lippen en wijd geopende armen rechts van hem de Israëlische minister-president en links de leider van de Palestijnse Bevrijdingsorganisatie.

Dit symbolische gebaar en de uitspraken van de deelnemers lieten ruimte voor hoop op vrede tussen de twee vijandige volkeren. Maar bevond ik me in de echte wereld of in de vierde dimensie?

Ik dacht na over mijn situatie. Nu waren er veertien maanden verstreken sinds mijn laatste herinneringen. Weer een plotselinge, onverklaarbare sprong in de tijd. Een vreselijk lange periode.

Wat was er in vredesnaam aan de hand?

Mijn onderarmen en handen trilden. Ik was bang. Ik voelde de angst als van een kind dat ervan overtuigd was dat een monster zich onder zijn bed verborgen hield. Ik wist dat ik iets ernstigs had meegemaakt, waardoor mijn leven zich buiten de gebaande paden afspeelde.

Ik haalde diep adem om tot rust te komen, zoals ik mijn patiënten ook vaak aanraadde. Ik moest volhouden en me niet uit het veld laten slaan. Maar bij wie moest ik zijn? Aan wie moest ik hulp vragen?

Het antwoord liet niet lang op zich wachten: vooral niet aan mijn vader, die alleen maar tegen me kon liegen. Ik dacht aan een andere persoon, de enige nog levende man die waarschijnlijk had meegemaakt wat er ook met mij gebeurde: mijn grootvader, Sullivan Costello.

De serveerster ging de tafels langs om ervoor te zorgen dat de koffiekopjes niet leeg bleven. Ik vroeg haar meteen om een kaart van de stad, en ik beloofde haar een flinke fooi.

Ik nam enkele slokken van de koffie, nu die nog warm was, en dacht terug aan wat mijn vader had gezegd: je grootvader is niet dood. Sullivan is in New York. Hij is opgenomen in een psychiatrische inrichting op Roosevelt Island.

Op de kaart die de serveerster had gebracht, vond ik het smalle strookje grond midden op East River: Roosevelt Island was een eiland dat op een onmogelijke manier lag ingeklemd tussen Manhattan en Queens. Drie kilometer lang en ongeveer tweehonderd meter breed. Ik was er nog nooit geweest. Ik herinnerde me dat ik een oude detective had gelezen waarin over een huis van bewaring op het eiland werd gesproken, maar dat moest allang gesloten zijn. Of misschien niet. Uit mijn tijd als medisch coassistent herinnerde ik me vaag dat er nog twee of drie ziekenhuizen op het eiland actief waren, waaronder een psychiatrische inrichting met een droevige reputatie: het Blackwell Hospital, dat door iedereen het Pentagon werd genoemd, vanwege de vijfhoekige vorm van het gebouw. Daarin moest Sullivan zijn opgenomen.

Het vooruitzicht mijn grootvader terug te zien, gaf me niet alleen een doel, maar ook enige moed. Daar moest ik nu meteen heen. Maar zouden ze me er wel binnenlaten? Ja, in principe wel, wanneer ik kon bewijzen dat ik een van zijn directe familieleden was.

Plotseling raakte ik door twijfel bevangen.

Mijn portefeuille!

Toen ik zo-even mijn zakken had geleegd, had ik al mijn contante geld gepakt, maar niet mijn portefeuille, waarin mijn papieren zaten.

In paniek betaalde ik mijn consumpties en rende terug naar de steeg. De vuilcontainer was niet verplaatst. Ik vond het jasje van het kostuum en de pantalon en doorzocht ze helemaal.

Niets...

Verdomme!

Als er nog enige logica voor mijn huidige situatie gold, had mijn portefeuille nog in mijn kostuum moeten zitten. Ik wilde niet geloven dat hij zou zijn gestolen. In dat geval zou de dief vooral het contante geld in mijn zakken hebben gepakt.

Ik moest hem zijn verloren...

Mijn hersenen draaiden op volle toeren terwijl ik enkele stappen terug liep naar Amsterdam Avenue.

Ik moest hem in de badkamer zijn verloren...

Ik liep terug naar het gebouw waaruit ik een uur eerder was weggevlucht. Het was er rustig, bijna verlaten. Geen spoor van de politie, noch van enige andere drukte. Ik liep om het gebouw heen, vastbesloten het erop te wagen. De brandtrap was opgevouwen, maar toen ik een klein stukje tegen de muur omhoog was geklommen, lukte het me hem beet te pakken. Ik klom omhoog naar het raam op de derde verdieping. De glasscherven waren opgeruimd en voor het kapotte raam was met plakband een stuk karton geplakt. Het kostte me geen moeite het open te duwen. Ik tilde het schuifraam op om naar binnen te kunnen.

Geen geluid, geen ontvangstcomité. Het meisje had snel een dweil over de badkamervloer gehaald om de bloedvlekken en het water weg te halen. Ik sloop over de tegels rond. Op het eerste gezicht was mijn portefeuille nergens te zien. Geërgerd hurkte ik op de grond en keek onder een gammele commode, toen onder een bergkast van witte, houten planken waarop medicijnen, cosmetica en handdoekjes lagen.

En daar, in het stof, zag ik mijn portefeuille van gebarsten leer liggen. Hij moest eronder zijn gegleden toen ik bij de wastafel op de grond was gevallen.

Ik stak mijn hand uit om hem te pakken, controleerde of mijn identiteitspapieren er nog in zaten en slaakte mijn eerste zucht van verlichting sinds lange tijd. Eigenlijk had ik meteen moeten maken dat ik wegkwam, maar opgelucht door deze kleine overwinning en vol vertrouwen door de stilte die in het huis heerste, waagde ik me de badkamer uit.

3

Het appartement was leeg. Het was een kleine, wanordelijke woning, maar met zorg ingericht. Op het aanrecht van de piepkleine keuken stonden een aangebroken pak cornflakes en een fles drinkyoghurt, die de bewoonster van het appartement, die ongetwijfeld haastig was vertrokken, was vergeten terug te zetten.

Ik knabbelde op wat stukjes gepoft graan, zette de doos op een plank en de yoghurt in de koelkast. Er was hier iets wat me ervan weerhield weg te gaan: het verlangen te begrijpen waarom ik juist hier, in dit appartement, was bijgekomen.

Ik snuffelde rond in de woonkamer. Er stonden twee smalle kasten vol met boeken. Bij een videorecorder lag een stapel VHS-banden: afleveringen van *Seinfeld* en *Twin Peaks*, speelfilms: *Paris, Texas* van Wim Wenders, *Sex, Lies, and Videotape* van Steven Soderbergh, *Mean Streets* van Martin Scorsese, *Una giornata particolare* van Ettore Scola, *Ascenseur pour l'échafaud* van Louis Malle, evenals *Little Shop of Horrors* en een groot deel van de filmografie van Meryl Streep: *Sophie's Choice, The French Lieutenant's Woman, Out of Africa...*

Aan de muur hingen reproducties van beroemde werken van Andy Warhol, Keith Haring en Jean-Michel Basquiat.

Op een laag tafeltje lagen een pakje mentholsigaretten en een aansteker met I LOVE NY. Ik ging op een krakende bank zitten en stak een sigaret op. Toen ik mijn eerste trek uitblies, dacht ik terug aan het gezicht van die gillende vrouw onder de douche. De angst die ik daarop had afgelezen, liet geen enkele twijfel bestaan: ze was bang omdat ze verrast was. We kenden elkaar duidelijk niet. Ik moest als een soort losbandig duveltje-uit-een-doosje in haar douche zijn opgedoken.

Gemiauw deed me omkijken. Een tijgerkleurige kat met grote ronde ogen en een donkere, rossige vacht was op de leuning gesprongen. Toen ik beter keek, zag ik een penning om zijn nek waarop de naam REMINGTON stond gegraveerd.

'Hallo, jij.'

Toen ik probeerde hem te strelen, sprong hij weg en verdween hij even snel als hij was gekomen.

Ik stond op om de laatste kamer in het appartement te onderzoeken. Een slaapkamer met een ruwhouten vloer, ingericht met allerlei verschillende meubels: een oud, smeedijzeren bed, een modern bureau van zwart lakhout en een kristallen kroonluchter uit een andere eeuw. Naast het bed lagen op een nachtkastje enkele exemplaren van het tijdschrift *Playbill*, over recente musicals (met het masker en de roos van *The Phantom of the Opera*, de kattenogen van *Cats*, het gezelschap van *A Chorus Line*...) en enkele boeken met ezelsoren (*A Prayer for Owen Meany*, *The Brave*).

Aan de muur hingen met plakband foto's van mijn onbekende vrouw in zeer diverse soorten kleding, variërend van een avondjurk tot zeer weinig verhullende lingeriesetjes. Het waren zowel kleuren- als zwartwitfoto's met evenzoveel kapsels: loshangend, sluik haar, een gedraaide wrong, paardenstaart, loshangend met lange krullen tot op haar naakte schouders. Het meisje leek geen beroepsmannequin te zijn, maar ze had ongetwijfeld een fotomap gemaakt om aan de bureaus te laten zien.

Boven haar bureau hing een kopie van een rooster met punaises op de muur geprikt, met het briefhoofd van de Juilliard School, de beroemde toneelschool. Ernaast hing een inschrijvingsformulier op naam van Elizabeth Ames. De jonge vrouw was twintig jaar oud en zat in het eerste jaar van de toneelschool.

Ik trok de laden open en doorzocht schaamteloos alle papieren die ik in handen kreeg: kladjes van liefdesbrieven aan ene David, polaroids van een geheel naakte Elizabeth – selfies, misschien voor deze David, die ze uiteindelijk toch maar niet had opgestuurd – nog een werkrooster, nu voor een baan als serveerster in het Frantic, een bar in East Side. Aan een schoolbord hingen bankafschriften, die me niet vrolijk stemden, en verscheidene aanmaningsbrieven van de eigenaar van het appartement vanwege achterstallige huur.

Ik bleef nog enkele minuten in de slaapkamer rondhangen, mijn blik gericht op de foto's. Eén foto trok mijn aandacht: Elizabeth was erop te zien in de sneeuw. Ze zat op de rugleuning van een houten bankje bij een lantaarnpaal in Central Park. Ze droeg een wollen muts, een jas die te groot voor haar was en laarzen met een rand van schapenbont. Het was de minst sexy foto, maar ook de enige waarop ze lachte.

Voordat ik uit het appartement vertrok, haalde ik deze van de muur en borg hem op in mijn zak.

4

Twee uur later

'Ik laat u bij hem alleen,' zei de verpleger. 'In de regel is er geen reden waarom hij zich agressief zou gedragen, maar ja, u bent zelf arts, u weet beter dan ik dat er niets zeker is bij een dergelijk ziektebeeld...'

Ik bevond me op de zevende verdieping van het Blackwell Hospital – het beroemde Pentagon – en stond voor de deur van de kamer van mijn grootvader. Nadat ik uit het appartement van Elizabeth Ames was vertrokken, had ik een taxi genomen naar de kruising van 2nd Avenue en 60th. Daar had ik voor de prijs van een enkeltje voor de metro een kabelbaan genomen die me over East River naar Tramway Plaza had gebracht, midden op Roosevelt Island. Ik was lopend verdergegaan naar het Pentagon, dat op de zuidpunt van het eiland lag. De inrichting had altijd een nare reputatie gehad. Het gebouw was in het midden van de negentiende eeuw gebouwd en was aanvankelijk bedoeld om pokkenpatiënten op te vangen, die de stad graag in quarantaine wilde houden. Vervolgens was het een psychiatrische inrichting geworden, waarna het alle problemen had meegemaakt die dit soort instellingen kenden: overbevolking, mensonterende behandeling van zieken, psychiatrische behandelingen die zich op de grens van het legale bevonden. In het begin van de jaren zestig van de vorige eeuw werden in boeken en artikelen de gebeurtenissen in de inrichting publiekelijk bekendgemaakt, waarna verscheidene leden van het personeel voor de rechter werden gedaagd. In de loop der tijd waren de omstandigheden verbeterd, maar het gebouw had zich nooit echt kunnen losmaken van het rampzalige imago. Sinds ik medicijnen studeerde, was er geen jaar voorbijgegaan waarin niet de spoedige sluiting ervan was aangekondigd, maar de werkelijkheid loog niet: het Pentagon bestond nog steeds en binnen de muren daarvan hoopte ik mijn heil te kunnen zoeken.

'Ik moet u waarschuwen,' zei de verpleger, 'de noodknop op de kamer werkt niet.'

Het kostte me moeite hem recht in de ogen te kijken. Een deel van zijn gezicht was geheel verbrand, waardoor sommigen hem de bijnaam Dubbelgezicht hadden gegeven.

'Dus aarzel niet om te schreeuwen zodra er problemen ontstaan,' vervolgde hij. 'Omdat we onderbezet zijn, kan ik u niet garanderen dat iemand u hoort, maar dat is de beste manier om die ouwe debiel bang te maken.'

'U hebt het over mijn grootvader!'

'Mogen we ook al geen grapjes meer maken?' mopperde hij schouderophalend.

Dubbelgezicht opende de deur van de kamer, liet me binnen en vergat niet snel de deur achter mij op slot te doen. Het was een piepkleine ruimte, een cel die spartaans was ingericht met een ijzeren bed, een wankele, plastic stoel en een aan de vloer vastgeschroefde tafel. Op de matras lag een man half overeind met zijn rug tegen een kussen geleund. Een geheimzinnige, oude man met een zilvergrijze baard en wit, sluik haar, dat tot op zijn schouders hing. Hij staarde onbeweeglijk, met troebele ogen voor zich uit, hij leek elders te zijn, verstard, opgaand in een verre hersenschim. Een soort Gandalf onder de psychotrope middelen.

'Hallo, Sullivan,' zei ik, terwijl ik enigszins verlegen naar hem toe liep. 'Ik heet Arthur Costello. We hebben elkaar nog nooit ontmoet, maar ik ben de zoon van je zoon, Frank. Je bent dus mijn grootvader.'

Geen slechte manier om van wal te steken...

Sullivan bleef versteend zitten en leek zich zelfs niet van mijn aanwezigheid bewust te zijn.

'Tot voor kort wist ik niet van je bestaan af,' legde ik uit, en ik ging vlak naast het bed zitten. 'Ik wist niet dat je nog leefde en dat je hier werd verzorgd. Als ik het wel had geweten, zou ik je eerder hebben opgezocht.'

In gedachten rekende ik uit hoe oud hij was, gebruikmakend van de informatie die ik van mijn vader had gekregen. Als ik me niet vergiste, moest Sullivan net zeventig jaar oud zijn. Achter zijn door de tijd getekende trekken en de baard, die een groot deel van zijn gelaat bedekte, was een regelmatig gezicht te zien met een hoog voorhoofd, een forse, maar harmonieuze neus en een wilskrachtige kin. Ik kon me probleemloos voorstellen hoe hij er dertig jaar geleden moest hebben uitgezien, zoals op de familiefoto's: een levendige ondernemer die maatpakken, overhemden met gesteven boorden, manchetknopen en een gleufhoed droeg. Ik herinnerde me één foto in het bijzonder: een sigaar in zijn mondhoek, voeten op zijn bureau in zijn kantoor op Madison Avenue. Een andere tijd, een andere man...

Ik liep naar de stoel die bij het bed stond en probeerde zijn aandacht te trekken. 'Ik ben vandaag gekomen om je om hulp te vragen.'

Hij reageerde niet.

'Ik heb je vuurtoren geërfd, 24 Winds Lighthouse, en...'

Ik maakte de zin niet af, maar keek hem aan en hoopte op een reactie, die uitbleef.

Ik zuchtte. Het was duidelijk een vergissing geweest om te komen. Om te beginnen omdat we vreemden voor elkaar waren. En vooral omdat Sullivan zich in een diep stilzwijgen bleef hullen en niets erop wees dat dat ooit zou veranderen.

Ik stond op, liep naar het raam en keek tussen de tralies door naar de vlokkige wolken die naar het Astoria dreven. Ondanks het weer buiten was het in de kamer ijskoud. De gietijzeren radiator borrelde, maar het apparaat straalde geen enkele warmte af.

Ik ging weer zitten en deed nog een laatste poging. 'Frank vertelde me dat je vier jaar nadat je was verdwenen, contact met hem hebt opgenomen om hem te vragen de ijzeren deur in de kelder dicht te metselen.'

De oude man bleef onbeweeglijk, zijn handen op zijn buik gekruist, als een beeld op een graftombe. Ik vervolgde: 'Ik ben de kelder ingegaan, ik heb de bakstenen muur weggehakt en ik heb...'

Sullivan stak bliksemsnel zijn arm uit en greep me bij mijn keel.

Ik had me als een groentje laten verrassen. Door zijn lethargie had ik mijn waakzaamheid laten verslappen en nu klemde zijn ijzeren vuist zich om mijn strot. Niet in staat adem te halen, keek ik hem strak aan. Mijn verhaal over de deur had als een elektroshock gewerkt. Tijdens mijn onthullingen was er in zijn ogen een zilveren, angstaanjagende schittering ontstaan.

'Waarom heb je dat gedaan, stomme sukkel,' fluisterde hij in mijn oor.

Ik probeerde me los te maken, maar hij verstevigde zijn greep. Waar haalde hij de kracht vandaan? Ik voelde zijn vingers in mijn vlees dringen en mijn slokdarm dichtdrukken. Die idioot was bezig me te wurgen!

'Heb je de ijzeren deur opengemaakt? Ben je de kamer binnengegaan?'

Ik knikte bevestigend. Mijn antwoord dreef hem tot wanhoop. Plotseling liet hij me los en ik barstte in een lange hoestbui uit.

'Je bent gek!' riep ik terwijl ik opstond.

'Misschien,' beaamde hij, 'maar jij zit vreselijk in de ellende, jongen.'

Het bleef lange tijd stil. Ruim een minuut lang keken we elkaar strak aan. Sullivan was veranderd. Hij keek nu ernstig en leek geconcentreerd, hij gaf de indruk uit een nare nachtmerrie te ontwaken. Als een reiziger die op de terugweg was van een lange reis. Zijn blik was levendig en scherp, hij nam me van top tot teen op. 'Hoe zei je ook al weer dat je heette?'

'Arthur. Arthur Sullivan Costello.'

Toen hij mijn tweede voornaam hoorde, klaarde zijn gezicht op in een magere glimlach. Hij had twee kuiltjes in zijn wangen. 'En waarom heb je mijn horloge gepikt, Arthur Sullivan Costello?' vroeg hij, terwijl hij naar de Cartier om mijn pols wees.

'Wil je dat ik hem teruggeef?'

Hij legde zijn hand op mijn schouder. 'Nee, jongen. Geloof me, je zult hem harder nodig hebben dan ik.'

Hij stond met krakende gewrichten op, alsof zijn eigen lichaam te krap voor hem was. 'Je hebt de deur dus opengeduwd en nu vraag je je af wat er allemaal met je gebeurt...'

'Ja, ik wil je een heleboel vragen. Je moet...'

Hij stak zijn hand op om me te onderbreken. 'Welk jaar is het intussen al?'

'Hou je me voor de gek?'

'Nee, ik probeer je uit je tent te lokken. Het is 14 september 1993.'

Ik zag dat hij nadacht, voordat hij vervolgde: 'Wat doe je voor de kost, jochie?'

'Ik ben arts. Waarom?'

'Zomaar. Werk je in een ziekenhuis?'

Toen ik knikte, leken zijn hersenen met een enorme snelheid aan de slag te gaan. Zijn ogen begonnen te fonkelen met een nieuwe gloed, die moeilijk viel te duiden.

'Heb je misschien een sigaret voor me?'

'Ik geloof niet dat je hier mag roken,' zei ik, terwijl ik naar de rookmelder wees.

'Heb je het dan nog steeds niet begrepen? In dit krot functioneert niets meer.'

Ik zuchtte, zocht in mijn zak en gaf hem de aansteker en het pakje mentholsigaretten dat ik bij Elizabeth Ames had gepikt.

'Wat is dat voor rotzooi?' gromde hij. 'Ik ben toch geen wijf, of zo? Heb je geen Lucky Strike?'

Zonder op antwoord te wachten stak hij vloekend een sigaret op en nam een grote haal.

'Wanneer heb je de deur geopend?' vroeg hij plotseling op serieuze toon.

'In juni 1991.'

'Dan is dit dus je tweede reis... Wanneer werd je voor het laatst wakker?'

'Vanmorgen om negen uur. Wat bedoelde je precies met "reis"?'

'Je krijgt antwoord op al je vragen, kleintje, maar eerst moet je iets voor me doen.'

'Wat voor iets?'

'Help me uit dit rattengat weg te komen. Vandaag nog.'

Ik schudde met mijn hoofd.

'Dat meen je niet. Dat is onmogelijk, en het lijkt me ook niet wenselijk, Sullivan,' zei ik op de zelfverzekerde toon van een arts, zoals ik die vroeger al zo vaak had gebruikt. 'Het zou niet verstandig zijn om in jouw toestand...'

Hij lachte spottend en wees naar mijn borst. 'Maar het is niet voor mij, jochie, je zou het voor jezelf moeten doen. Luister nou eens goed, want we hebben niet veel tijd meer.'

Hij boog zich naar mijn oor en gaf me een reeks instructies. Elke keer wanneer ik mijn mond opende om iets te zeggen, legde hij me het zwijgen op door zijn stem te verheffen. Hij was nog niet klaar of de rookmelder begon te gillen.

Enkele tellen later kwam Dubbelgezicht de kamer binnen. Toen hij de sigaret en het pakje sigaretten op tafel zag liggen, barstte hij woedend uit: 'Zo is het genoeg, meneer. U moet onmiddellijk gaan.'

5

Ik keerde met de kabelbaan terug naar Manhattan.

Mijn gedachten tolden. Ik stond nog versteld van de snelheid waarmee Sullivan een plan had bedacht, maar ik wist niet hoe ik hem uit de inrichting moest krijgen. In elk geval niet in mijn eentje. Ik probeerde geld uit de muur te halen, maar nu werd mijn pas geweigerd. Ongetwijfeld omdat ik hem al twee jaar niet meer had gebruikt. Ik telde mijn armzalige bezit na. Ik had nog vijfenzeventig dollar. Genoeg om een treinkaartje naar Boston te kopen, maar dat was bijna het enige. Ik keek op mijn horloge: de ochtend liep ten einde.

Ik liep snel naar Penn Station en kocht een enkeltje. Op de borden zag ik dat er elke twee uur een sneltrein vertrok, en de volgende vertrok om 13.03 uur. Ik rende naar het perron en kon nog net een wagon in springen.

Gedurende de hele reis bleven de vragen in me opkomen. De eerste was het lastigst: hoe kon ik deze vervloeking stoppen en mijn vroegere leven weer oppakken? Ik kon slechts één oplossing bedenken: Sullivan. In dat geval was de tweede vraag een ware gewetensvraag: had ik het recht een patiënt te helpen om uit een psychiatrische inrichting te ontsnappen? Iemand van wie ik niet eens wist of hij wel geestelijk gezond was. Iemand die had laten blijken tot geweldsuitbarstingen in staat te zijn. Iemand die oncontroleerbaar was, zich agressief kon opstellen tegen onschuldigen, of erger nog.

Het antwoord was duidelijk: nee.

De derde vraag was: had ik een keus?

En daarop was het antwoord even duidelijk...

6

Boston South Station
16.40 uur

Zodra ik de trein uit was gestapt, rende ik zo hard ik kon naar de financiële wijk. Ik had niet veel tijd: na vijf uur was geen enkele bank in het centrum van de stad nog open.

Mijn bankkantoor lag op de begane grond van een modern gebouw naast Faneuil Hall. Bij de ingang botste ik tegen een glazen deur die een bewaker net op slot had gedaan. Ik klopte drie keer op de glazen wand. Hij draaide zich om en keek me geërgerd aan. Met mijn vinger tikte ik op de wijzerplaat van mijn horloge om hem te laten zien hoe laat het was: 16.59 uur. Hij schudde zijn hoofd en wees met een uitdagende beweging van zijn kin naar de digitale muurklok die aangaf dat het 17.01 uur was.

Ik zuchtte en sloeg woedend tegen de deur. Kwaad aarzelde de bewaker een moment of hij uit zijn hokje zou komen, maar hij bleef op zijn hoede en waarschuwde liever een meerdere. Ik had geluk, de persoon die naar buiten kwam, was Peter Länge, de bankier die over de betaal- en spaarrekeningen van de hele familie ging. Hij herkende me en opende zelf de deur.

'Arthur, we hebben je al heel lang niet meer gezien.'

'Ik was op reis in Europa,' loog ik. 'Ik weet dat het laat is, maar je moet me echt helpen.'

'Kom alsjeblieft binnen.'

Ik bedankte hem, zonder me enige illusies te maken. Dat hij zo vriendelijk en meegaand was, was vooral omdat hij de bankier van mijn vader was. Ik volgde Länge naar zijn kantoor, legde hem uit dat mijn betaalpas niet meer actief was en vroeg hem hoe mijn financiën ervoor stonden. Hij tikte wat op zijn computer in om een overzicht van de laatste transacties op te roepen. Gedurende mijn twee jaar 'afwezigheid' waren mijn financiële transacties doorgegaan. Helaas allemaal één kant op: huur, verzekeringen en de aflossingen van mijn studieleningen waren met de regelmaat van een klok betaald. Omdat het ziekenhuis was gestopt met mijn toch al armzalige salaris, had de bank mijn spaarrekening aangesproken om mijn kosten te dekken. Als een oude sok waarin ooit een spaartegoed van vijftigduizend dollar was gestort, waarvan nu nog slechts negenduizend dollar over was.

'Ik wil graag dat hele bedrag opnemen.'

'Dat is mogelijk,' grijnsde Länge, 'maar dan moet u morgen terugkomen, en u moet minstens duizend dollar op de rekening laten staan.'

Ik hield vol en vertelde dat ik vanavond uit Boston zou vertrekken en ik het geld dat mijn moeder me had nagelaten, beslist nodig had. Ik verwachtte niet dat hij in tranen zou uitbarsten, maar hij luisterde naar me en probeerde toch iets voor me te regelen. Een halfuur later vertrok ik met achtduizend dollar contant op zak. Toen we afscheid van elkaar namen, condoleerde die sukkel me nog, alsof mijn moeder een week geleden was overleden.

Ik trok een droevig gezicht en vertrok zonder om het restant te vragen. Ik hield een taxi aan om me naar South Dorchester te laten brengen.

7

In het Massachusetts General Hospital moeten alle coassistenten van de spoedeisendehulpafdeling drie keer per maand mee op een nogal bijzondere reis: een ziekenwagen van het ziekenhuis ging de armste wijken van Boston in om iedereen gratis medische zorg te verlenen. In theorie was het een mooie gedachte, maar in werkelijkheid was het vaak een nachtmerrie. Gedurende de maanden waarin ik aan het avontuur had meegewerkt, was onze vrachtwagen regelmatig door leden van de gangs met stenen bekogeld, omdat onze aanwezigheid hun handel verstoorde. Telkens weer waren we tegengehouden, aangevallen en beroofd. Het was zo erg, dat de ziekenbroeders hun vakbonden hadden gevraagd ermee te mogen stoppen. Maar de gemeente hechtte veel waarde aan het project en bleef er op basis van vrijwilligheid mee doorgaan. Daarom moest ik de ziekenwagen verscheidene keren zelf besturen en reed ik naar wijken aan de rand van de stad waar meer autosloperijen te vinden waren dan garages.

Aan die tijd, zo lang geleden en toch zo dichtbij, dacht ik toen ik Fitzpatrick's Auto Repair binnenging, een van de grootste reparatiewerkplaatsen van de stad, gespecialiseerd in het onderhoud van begrafenisauto's, schoolbussen en ambulances.

In de enorme werkplaats hing een sterke lucht van smeerolie, diesel en rubber. Zodra ik een stap naar binnen had gedaan, kwam een witte bulterriër agressief op me af rennen, me met hard geblaf begroetend.

Ik was altijd al bang voor honden geweest. Voor deze was ik doodsbenauwd en dat voelde dat beest. Ik probeerde hem te negeren en liep naar de chef van de garage. 'Hallo, Dany.'

'Hallo, sukkel, dat is lang geleden. Je bent in elk geval niet bang voor mijn Zoria. Ze is een schatje, hoor.'

Een vetbuik van één meter negentig in een houthakkershemd en een vettige overall. Dany Fitzpatrick zag er nog angstaanjagender uit dan zijn hond. Achter zijn rug noemde iedereen hem Jabba de Hutt, maar niemand had ooit het lef gehad het hem recht in zijn gezicht te zeggen.

'Conrad stuurt me om een ziekenwagen voor vanavond op te halen,' zei ik tegen Dany, alsof we elkaar de vorige dag nog hadden gesproken.

'Waar heb je het over? Ik heb geen enkele bestelling gezien.'

'Die faxt Conrad je nog toe,' antwoordde ik meteen. 'Je weet hoe het gaat: alles op het allerlaatste moment. Vanavond gaan we naar de hulpcentra in Mattapan en Roxbury. Misschien moeten we één of twee patiënten vervoeren, maar we willen iets lichts hebben. Een kleine, mobiele ziekenwagen. Heb je zoiets in voorraad?'

'Ik heb een Ford E-Serie staan,' zei hij, terwijl hij met een beweging van zijn kin naar een ambulance wees. 'Maar...'

Ik liep naar het busje dat tot een ziekenwagen was omgebouwd. 'Dit is uitstekend. Maak je maar geen zorgen over de fax. Teken hem maar in mijn plaats zodra hij binnen is. Dat heb je al vaker gedaan.'

Toen verplaatste Dany zijn vetmassa om mij de toegang tot de wagen te versperren.

'Momentje, schatje. Het zou me hogelijk verbazen wanneer ik een fax van Conrad zou krijgen.'

'Waarom dat?'

'Omdat ik al meer dan een halfjaar niet meer voor het ziekenhuis werk.'

Ik deed alsof ik verontwaardigd was en zette alles op alles: 'Luister, Dany, denk je dat ik het leuk vind om met deze rit te worden opgezadeld? Ze hebben me nu twee jaar met rust gelaten. Ik zeg je dat je een fax van het ziekenhuis krijgt. Wat zou ik anders met die ambulance moeten? Niet echt iets om een meid mee te versieren, toch?'

Dany Fitzpatrick krabde over zijn hoofd. Ik moest nu snel zijn en hem geen tijd geven erover na te denken. Ik moest hem iets in ruil bieden. Toen dacht ik plotseling aan iets wat ik in de krant had gelezen. 'Zaterdag spelen de Red Sox tegen de Yankees. Kom bij mij thuis kijken. Ik weet dat je op Veronika valt. Zij komt ook, met haar vriendinnen Olivia en Patricia, die kleine rooie van chirurgie. En wanneer die meiden wat op hebben, kijken ze niet meer zo nauw, als je begrijpt wat ik bedoel.'

Meteen verontschuldigde ik me in gedachten tegenover Veronika, terwijl ik tegen mezelf zei dat ik het niet voor de lol deed, maar voor een goede zaak.

'Goed, zaterdag dan,' antwoordde Dany terwijl hij me de sleutels gaf. 'Waar woon je nu?'

Vijf minuten later reed ik met een brede glimlach op mijn lippen achter het stuur van een ambulance de garage uit.

Ik reed Dorchester door met de bedoeling de weg naar New York te nemen. Het was een grote, langgerekte wijk met kilometers ver kleine gebouwen van rode zandstenen, braakliggende industrieterreinen en muren vol met graffiti. Dit was het Boston waarvan ik hield: een smeltkroes, omheinde basketbalterreinen en kleine winkels.

Ik stopte bij een rood verkeerslicht, deed de radio aan en kreeg meteen een nummer van R.E.M. te horen dat ik niet kende. Al snel floot ik het refrein mee. Hoewel er nog een heleboel moest gebeuren, begon mijn plan langzaam vorm aan te nemen. Op de radio begon een nieuw nummer, terwijl het licht op rood bleef staan. Op mijn gemak keek ik om me heen. Links stond een beklad verkeersbord: drie grote, rode Z's probeerden de richting te verbergen – het kerkhof van Forest Hills – alsof ze de geesten wilden uitdrijven. Ik kende dat kerkhof, daar lagen mijn moeder en mijn grootmoeder van vaders kant begraven.

Het licht sprong op groen, maar ik bleef staan, ondanks het getoeter van de auto achter mij. *Gecondoleerd...* Plotseling begreep ik het: mijn bankier had het niet over de dood van mijn moeder gehad.

Maar over die van mijn vader.

8

Het kerkhof was ruim honderd hectare groot en leek meer op een Engels park dan op een begraafplaats. Nadat ik mijn auto had geparkeerd, liep ik een van de paden op die door een golvend landschap kronkelden, langs marmeren fonteinen, kapellen en sierlijke, soms luchtige beelden.

Ik was hier niet meer geweest sinds de begrafenis van mijn moeder, een grijze, regenachtige zomerdag in 1984. De omgeving was sterk veranderd. Maar algauw, toen ik aan de andere kant van een kleine heuvel kwam, herkende ik het meer, dat werd gedomineerd door een grillige rotspunt, die de omgeving de sfeer van een gotisch schilderij gaf.

Ik liep verder over een bospad langs stenen muurtjes. Het was zes uur 's middags, de zon zakte al en zette het landschap in een prachtig licht. Te midden van de uitbundige vegetatie genoten enkele bezoekers, die in eerste instantie voor de rust waren gekomen, van het mooie weer en het zachte briesje, dat de struiken en bloemen deed wiegen.

In de schaduw van honderd jaar oude bomen liep ik over de grindpaden tussen tombes en grafkelders. Ik genoot op mijn beurt van de loomheid van de omgeving, tot ik de stenen tombe van mijn vader zag.

FRANK COSTELLO
2 JANUARI 1942
6 SEPTEMBER 1993
Ik ben geweest wat jij bent,
jij zult worden wat ik ben.

Mijn vader was vorige week overleden. Hij was dus heel recent begraven: drie of vier dagen geleden.

Ik voelde verdriet. Niet om hem, maar meer om al die momenten die we niet hadden gedeeld. Toch probeerde ik een vrolijke herinnering te vinden, maar ik kon nergens op komen, wat me nog verdrietiger maakte. Tot aan het einde toe had ik op zijn liefde gehoopt. Ik zie nog voor me hoe hij die beroemde zaterdagmiddag bij me thuis kwam en me met zijn charmeoffensief bestookte: de belofte van een vistochtje, een samenzweerderige middag van een vader met zijn zoon... Om me in zijn val te laten lopen en naar de vuurtoren mee te nemen, had hij op mijn gevoel gespeeld. En ik was zo dom geweest erin te trappen.

Een jaar geleden, de laatste keer dat we elkaar hadden gesproken, was over de telefoon geweest. Zijn laatste woorden tot mij waren: verdomme, Arthur!

Verdomme, Arthur!

Een goede beschrijving van onze relatie.

Terwijl ik een traan van mijn wang veegde, vroeg ik me onwillekeurig af of ik ooit ook een kind zou hebben. Gezien mijn precaire situatie, leek me dat lastig, maar toch probeerde ik mezelf voor te stellen met een kind met wie ik honkbalde of dat ik van school haalde. Maar opnieuw kon ik me geen beeld vormen. Dat wekte geen verbazing: duistere gedachten tolden door mijn hoofd. En ongetwijfeld zonder veel liefde om te geven.

Ik liep naar de marmeren grafsteen en moest toch glimlachen om het grafschrift.

Nee, Frank, ik hoop echt dat ik nooit zoals jij zal worden. Kijk maar eens in wat voor ellende je me hebt gestort...

Het was alsof ik zijn lach op de wind meegevoerd hoorde worden, en toen beeldde ik me zijn stem in: *ik had het je gezegd, Arthur. Vertrouw niemand, zelfs je vader niet.*

Het ergste was dat hij geen ongelijk had. Die schoft had me gewaarschuwd, maar ik dacht dat ik het beter wist en had die verdomde deur opengeduwd. Ik werd er zo kwaad om, dat ik hardop zei: 'Ik heb het altijd zonder jou gedaan, Frank. En nu zal ik me ook weer alleen redden.'

Ik spreidde mijn armen open, met mijn gezicht in de stralen van de zon, en zei uitdagend tegen mijn vader: 'Zie je, ik leef en jij bent dood. Je kunt me nu niets meer aandoen.'

Maar zoals altijd had hij het laatste woord: *weet je het zeker, Arthur?*

9

23.58 uur

Het was bijna middernacht toen ik in New York aankwam. Ik was onderweg gestopt om in een Gap-winkel in Boylston kleding in mijn maat te kopen: een ruimvallende, katoenen broek, een wit overhemd en een katoenen jack. Dit was niet overdreven. Ik moest er presentabel uitzien om mijn verdere plan tot een goed einde te kunnen brengen.

Ik parkeerde 'mijn' ambulance in een straatje in East Village, tussen 3rd Street en 2nd Avenue, en ging lopend verder naar St. Mark's Place.

Rond deze tijd was het niet de rustigste plek in Manhattan. Een ziekelijke vibratie hing als een elektrische spanning in de lucht. De stoepen lagen vol met afval, de afgetakelde gebouwen werden bewoond door krakers. Op de trappen van de vervallen *brownstones* zaten onbeweeglijke, futloze lichamen met gesloten ogen.

Onder de bomen die langs de straten stonden, lagen gebruikte naalden en condooms. Obscene graffiti bedekten de gevels van de platenwinkels en tatoeageshops. Drugs waren alomtegenwoordig: dealers dwaalden door de wijk en dealden open en bloot crack, heroïne en pillen. Overal hingen vreemde vogels rond – oude punks, yuppies, junks die al met één been in het graf stonden – voordat ze terug naar huis gingen voor hun trip of gingen feestvieren in de clubs in de wijk. Op plaatsen als deze was New York meer dan ook de stad waarin alles mogelijk was.

Vooral het slechtste.

00.16 uur

Op de hoek van St. Mark's Place en Avenue A bleef ik staan voor het Frantic, de club waarin ik Elizabeth Ames hoopte te vinden.

Het was er stikkend heet en overvol. Een gitaarduo verkrachtte een nummer van Van Morrison. De alcohol vloeide rijkelijk. Op de dansvloer danste iedereen mannetje aan mannetje. Haar plakte van het zweet op de hoofden en aan elkaar. Maar achter de bar was pas werkelijk wat te beleven. Minishorts van spijkerstof, diep uitgesneden hemdjes, stetsons op het hoofd: de serveersters stalen de show, jongleerden met de flessen en daagden de klanten uit meer te consumeren. Om de beurt klommen ze zelfs op de toog en voerden een uitdagende dans ten tonele, die weinig aan de verbeelding overliet: om in het Frantic te werken, was cupmaat 95C belangrijker dan het feit of je een margarita of een daiquiri kon schenken.

Ik baande me met mijn schouders een weg naar de bar en bestelde bij een welgevormde roodharige met kleurige tatoeages tot aan de aanzet van haar billen een Jack Daniel's. Zij was de oudste en mooiste van alle barmeisjes. Met haar hoog op haar hoofd opgestoken haar en haar grote mond deed ze me denken aan een schilderij van Toulouse-Lautrec: *La Goulue arrivant au Moulin Rouge*.

'Hallo, weet je of Elizabeth er vanavond is?'

'Aan de andere kant van de bar, schat. Maar volgens mij ben je een veel te aardige jongen om een kans bij Lisa te maken...'

'Bedankt voor de raad.'

Ik kneep mijn ogen samen en vond degene die ik zocht. 'Lisa!'

Ik zwaaide naar haar, alsof we oude vrienden waren. Ik was er vrijwel zeker van dat ze me niet zou herkennen. Dat hoopte ik tenminste. Onze vluchtige ontmoeting had slechts enkele seconden geduurd. Elizabeth had me een klap gegeven, ik had meteen mijn handen voor mijn gezicht geslagen om me te beschermen.

De jonge vrouw fronste haar voorhoofd en kwam naar me toe. Misschien herkende ze me toch... Voorzichtig stak ik van wal. 'Hallo. Zit jij op de Juilliard School?'

De verwijzing naar haar school leek haar gerust te stellen. Plotseling was ze niet langer zomaar een serveerster die vanwege haar leuke snoetje in een louche bar werkte, maar een studente op een chique toneelschool.

'Kennen we elkaar?'

Met mijn ontwapenendste glimlach schudde ik mijn hoofd. 'Nee, maar iemand zei dat ik eens bij je langs moest gaan.'

'Wie? David?'

Ik herinnerde me dat dat de voornaam was van de man aan wie ze liefdesbrieven stuurde. Na een korte aarzeling besloot ik het erop te wagen. 'Ja. David zei dat je een fantastische actrice bent. En dat komt goed uit, want ik heb een rol voor je.'

Ze haalde haar schouders op. 'Hou op met die onzin.'

Ik merkte dat ze zowel nieuwsgierig als achterdochtig was. Ze was waarschijnlijk al zo vaak bedonderd...

'Wacht, ik meen het echt.'

'Er zijn veel klanten, ik moet aan het werk.'

Ik liet haar niet weggaan. 'Ik heb echt een rol voor je.'

'Wat voor soort rol?' vroeg ze met een wanhopige blik.

'Een beetje een speciale rol,' moest ik toegeven.

'Laat maar. Ik doe geen porno,' verzuchtte ze.

'Je vergist je. Het is een rol waarbij je helemaal in de kleren blijft. Een rol als verpleegster.'

'Een verpleegster die met haar patiënten naar bed gaat?'

De muziek was hard. Ik moest bijna schreeuwen om me verstaanbaar te maken. 'Nee!'

'Dan zeker een die met een arts naar bed gaat?'

'Nee, ze gaat met niemand naar bed. Jezus, kun je aan niets anders denken?'

'Volgens mij ben jij zo.'

'Ik?'

'Mannen als jij.'

Ik schudde mijn hoofd en deed alsof ik verontwaardigd was.

Ze glimlachte. 'Sorry, maar ik heb een vervelende dag achter de rug. Vanmorgen is er een idioot mijn huis binnengedrongen die heeft geprobeerd me onder de douche aan te vallen... Goed, veel plezier nog,' zei ze, terwijl ze zich omdraaide.

Ik probeerde haar nog tegen te houden, maar ze was al naar de andere kant van de bar gelopen en schonk een nieuw rondje tequila in voor een groep Wall Street-types die zich in East Side kwam vermaken.

De vrouw met de grote mond kwam naar me toe en gaf me een nieuw glas whisky. 'Ik had het je gezegd, jongen. Lisa is niets voor jou.'

'Ik heb niet geprobeerd haar te versieren.'

'Natuurlijk niet. Iedereen probeert Lisa te versieren.'

Ik pakte een sigaret. Ze streek een lucifer aan en gaf me vuur.

'Dank je. Wie is die David? Haar vriend?'

'Ja, een schilder.' Haar gezicht betrok in een grimas die zowel spot als walging uitstraalde, en ze voegde eraan toe: 'Als je dat tenminste schilderen kunt noemen... Je zou in elk geval wel kunnen zeggen dat ze gek op hem is. En die sufferd is gek op...'

Plotseling herinnerde ik me de bankafschriften. 'Hij pakt haar geld af, is het niet?'

'Hoe weet je dat?'

Ik gaf geen antwoord en blies een rookwolk uit. Toen probeerde ik naar de andere kant van de bar te lopen om opnieuw Lisa's aandacht te trekken, maar er verdrongen zich steeds meer mensen rondom de bar.

Het meisje met de grote mond was al begonnen andere glazen vol te schenken. Maar voordat ze wegliep, gaf ze me nog een tip: 'Over een uur is die meid vrij. Als je in alle rust met haar wilt praten, wacht dan in het Damato op haar.'

'Het Damato?'

'Een pizzeria die de hele nacht open is, op de hoek van 10th en Stuyvesant Street.'

'Weet je zeker dat ze komt?'

Ze duwde me met haar hand weg. 'Wacht daar op haar, zeg ik je toch.'

01.36 uur

SINDS 1931 IS DE WERELD VERANDERD, MAAR
ONZE PIZZA'S ZIJN HETZELFDE GEBLEVEN.

De ingelijste spreuk boven de kassa benadrukte de oorspronkelijkheid en authenticiteit van het restaurant, een van de laatste plekken die nog met een houtoven werkten.

Het was een klein, ouderwets ingericht restaurant – rood-wit geruite servetten, kromme trattoriastoeltjes, lampen met aftandse lampenkappen – maar de sfeer was warm. De geur van tomaat en basilicum zorgde ervoor dat je trek kreeg zodra je over de drempel stapte. Ik wachtte al een uur en had alle tijd gehad een pizza met een knapperige korst te verorberen, weggespoeld met enkele glazen valpolicella. Omdat het een piepkleine ruimte was, wilde de eigenares – vriendelijk als een gevangenisdeur – het liefst dat klanten niet bleven zitten wanneer ze waren uitgegeten. Om mijn tafel te behouden had ik een fles bier moeten bestellen. Die werd net gebracht toen Lisa het restaurant binnenkwam. Ze was duidelijk een vaste gast. Ze begroette de eigenaresse en de pizzabakkers bij hun voornamen.

'Wat doe jij hier?' vroeg ze me toen ze me zag. 'Volg je me?'

'Neem me niet kwalijk, maar het lijkt er eerder op dat jij mij volgt. Ik zit hier al een uur,' antwoordde ik zo ontspannen mogelijk.

'Denk je dat ik gek ben?' zei ze, terwijl ze ging zitten.

Ze had zich omgekleed en droeg een panty onder haar spijkershort, een kort jasje met doodshoofden erop geborduurd en spijkerlaarzen. Haar handen waren in handschoentjes van wit kant gestoken; om haar polsen droeg ze tientallen dunne, rubberen armbanden en om haar nek als sieraad een rozenkrans. Aan haar oren hingen oorbellen in de vorm van kruizen. Een mooie kloon van Madonna in het Maripol-tijdperk.

Ze bestelde een glas fris en dunne plakjes met kruiden geparfumeerd pizzabrood. Ik liet het aan haar over het gesprek te beginnen.

'Ik weet je naam niet eens.'

'Arthur Costello. Ik ben SEH-arts in Boston.'

'Die rol die je me aanbiedt is zeker onzin, hè?'

'Integendeel, ik meen het echt, maar ik wil wel meteen antwoord hebben.'

'Is het voor een film of een toneelstuk?'

'Een toneelstukje. Het is maar eenmalig.'

'Door wie geschreven?'

'Juist door niemand. Ik vraag je te improviseren en je aan de situatie aan te passen.'

'Hou je me voor de gek?'

'Ik neem aan dat ze je op de toneelschool wel leren te improviseren?'

Ze schudde haar hoofd. 'Ik hou van mooie teksten, goed geschreven dialogen, de woorden van een auteur... Wanneer een acteur improviseert, wordt het vaak zo platvloers.'

'Soms, maar niet altijd. Sommige van de mooiste filmscènes zijn geïmproviseerd: de monoloog van Robert De Niro voor de spiegel in *Taxi Driver*, de hartverscheurende ijsscène in *Kramer vs. Kramer*. Weet je, toen Dustin Hoffman tegen zijn zoon zei: "Billy, als je het waagt deze lepel ijs in je mond te stoppen...'

'... kun je rekenen op grote, heel grote problemen." Ik ken de film uit mijn hoofd. Die scène wordt niet geïmproviseerd.'

Ze had het citaat aangevuld terwijl ze me strak in mijn ogen keek. De felheid van haar grijsblauwe blik liet me niet koud.

'Ik weet zeker van wel,' zei ik ten slotte.

'Goed dan,' zei ze schouderophalend. 'En in welk theater wordt het opgevoerd?'

'Het theater van het leven. "De hele wereld is een schouwtoneel en..."'

'"... alle mannen en vrouwen zijn slechts acteurs." Ik weet het. Ik ken mijn klassiekers. Goed, draai er niet langer omheen. Wat ben je van plan?'

'Je hebt gelijk, ik zal eerlijk zijn. De waarheid is dat ik wil proberen mijn grootvader uit een psychiatrische inrichting te halen.'

Ze hief haar ogen ten hemel, zonder te proberen mij te onderbreken.

'Wil je weten wat ik van plan ben? Nou, morgenochtend om zeven uur precies ga je, als verpleegster gekleed, met mij mee het Blackwell Hospital binnen. Mijn grootvader zal een hartaanval simuleren. We leggen hem op een brancard, brengen hem naar de ambulance en maken dat we zo snel mogelijk wegkomen. Een halfuur later ben je thuis. Je krijgt je geld en je hoort nooit meer iets van mij.'

Ze wachtte enkele tellen, nam een slok uit haar glas en barstte toen in lachen uit. 'Volgens mij gebruik je de verkeerde pillen.'

Ik keek haar met een ernstig gezicht aan. 'Ik meen het serieus en ik ben volkomen clean.'

Ze stopte met lachen. Haar blonde haar zat in de war. Ze duwde het naar achteren en bond het met een donkergekleurde haarband vast.

'Bestaat die grootvader echt?'

Ik knikte. 'Hij heet Sullivan Costello.'

'En waarom wil je hem uit die inrichting halen?'

'Omdat hij dat verdient.'

'Je vindt niet dat hij gek is,' raadde ze.

'Je hebt het helemaal begrepen.'

'Maar waarom ik? We kennen elkaar niet. Kun je het niet aan een van je vrienden vragen?'

'Ik heb een beroepsactrice nodig. Bovendien heb ik geen vrienden. Niet zulke, in elk geval.'

'Het soort dat je om drie uur 's nachts kunt bellen om te helpen een lijk op te ruimen?'

Nu moest ik zelf glimlachen.

'Het spijt me, maar ik kan je niet volgen,' zei ze, terwijl ze een hap van haar pizzabrood nam.

Ik gaf haar de envelop met achtduizend dollar. 'Dat is alles wat ik heb,' zei ik. Daarmee speelde ik mijn laatste troefkaart uit.

Ze deed de bruine envelop open en bekeek langdurig de stapel biljetten van vijftig dollar. Haar ogen fonkelden, maar niet uit hebzucht. Ik wist dat dit geld voor haar een poort naar de hemel was: het betalen van enkele maanden huur en het aanvullen van haar in het rood staande bankrekening. Dan hoefde ze minder vaak de ellende te ondergaan als serveerster in tenten als het Frantic en zich door halfdronken brulapen als een gogogirl te laten begluren. Dat betekende meer tijd om thuis te blijven en de toneelstukken van Sam Shepard en de romans van John Irving te lezen, opgerold op de bank met Remington, haar kat, en een kop earl grey binnen handbereik.

Ze aarzelde lange tijd en keek me met van vermoeidheid glimmende ogen aan. Ze vroeg zich af wie ik in werkelijkheid was en probeerde te ontdekken of zich achter mijn lieve gezicht geen duivel verborgen hield. Ze was twintig jaar oud, ze was jong, een beetje branie, een beetje verwaand, een beetje verloren. Gedurende een fractie van een seconde schoot er een andere indruk door me heen: een vluchtig beeld van een oudere Elizabeth, meer zelfverzekerd, dichter bij me, maar gekweld door andere problemen. Toen vervaagde haar blik en verdween de gloed.

'Dit is allemaal veel te riskant,' zei ze, terwijl ze de weer dichtgevouwen envelop naar me toe schoof.

'Ik vraag je niet een bank te overvallen.'

'Het is te gevaarlijk, zeg ik je.'

'Niet gevaarlijker dan met een drugsverslaafde samen te wonen.'

Mijn reactie kwam aan als een kanonschot, hard en ongepast. Elizabeth keek me met priemende ogen aan. 'Wie ben jij om mensen te veroordelen?'

'Zo erg is het niet om je in de schulden te steken om drugs voor je vriend te kunnen kopen.'

'Dat kun je niet begrijpen. David heeft het nodig om te schilderen. Hij...'

'Het bekende excuus. Ik ben arts en ik verzeker je; het beste wat je kunstenaar zou kunnen overkomen, is dat je hem loslaat. Ik meen het, waarom klamp je je zo aan hem vast?'

'Omdat ik van hem hou,' antwoordde ze met de grootste minachting die ze kon opbrengen.

Het huilen stond haar nader dan het lachen. Haar kin begon te trillen van een onderdrukte woede die ze niet veel langer meer zou kunnen verbergen. 'Je bent een lul, schoft!' riep ze en ze gooide haar glas leeg in mijn gezicht.

Ze stond op, waarbij haar stoel omviel, en liep het restaurant uit.
Ik kon niet altijd winnen.

02.21 uur

Toen ik terugkwam bij mijn ambulance, waren de twee zijspiegels kapot. Een junk had kennelijk geprobeerd in te breken om medische apparatuur of, nog beter, medicijnen te stelen, maar hij was duidelijk niet erg helder geweest, want zijn pogingen waren mislukt. Uit frustratie had de verslaafde zijn woede gekoeld op de zijspiegels. Zo ging het er in deze wijk aan toe...

Achter het stuur van mijn 'bolide' reed ik weg uit East Village, naar Gramercy, Murray Hill en Midtown. Om met de auto op Roosevelt Island te komen, moest je een grote omweg via Queens maken, om vervolgens terug te rijden en de afslag naar Roosevelt Island Bridge te nemen, de enige toegangsweg voor motorvoertuigen. Om drie uur 's morgens kwam ik onder aan de brug aan.

Ik stak het water over en parkeerde de ambulance vlak bij de inrichting op een omheind parkeerterrein in de open lucht, tegenover de skyline. Op de radio klonken oude jazznummers. Ik draaide het raam van het busje open. Genietend van de lome sax van Stan Getz rookte ik een sigaret, terwijl ik naar de wolkenkrabbers aan de andere kant van de rivier keek. De vibraties, het geroezemoes en het licht van de stad bevonden zich op slechts enkele tientallen meters bij me vandaan, maar leken toch buiten bereik te liggen.

Zo ver, zo dichtbij...

Ik vond in dit uitzicht een verwarrende echo van wat ik beleefde: ik bevond me zowel binnen als buiten mijn eigen leven. Zowel binnen als buiten mezelf.

Ik gooide de peuk het raam uit en liet me achterover tegen de hoofdsteun zakken. Ik sloot mijn ogen en probeerde nog een paar uurtjes te slapen.

10

Tik, tik, tik!

Ik schrok wakker. De eerste zonnestralen schenen in mijn gezicht. Toen zag ik het gezicht van Elizabeth Ames, die op mijn raam roffelde.

Snel keek ik op mijn horloge. Verdomme, vijf voor zeven.

Ik opende het portier voor haar. 'Wat heeft je doen besluiten toch te komen?'

'Het geld. Wat anders?' antwoordde ze, terwijl ik de motor startte. 'Ik wil trouwens dat je vooraf betaalt.'

Ik zocht in mijn binnenzak en gaf haar de envelop, kwaad op mezelf dat ik in slaap was gevallen. 'Sorry, maar we hebben geen tijd om te repeteren,' zei ik, en ik zette de tweetonige hoorn, het zwaailicht en de lichtbalk op het dak aan.

'Voor iemand die zo van improviseren houdt als jij, moet dat geen probleem zijn. Heb je trouwens voor uniformen gezorgd?'

'Ik heb de spullen achterin liggen. Wil je me een hemd en een stethoscoop geven?'

Ondanks de kuilen in de weg meerderde ik vaart, en ik hoopte dat alles op de zevende verdieping van het Blackwell Hospital ging zoals voorzien. Als Sullivan zich aan het afgesproken plan hield, zou hij nu een hartaanval simuleren. Ik zag al voor me hoe de verpleegster de deur van de kamer openduwde om aan haar ochtendronde te beginnen en mijn grootvader aantrof met zijn beide handen tegen de linkerkant van zijn borst gedrukt, alsof hij vreselijke pijn leed. Ik stelde me voor hoe Sullivan enkele minuten eerder glimlachend zijn gezicht had natgemaakt, alsof hij bezweet was, en enkele tientallen push-ups had gedaan om zijn lichaamstemperatuur te verhogen. Als de oude man zijn hoofd erbij kon houden, zou het plan goed kunnen aflopen. Wanneer de verpleegster zag dat hij een hartaanval had, zou ze haar telefoon pakken om een ambulance te bellen.

'Hulp is onderweg!' riep ik terwijl ik met gillende sirene het parkeerterrein opreed.

Ik stopte voor de ingang van de inrichting en klapte de wielen van de brancard uit. Samen met mijn 'assistente' rende ik de hal binnen.

'Hulp voor de patiënt op de zevende etage!' riep ik, terwijl ik naar de liften rende.

Eén ervan kwam net naar beneden. Snel gingen we naar binnen en Elizabeth drukte op de knop van de zevende verdieping. Terwijl de cabine naar boven ging, controleerde ik mijn materiaal - onderzoekstas, defibrillator, eerstehulpkoffer - en haalde diep adem om mijn angst te onderdrukken. Om de spanning te doorbreken, zei ik: 'Dat staat je uitstekend, zo'n overhemd van een spoedarts. Heel... pikant.'

Haar enige reactie was een opgestoken middelvinger, waarmee ze mijn kant op wees.

De deuren schoven met een stroef kabaal open.

'Aan het einde van de gang.'

Toen ik kamer 712 binnenkwam, zag ik Sullivan op zijn bed liggen, met een verpleegster aan het hoofdeinde. Zijn gezicht was drijfnat en vertrokken van de pijn, hij hield zijn rechterhand tegen zijn borst gedrukt.

'Wij zorgen wel voor hem,' zei ik tegen de vrouw in het wit, en ik zette mijn spullen op een tafeltje met wielen.

'Maar... wie bent u?' stamelde ze.

Al voordat ik mijn mond kon opendoen, zei Elizabeth: 'Dokter Hayes, dokter Addison.'

Ik begon aan een standaardonderzoek van de 'zieke': indirecte auscultatie, hartslag, bloeddruk, aanbrengen van de elektroden voor de scanner.

Elizabeth keek naar het apparaat en zei op redelijk overtuigende toon: 'Ziet u dan niet dat hij een hartaanval heeft? We moeten hem met spoed naar het Mount Sinai brengen.'

We legden Sullivan op de brancard. Terwijl we de gang door reden, drukte ik een zuurstofmasker op zijn gezicht. De verpleegster ging met ons mee de lift in, wat Elizabeth de kans gaf haar rol nog verder te perfectioneren door te roepen: 'Addison, leg een infuus aan en begin aspirine te injecteren.'

De deuren gingen open. In volle vaart stoven we de hal door naar de ziekenwagen.

Het ergste hadden we achter de rug.

Ik duwde Sullivan naar binnen. Ik zag dat hij onder zijn masker lachte. Hij stak zelfs zijn duim op in mijn richting en het was alsof ik hem hoorde zeggen: 'Goed gedaan, jongen.'

Er verscheen een glimlach op mijn gezicht, ik draaide me om en...

11

Zonder enige waarschuwing trof de eerste klap met de knuppel van de bewaker mij in mijn buik en benam me de adem. De tweede klap, op mijn borst, smeet me tegen de grond.

Met mijn gezicht in de modder op de grond, golfde het beeld van de ambulance vaag voor mijn ogen. Het embleem van het Massachusetts General Hospital in Boston, op de zijkant van de wagen, moest de bewaker die me had neergeslagen, hebben gealarmeerd. De stem van Dubbelgezicht klonk achter me: 'Kijk uit, Greg, hij is niet alleen!'

Terwijl hij probeerde de ambulance tegen te houden, stoof de wagen in volle vaart weg. De eerste vijftig meter probeerden de twee sukkels hem nog tegen te houden, maar ze maakten geen enkele kans tegen een V8-motor.

Kwaad kwamen ze naar mij terug en ik kon al raden op wie ze hun woede zouden koelen.

'Zodra ik je zag, wist ik dat er iets niet klopte met je,' zei Dubbelgezicht, voordat hij me in mijn zij schopte.

'Rustig, we zetten hem in de isoleer tot de politie er is.'

Ze sleurden me aan mijn hemd de inrichting binnen. Weer ging ik de lift in, maar nu onder stevige begeleiding en in de richting van de kelder. Aan het einde van de gang zag ik een bordje met ISOLEER: een piepkleine, gecapitonneerde ruimte waarin de twee mannen me ruw op de grond smeten.

De deur sloot achter me en ik was alleen, gevangen in deze sarcofaag. Ik probeerde mijn claustrofobie te onderdrukken.

En nu?

Ik troostte me met de gedachte dat Sullivan vrij was. Het was maar goed dat ik had doorgezet. Ik had het plan tot het einde uitgevoerd en het was gelukt.

Op een klein detail na.

Na een kwartier hoorde ik flarden van gesprekken die mijn kant op kwamen. Toen de dreunende stem van de bewaker: 'Hier zit hij opgesloten, inspecteur.'

'Goed, Greg, ik zal hem meenemen.'

Terwijl ze de deur van het slot haalden, verspreidde zich een misselijkmakende, zoete, zware geur van oranjebloesem in de ruimte. Op hetzelfde moment kreeg ik duizelingen en schoten plotseling felle pijnscheuten door mijn hoofd. Ik hapte naar adem, mijn ogen brandden en ik kreeg het bijna bekende gevoel dat de grond onder mijn voeten wegzakte en ik in de leegte viel.

Ik hoorde nog het geluid van de deur die knarsend opendraaide, maar ik was er al niet meer.

Toen de laatste uitroep van Dubbelgezicht: 'Verdomme, waar is die zak gebleven?'

1994

Elizabeth

Liefhebben is een avontuur zonder kaart en zonder kompas waar alleen behoedzaamheid verdwaalt.

Romain Gary

0

Het gezoem in de verte van een radio of een televisietoestel. Een gordijn van melasse. Een dichte, zwarte mist. Een onaangenaam gevoel, maar intussen wel bekend: dat van opgezwollen oogleden, alsof ze verzwaard zijn met kilo's lood. De moeite om adem te halen. En die verpletterende, bijna verwoestende vermoeidheid.

Ik open mijn ogen. Ik lig op een houten vloer. Parketplanken die nog naar was ruiken. Het is donker. Het is warm, alsof ze de verwarming urenlang maximaal hebben opengedraaid. Voorzichtig kom ik overeind. Mijn krakende gewrichten doen me vrezen dat mijn botten het gaan begeven. Ik wrijf in mijn ogen en kijk om me heen.

Ik ben... in een in duisternis gehuld appartement. Een rommelige ruimte die op het atelier van een kunstenaar lijkt. Ik zie schildersezels, abstracte doeken, overal op de grond staan spuitbussen en potten verf. Op een laag tafeltje van B2-blokken ligt een restje pizza.

1

Een digitale radiowekker op een plank gaf aan dat het drie uur 's morgens was. Ik liep naar het raam, dat de hele lengte van de muur besloeg. Naar de afstand tot de straat te oordelen, lag het appartement op de derde of vierde verdieping. De weg was fel verlicht. In de wijk stonden voornamelijk vooroorlogse, bakstenen huizen en sierlijke, met smeedijzer bewerkte gebouwen met buitentrappen en open bogen. Ik kneep mijn ogen samen en zag in de straat de ramen van enkele kunstgaleries. Boven een daarvan hing een verlicht bord: 19 MERCER STREET. Ik was in SoHo.

In de woonkamer van het atelier stond een televisietoestel op CNN afgestemd, dat een onophoudelijke stroom aan informatie uitbraakte. Ik zag een afstandsbediening op de bank liggen. Nadat ik snel had gekeken of de kamer leeg was, pakte ik hem om het geluid harder te zetten en liep naar het toestel toe. Onder op het scherm liep een rode band *Breaking News*. Ik zag Nelson Mandela, die net tot president van de Zuid-Afrikaanse Republiek was gekozen, voor een immense menigte in Pretoria zijn eed afleggen.

De tijd is gekomen om onze wonden te likken. Het moment is gekomen om de afgronden te slechten die ons scheiden. De tijd van wederopbouw nadert.

De datum was onder op het scherm te zien: 10 mei 1994. Mijn vorige herinnering stamde uit september 1993. Ik had nu dus een sprong door de tijd van nog geen acht maanden gemaakt.

Toen ik het televisietoestel uit had gedaan, deed een regelmatig klinkend geluid me omkijken. Ik luisterde en hoorde een zacht klotsen met daarbij het geluid van stromend water. Ik liep een donkere gang in, die naar de slaapkamer en badkamer moest lopen. Op de eerste deur hing een oud, emaillen bordje met het woord *BATH*. Ik duwde de deur open, die al op een kier stond, en zag...

2

... iets gruwelijks.

De ruimte was gehuld in een warm, trillend licht. Zo'n twintig kaarsen van allerlei maten stonden door bijna de hele badkamer verspreid. Over de zwart-witte tegelvloer tekende zich een donkergekleurd bloedspoor af naar een ouderwetse badkuip op koperen poten in de vorm van de klauwen van een adelaar.

Met trillende knieën liep ik naar het bad, dat overstroomde. Het naakte lichaam van een jonge vrouw dreef in het rode water. Beweginglоos, met gesloten ogen, haar hoofd op de gietijzeren rand leunend. Ze had haar polsen doorgesneden. Het water reikte tot aan haar neus, haar haar bedekte haar gezicht en ze stond op het punt te verdrinken.

Verdomme!

Ik verzamelde mijn armzalige krachten, trok haar het water uit, legde haar op de vloer en droogde haar met handdoeken af.

Ik drukte mijn vingers op haar halsslagader om haar hartslag te voelen. Ik voelde een heel zwakke hartslag, wat betekende dat ze al veel bloed had verloren.

Rustig blijven, Arthur.

Mijn hart bonkte in mijn keel. Eén hart voor twee lichamen. Naast haar geknield, probeerde ik snel haar bewustzijnstoestand te bepalen. Bekende handelingen, die ik op de Spoedeisende Hulp dagelijks had toegepast. Ik praatte tegen haar, maar ik kreeg geen enkele duidelijke reactie. Ze reageerde op een manier die aangaf dat ze pijn leed, maar ik moest doorgaan haar te stimuleren. Ze opende haar ogen niet. Acht of negen op de Glasgow-comaschaal, wat betekende dat ze al ver buiten bewustzijn was.

Denk na!

Ik keek om me heen. Op de grond lagen een fles Jim Beam en een Four Roses. Vlak bij de prullenbak lagen twee plastic medicijnflesjes. Ik pakte ze en kneep mijn ogen samen om de etiketten te ontcijferen:

Lunesta (een hypnoticum) en Lorazepam (een anxiolytische benzodiazepine).

Mijn god...

De flesjes waren leeg, wat betekende dat ze een flinke dosis moest hebben genomen. Het meisje had geen toneel gespeeld. Samen met grote hoeveelheden whisky waren de effecten van dit soort stoffen rampzalig.

Ik legde de armen van de jonge vrouw omhoog, om de bloedstroom te verminderen. Haar ademhaling was heel traag, haar bloeddruk laag en haar pupillen verwijd. Haar ledematen waren blauw weggetrokken.

Ik dacht enkele seconden na. Bloeding, slaapmiddelen, tranquillizers, alcohol: een verwoestende cocktail die haar toestand zeer kritiek maakte. Ze stond op het punt ernstige ademhalingsproblemen en een hartaanval te krijgen.

Ik stond op en stormde de woonkamer in, op zoek naar een telefoon. Ik toetste het alarmnummer in om een ambulance te bellen. In een keukenkast vond ik twee schone vaatdoeken en in haar kledingkast twee hoofddoeken, die ik gebruikte om drukverbanden om de polsen van de jonge vrouw aan te leggen.

Pas nadat ik alle verbanden had vastgeknoopt, veegde ik het gezicht van de jonge vrouw schoon en keek ik haar voor het eerst goed aan.

Het was Elizabeth Ames.

3

De ambulancebroeders gingen aan de slag met het lichaam van Lisa. Ze volgden een vaste procedure, zoals die gold voor zelfmoordpogingen als deze: een infuus in de holte van elke elleboog, intubatie en beademing, monitor aansluiten, ecg, injectie met flumazenil.

Ik kende al hun bewegingen en wist wat ze zouden gaan doen. Ik brandde van verlangen hen te helpen, maar ik had geen enkele legitimatie bij me. Bovendien wisten die jongens net zo goed als ik wat ze moesten doen.

In de slaapkamer vond ik een jurk, pumps met naaldhakken en een klein tasje van namaakleer met daarin de identiteitspapieren van Lisa, een sleutel van haar appartement, twee biljetten van twintig dollar en een betaalkaart. Ik pakte de sleutel en het contante geld en gaf de tas aan een van de ambulancebroeders, zodat het ziekenhuis kon zien wie ze was.

'We moeten opschieten!' riep hij. 'Ze verliest steeds meer bloed.'

Ze legden het lichaam van Lisa op een brancard. Ik liep met hen mee naar buiten. 'Waar brengt u haar naartoe?'

'Bellevue Hospital,' antwoordde de ziekenbroeder, en hij sloeg het portier van de ziekenwagen dicht.

Ik keek hen na toen ze wegreden, samen met een buurvrouw, een oude dame die naar buiten was gekomen toen ze de drukte in de gang had gehoord.

'Van wie is dat appartement?' vroeg ik, al voordat ik het antwoord kon raden.

'Het werd gehuurd door de schilder David Fawlkes, maar hij is enkele dagen geleden aan een overdosis overleden. Het arme kind...'

In mijn zakken vond ik een laatste mentholsigaret en de aansteker met I LOVE NY.

'Kende u Lisa goed?' vroeg ik, terwijl ik de sigaret aanstak.

'We spraken elkaar regelmatig. Ze woonde bijna permanent bij hem.

Ze was zo aardig, altijd een vriendelijk woord... Als u het mij vraagt, was hij het niet waard om voor te sterven.'

In zichzelf pratend liep de oude vrouw weg. 'Arm meisje, vreselijk om er op die leeftijd zo uit te stappen.'

Ik hield een taxi aan. Terwijl hij stopte, keek ik de oude vrouw nog na, die rillend haar ochtendjas om zich heen klemde. 'Ik zou er alles voor overhebben om nog een paar jaar te mogen leven...'

4

5.00 uur 's morgens

Toen ik de deur van Lisa's appartement openduwde, begroette Remington, de tijgerkat, me als een verlosser. Zodra ik een stap de gang in had gezet, wreef hij al met zijn kop langs mijn been, wanhopig tegen me miauwend.

'Hoe gaat het met jou?' zei ik, terwijl ik over zijn kop krabbelde.

In een keukenkast vond ik een zakje brokjes. Ik vulde een grote kom en zette ook een schoteltje met vers water neer. Ik had trek in koffie, maar het metalen blik was leeg en de enige fles melk in de koelkast was over de datum.

Op het aanrecht lagen oude kranten. Edities van USA *Today* van de afgelopen dagen. Ik had andere dingen te doen, maar ik kon mijn nieuwsgierigheid niet onderdrukken. De afgelopen weken waren dodelijk geweest: op 5 april de zelfmoord van Kurt Cobain; op 1 mei het dodelijke ongeluk van Ayrton Senna. Op tafel lag een exemplaar van *Newsweek* met op de cover een zwart-witfoto van de zanger van Nirvana, met daarboven een vragende kop:

ZELFMOORD: WAAROM DODEN MENSEN ZICHZELF?

Ik legde het tijdschrift terug en ging op zoek naar wat ik wilde weten. Een antwoord op de vraag: waar is Sullivan? Ik doorzocht de twee kamers, in de hoop een aanwijzing te vinden. Wat was er acht maanden geleden gebeurd nadat het Lisa was gelukt mijn grootvader mee te nemen? Waar had ze hem heen gebracht? Hadden ze contact onderhouden? Dat betwijfelde ik sterk. Sullivan had geen geld, geen plek om te slapen, geen identiteitspapieren en voor zover ik wist ook geen vrienden naar wie hij toe had kunnen gaan. Eigenlijk was er alle kans dat hij weer in Blackwell was opgesloten. Misschien was hij wel dood. Die gedachte verjoeg ik uit mijn hoofd, ik klampte me liever vast aan het laatste beeld dat ik van hem had: dat van een uitgekookte vent, levendig genoeg van geest om een ontsnappingsplan te bedenken.

Ik liep heen en weer tussen de kamers. Geen enkel spoor van mijn grootvader in het appartement. Ik wilde al vertrekken, toen Remington tussen mijn benen door schoot, de slaapkamer van zijn bazin in. Ik probeerde hem te ontwijken, maar ik struikelde en viel languit op de vloer.

Wat een klungel...

Om overeind te komen, zocht ik steun bij de commode, en toen zag ik het: een camee aan een zilveren kettinkje, dat zelf weer aan de metalen kap van een oude bureaulamp met een telescooparm hing. Dat sieraad had er niet gehangen toen ik hier de vorige keer was. Ik nam het medaillon in mijn hand en bekeek gefascineerd het delicate snijwerk, waarin het gezicht van een jonge vrouw met fijne trekken te herkennen was. Het ivoren profiel lag op een ondergrond van blauw agaat. Ik draaide de hanger om. Op de achterkant stond in sierlijke letters een inscriptie.

VOOR YVONNE

VERGEET NIET DAT WE TWEE LEVENS HEBBEN

CONNOR, 12 JANUARI 1901

Mijn hart sloeg een slag over: Connor en Yvonne waren de voornamen van mijn overgrootouders. Hoe kwam Elizabeth aan dit juweel? Het antwoord leek me duidelijk:

Omdat Sullivan het haar had gegeven.

Opgewonden trok ik alle laden en kasten open, ik zocht op alle planken. Ik wist nu wat ik zocht: de handtas van Lisa. In de woning van de schilder had ik alleen een handtasje gevonden zoals je meeneemt wanneer je uitgaat. Niet zo'n grote tas waarin bepaalde vrouwen dagelijks hun halve huishouden meezeulen. Algauw vond ik een rommelzak van korrelig leer waarin een poederdoos zat, een make-upsetje, een sleutelbos, een borstel, een bril, een pakje kauwgom, een balpen, een strip aspirines, een agenda en... een adresboekje.

Met kloppend hart bladerde ik het door. Er stond niets onder de letter C, maar onder de S was de naam Sullivan opgeschreven, gevolgd door een nummer dat begon met 212, wat aangaf dat het in New York was.

Ik schreef het nummer met de balpen op mijn onderarm en liep naar de keuken. Daar pakte ik de telefoon van de muur en koos het nummer. Hij ging over. Een keer of tien, zonder dat er werd opgenomen. En ik kon zelfs geen bericht op een voicemail achterlaten!

Verdomme.

In de stilte van de nanacht staarde ik naar de groene, digitale cijfers van de klok op de magnetron. Ze gaven 05:34 uur aan.

Plotseling schrok ik op van het geluid van de telefoon. 'Hallo?' zei ik toen ik had opgenomen.

'Handig, zo'n keuzetoets om de laatste oproep terug te bellen.'

'Jezus, ben jij dat, Sullivan?'

'Ben je al terug, jochie? Dat is echt goed nieuws. Ik had je niet voor de zomer terugverwacht.'

'Waar ben je in godsnaam?'

'Waar denk je dat ik ben? Thuis, natuurlijk.'

5

De taxi zette me af op het adres dat mijn grootvader had gegeven: een geplaveid steegje achter Washington Square. Op het hek dat de ingang van het doodlopende steegje afsloot, zat een koperen bord geschroefd waarop stond dat zich vroeger in MacDougal Alley de stallen en de bijgebouwen bevonden van de rijke villa's die langs het park lagen.

Het begon licht te worden. Boven de stoepen hing een lichte nevel: slierten stoom kronkelden om de voeten van de oude straatlantaarns. Ik duwde het hek open en liep naar een klein huis van twee verdiepingen met een okergele en gedeeltelijk roestkleurige gevel. Ik klopte op de deur door met een messing deurklopper, die was versierd met een brullende leeuwenkop, op het hout te bonken.

'Hallo, jongen,' zei Sullivan toen hij zijn hoofd om de hoek van de deur stak.

Toen hij die verder opende, bekeek ik hem van top tot teen. Hij was op spectaculaire wijze veranderd. Hij zag er goed verzorgd uit: naar opzij gekamd haar, dat boven op zijn hoofd langer was. Zijn baard was kort en goed onderhouden. Ondanks het vroege uur droeg hij een coltrui en een elegant, ribfluwelen colbert. Ik was verbaasd: de lethargische grijsaard uit het Blackwell Hospital was veranderd in een *gentleman farmer* die tien jaar jonger leek dan hij in werkelijkheid was.

'Je zit onder het bloed,' zei hij ongerust.

'Maak je geen zorgen, het is niet van mij.'

'Kom gauw binnen, het is ijskoud buiten.'

Aarzelend volgde ik hem naar een gezellige, warm ingerichte woonkamer, die veel weg had van een Engelse pub, met een honingkleurige parketvloer, een Chesterfield-bank en een biljarttafel.

Achter in de kamer hing een grote spiegel boven een mahoniehouten bar, waarop rijen glazen van dik kristal stonden en een tiental flessen met verschillende soorten whisky. Een hele zijmuur werd in beslag genomen door een grote boekenkast vol met boeken met leren ruggen en een met ivoor ingelegd, houten buffet, waarop een antieke platenspeler stond met oude 33 toerenjazzplaten. Ik herkende de artiesten van wie ik zelf ook hield: Thelonious Monk, John Coltrane, Miles Davis, Frank Morgan...

'Kom naar het vuur,' zei Sullivan uitnodigend, terwijl hij in zijn handen wreef voor een open haard waarin een levendig vuur brandde. 'Hoe laat ben je vandaag bij bewustzijn gekomen?'

'Om drie uur vannacht.'

'Waar was het deze keer?'

'In een woning in SoHo.'

Binnen enkele minuten vertelde ik hem over de zelfmoordpoging van Lisa en hoe ik had geprobeerd haar te redden. Hij leek diep geschokt te zijn door de gebeurtenissen. Even liet hij zijn gezicht zakken en staarde hij met lege ogen in de verte, maar toen herstelde hij zich en haalde een pakje Lucky Strike uit zijn zak – hetzelfde merk dat Frank zijn leven lang had gerookt en dat moest hebben bijgedragen aan zijn voortijdige dood. Hij bood me ook een sigaret aan en stak er een op.

'Ik weet zeker dat ze het zal redden,' zei hij, en hij nam plaats in een fauteuil van rood leer. 'Wil je douchen?'

'Wacht, Sullivan, waar zijn we nu eigenlijk?'

'Dat heb ik je al gezegd: bij mij thuis.'

'Dat kan ik moeilijk geloven. Ik begrijp niet hoe je een appartement zou kunnen huren of kopen. Je bent een patiënt die uit een psychiatrische inrichting is gevlucht, wat betekent dat je geen geld hebt, geen bankrekening, geen papieren...'

'En toch zitten we hier in mijn huis,' zei hij met een sluwe blik. 'Ik heb dit appartement in 1954 gekocht. Het was mijn vrijgezellenflat, mijn geheime tuin. Een plaats waar ik graag na mijn werk heen ging om naar muziek te luisteren, uit te rusten, iets te drinken...'

'"En maîtresses te ontvangen zonder dat mijn vrouw ervan wist,"' vulde ik aan.

Ik zag zijn glimlach door de rook van de sigaret.

'Ja, dat ook, dat geef ik toe. Kortom, om deze plek geheim te houden, heb ik het betaald via een ingewikkeld systeem van stromannen en schuldbekentenissen voor de lange termijn. Voor alle duidelijkheid: ik heb voor de financiën gezorgd, maar mijn vennoot indertijd, Ray McMillan, is de officiële eigenaar van het onroerend goed.'

'En die heeft het je teruggegeven toen je vorig jaar uit de inrichting was ontsnapt.'

'Je hebt het snel door, jongen.'

Ik begon het nu beter te begrijpen. Midden jaren vijftig, toen Sullivan dood was verklaard, was zijn erfenis afgewikkeld, maar het appartement in New York maakte geen deel uit van de inboedel en was dus door de mazen van de wet geglipt. 'Hoe voorzie je in je levensonderhoud?'

Hij had mijn vraag verwacht en was al uit zijn stoel opgestaan. Voor zijn boekenkast draaide hij als een goochelaar een houten paneel weg, waarachter een kluis te zien was. Hij draaide aan de wielen en opende het stalen deurtje. Erachter lagen drie middelgrote goudbaren te fonkelen.

'Van alle raad die ik je kan geven, is dit de kostbaarste, jongen. Wat er ook gebeurt, bewaar altijd een appeltje voor de dorst. Wees voorbereid op de tegenslagen die het leven gegarandeerd voor je in petto heeft.'

Mijn blik werd onweerstaanbaar aangetrokken tot de drie goudstaven. Ten slotte vroeg ik: 'Maar waar komt dat goud vandaan?'

Weer glinsterden de ogen van mijn grootvader. 'In het begin van de jaren vijftig had een van mijn grootste klanten om fiscale redenen de gewoonte mij met goudstaven te betalen, die hij van zijn moeder had geërfd. Zo ben ik aan vier staven gekomen, die ik hier heb bewaard. Eén daarvan heb ik vorig jaar verkocht. Idioot, hoe duur het leven is geworden, hè?'

Ik nam de moeite niet antwoord op die vraag te geven. 'Dus je hebt hier al die acht maanden gewoond?'

'Inderdaad.'

'En wat doe je allemaal overdag?'

Hij drukte zijn sigaret uit in een glazen asbak. 'Op jou wachten, jochie.'

'Hoezo, op mij wachten?'

Hij keek me kalm aan en zei op ernstige toon: 'Ik weet dat je je afvraagt wat er telkens met je gebeurt. En ik weet dat je doodsbang bent. Goed dan, ik heb slecht nieuws voor je: de waarheid is veel erger dan alles wat je je zou kunnen voorstellen.'

Ik keek hem recht aan. 'Wat voor waarheid?'

'Het is een ingewikkeld verhaal en moeilijk te accepteren. Ik zal het je natuurlijk vertellen, maar ga eerst naar boven om te douchen en trek schone kleren aan.'

'En waar vind ik schone kleren?'

'Boven zijn twee kamers. Een is van mij, de andere kun je als de jouwe beschouwen. In de kast daar zul je alles vinden wat je nodig hebt. Omdat ik je maat niet precies weet, heb ik alles dubbel gekocht.'

Toen hij mijn verbazing zag, voegde hij er op tevreden toon aan toe: 'Ik zei toch dat ik al maanden op je zit te wachten, jochie.'

6

De douche deed me goed. Ik had me al drie dagen niet gewassen. Of misschien zelfs al drie jaar. Eigenlijk had ik geen enkel gevoel meer voor tijd. In een poging het onbegrijpelijke te vatten, werkten mijn hersenen uit alle macht, maar ik kon er geen logische verklaring voor vinden.

Een halfuur later, toen ik mijn grootvader in de keuken aantrof, was ik fris geschoren, had ik een shirt aangetrokken en een pak met een ribfluwelen colbert, en had ik me besprenkeld met dure eau de cologne, die licht was geparfumeerd met lavendel en citroen.

'Je stinkt,' zei Sullivan plagerig en al rokend schonk hij me een kop koffie in.

Hij had ook pannenkoeken met ahornsiroop en vers sinaasappelsap voor me klaargemaakt. Ondanks de spanning rammelde ik van de honger, alsof ik een week lang niet meer had gegeten. Ik stortte me op de pannenkoeken en verorberde er drie achter elkaar.

'Ik ken dat vreselijke hongergevoel dat jij nu hebt, na elke keer dat je wakker wordt. Maar ik zou maar wat rustiger eten, zo krijg je nog buikpijn,' raadde mijn grootvader me aan, alsof hij het tegen een kind van zes had.

Als een weerbarstige puber dronk ik mijn kop koffie in twee slokken leeg. Verzadigd vroeg ik Sullivan om verdere uitleg.

Hij knikte, ging er goed voor zitten en nam even de tijd om na te denken. 'Om te begrijpen wat er gebeurt, moeten we veertig jaar teruggaan, naar 1954. In die tijd lukte alles wat ik aanpakte. Het reclamebureau dat ik zes jaar eerder had opgericht, groeide voorspoedig. We stonden in het middelpunt van de belangstelling en de klanten stroomden uit alle hoeken van het land toe. Ik was bijna tweeëndertig jaar oud. Ik werkte zestien uur per dag en zo op het eerste gezicht leek ik alles te hebben wat een man zich maar kon wensen: een toegewijde vrouw, een kind, een mooi huis, meerdere auto's... Ik had alles, behalve datgene wat essentieel is in het leven. De waarheid was dat ik me verveelde in mijn leven. Ik miste iemand met wie ik het succes kon delen. Een zielsverwant, een bloedbroeder, een partner...'

Enigszins zenuwachtig stond hij op en liep naar het robuuste, gietijzeren fornuis, waar hij nog een kop koffie inschonk.

'Dat jaar maakte ik een moeilijke tijd door,' gaf hij toe, terwijl hij tegen het fornuis leunde. 'Ik begon me bewust te worden van het feit dat ik een essentiële afslag in mijn leven had gemist: ik had niet begrepen hoe belangrijk het was kinderen te hebben bij een vrouw van wie je wérkelijk houdt. Ik was steeds eenzamer geworden en probeerde telkens op alle mogelijke manieren mijn gezin te ontvluchten. Door de week vluchtte ik hierheen, naar deze flat, en in het weekend bracht ik mijn tijd door met het opknappen van een oud bouwsel dat ik zojuist voor een habbekrats had gekocht, 24 Winds Lighthouse.

Hij nam een grote slok koffie voordat hij op plechtige toon vervolgde: 'In de nacht van 18 september 1954 veranderde mijn leven. Het was bijna tien uur 's avonds. Ik had de hele dag gewerkt om enkele lekkages in de vuurtoren te dichten. Ik was doodmoe en vastbesloten vroeg naar bed te gaan. Buiten stond een harde wind. Zoals zo vaak tijdens slecht weer, was de telefoon uitgevallen. Met een fles bier in mijn hand luisterde ik naar de herhaling van een honkbalwedstrijd op de radio en at ik een paar broodjes. Plotseling werd de sportuitzending onderbroken door een nieuwsflits vanwege een treinramp die zo-even in New York had plaatsgevonden. Ik had het geluid van de radio harder gezet, waardoor ik niet meteen de geluiden hoorde die uit de kelder kwamen. Terwijl ik ervan overtuigd was dat ik alleen was, zag ik plotseling een man onder het bloed de woonkamer binnenkomen, waar hij meteen in elkaar zakte.'

Toen hij het treinongeluk noemde, zag ik meteen het verband. 'Was die man Horowitz, de eerste eigenaar van de vuurtoren?'

Hij keek me aan en in zijn blik zag ik zowel verbazing als waardering. 'Je bent slim. Het was inderdaad Horowitz. Ik had zijn gezicht gezien op talloze foto's in de dossiers die de advocaat van zijn weduwe me had gegeven. Hij was ouder geworden, maar ik herkende hem meteen. Ik boog me over hem heen. De arme man had talloze verwondingen: wonden op zijn buik, op zijn borst, alsof hij zo van het slagveld kwam. We wisten allebei dat hij zou sterven. Hij klemde zich aan me vast en mompelde in mijn oor: "De deur. Duw vooràl de deur niet open."'

Met een ernstig gezicht keerde Sullivan terug naar de oude, eikenhouten tafel en nam tegenover mij plaats. 'Door de schrik bleef ik naast Horowitz geknield zitten, lang nadat hij zijn laatste adem had uitgeblazen. Ik was als verlamd, niet in staat iets te begrijpen van wat er zojuist was gebeurd. Omdat de telefoon niet werkte, had ik het beste de auto kunnen pakken en naar het politiebureau in Barnstable kunnen rijden om daar mijn verhaal te doen, maar...'

'Maar dat heb je niet gedaan.'

'Nee, want er klopte iets niet. Je kon maar op één manier de vuurtoren en het huis binnenkomen: door de voordeur. Die had ik zelf aan het begin van de avond dubbel op slot gedraaid. En de ramen zaten allemaal potdicht. Dus waar kwam Horowitz vandaan? Om daarachter te komen, heb ik zijn bloedsporen de kelder in gevolgd. Het bloedspoor leidde naar de beroemde, ijzeren deur. Die avond besloot ik het er niet op te wagen en de duivel niet uit te dagen. Ik heb dus gewoon alle bloedvlekken verwijderd.'

Ik onderbrak hem. 'Waarom ben je daarna niet naar de politie gegaan?'

'Omdat ik ze kende. Kom nou. In elk geval de politie in die tijd. Ik wist al vooraf wat ze zouden doen: ze zouden me ervan hebben beschuldigd dat ik Horowitz had vermoord.'

'Misschien niet. Er zou in elk geval een onderzoek zijn gestart.'

'Wat voor onderzoek? Het verhaal was als *Het mysterie van de gele kamer*. Een lijk in een huis waarvan alle toegangen aan de binnenkant met kettingen zijn afgesloten. Bovendien had ik een strafblad vanwege een recente veroordeling wegens belastingfraude en nog een oudere van een bargevecht toen ik achttien jaar oud was.'

'Wat heb je dan gedaan?'

Hij pauzeerde even en liet zijn knokkels kraken. 'Officieel was Horowitz al jarenlang dood. Ik heb gewacht tot het weer rustiger werd, waarna ik het lichaam achter op het terrein heb begraven.'

7

Ik was verbijsterd. Sullivans gespannen gezicht klaarde op, alsof hij de gebeurtenissen levendig voor zich zag.

'Ik heb het netjes gedaan, en dat kostte me de hele ochtend. Toen ben ik naar de vuurtoren teruggegaan. Ik wilde beslist begrijpen wat er was gebeurd. Ik ben de kelder ingegaan, waar het ongewoon vochtig was, wat vreemd was, want die ochtend was het koud en droog buiten. Ik heb de ijzeren deur geopend en naar binnen gekeken. Ik was in het verleden al tientallen keren de ruimte binnengegaan. Ik had er rommel in opgeslagen, oud gereedschap, en ik was zelfs van plan geweest er een wijnkelder van te maken. Ik deed enkele stappen naar binnen. Het was er zo vreselijk warm, dat het was alsof ik een gloeiende oven binnenging. Ik wilde net weggaan, toen een harde windvlaag de deur achter me dicht blies. Je weet wat er daarna is gebeurd: benen die zwaar worden, moeilijk kunnen ademhalen, het gevoel eindeloos te vallen...'

Sullivan pauzeerde even en slaakte toen een diepe zucht. 'Ik werd wakker naast een waterreservoir op het dak van een gebouw in het Meatpacking District. Ik wist niet wat ik in New York te zoeken had. Het goot van de regen en het was ijskoud. Mijn spieren waren stijf en ik was uitgeput. Mijn longen voelden aan alsof ik een marathon had gelopen. Ik ben via een diensttrap naar beneden gegaan, naar de straat, waar ik een bar binnen ben gevlucht. Achter de toog stond een zwart-wit televisietoestel waarop het journaal werd uitgezonden: het was december 1955, de zaak-Rosa Parks was in het nieuws.'

'Je had een sprong van meer dan een jaar gemaakt...'

Hij knikte. 'Net zoals het jou moet zijn vergaan, was ik gebroken en verbijsterd. Ik heb de hele dag door Manhattan gezworven om te proberen te begrijpen wat er met me gebeurde. Ik ben zelfs naar de psychiater van een SEH-post gegaan, zo erg was ik ervan overtuigd dat ik gek was geworden. En vierentwintig uur later "verdampte" ik opnieuw. Toen ik mijn ogen opende, zat ik achter in een taxi. Toen de passagier naast me mij zag, gilde ze het uit. Ze las een krant die dateerde van oktober 1956.'

Ik stelde de vraag die op mijn lippen brandde: 'En hoe lang is het zo doorgegaan?'

Hij keek me strak aan. 'Vierentwintig jaar, jongen.'

8

Sullivan stond op en begon door de kamer te ijsberen. 'Je wilde de waarheid horen? Nou, hier komt ze: wanneer je die deur openduwt, kom je terecht in een soort hels labyrint. Dan leef je vierentwintig jaar van je leven in vierentwintig dagen.'

Hij liet de informatie tot me doordringen. Ik wist niet zeker of ik wel begreep wat hij me probeerde uit te leggen.

'Bedoel je dat ik in het vervolg slechts één dag per jaar van mijn leven leef?'

'Dat heb je goed begrepen. En dat vierentwintig jaar lang.'

Ik kon de emoties die door mijn hoofd tolden, nauwelijks bevatten. Vierentwintig jaar... 'Is dat met jou gebeurd?'

'Precies, jochie. Van 1955 tot 1979. Ik heb bijna een kwarteeuw lang vierentwintig "reizen" gemaakt, als je het zo zou willen noemen. Dat is de vloek van de vuurtoren. En dat is wat nu met jou gebeurt. Je bent begonnen aan een reis die je naar 2015 zal brengen.'

'Nee, dat is onmogelijk...'

Mijn grootvader slaakte een diepe zucht en zweeg bijna een minuut lang. De zon was opgekomen en scheen op de planken van de met hout betimmerde keuken. Gedachteloos liep Sullivan van de tafel weg en deed hij het plafondlicht uit.

'In de loop der jaren begon ik langzaam maar zeker te begrijpen wat de spelregels van de vuurtoren waren. En het verraderlijkst is nog wel dat zolang iemand zich in het labyrint bevindt, de ruimte in de kelder ongevaarlijk is voor anderen. Vraag me niet waarom, ik weet er verder ook niets van, maar dat is de reden dat zolang Horowitz zich in het labyrint bevond, ik de ruimte zonder enig gevaar kon binnengaan.'

'Gedurende de vierentwintig jaar van je reis...'

'... is de vuurtoren waarschijnlijk inactief gebleven, en dat is hij nu vast en zeker ook sinds jij je eerste grote sprong hebt gemaakt.'

Sullivan nam een sigaret uit zijn pakje, tikte met het uiteinde ervan op de tafel om de tabak aan te stampen en voegde er met een droevige stem aan toe: 'Dat is de enige inschikkelijkheid van het systeem: het kan slechts één persoon tegelijk vermorzelen.'

Hij klikte zijn benzineaansteker aan en met de gelige, wiegende vlam stak hij het uiteinde van zijn sigaret aan. 'In de loop van mijn reizen heb ik alles gedaan wat in mijn macht lag om mijn gezin voor die val te behoeden. Tijdens mijn vierde terugkeer heb ik op JFK een ontmoeting geregeld met mijn zoon, Frank. Hij heeft je er misschien over verteld. Ik heb hem gevraagd om de toegang tot de metalen deur dicht te metselen.'

Ik beaamde dat in stilte. En vroeg toen: 'Wat is daarna gebeurd?'

Sullivan had de vraag verwacht en aan zijn betrokken gezicht zag ik meteen dat hij geen zin had om antwoord te geven. Hij stond op en opende de half glazen deuren die uitkwamen op een zonnig maar piepklein terras met bloemen.

Daar rookte hij zijn sigaret op, te midden van de boterbloemen en geraniums.

'Wat gebeurt er na de vierentwintig reizen, Sullivan?'

Hij drukte zijn peuk in een bloembak uit. 'We hebben nog alle tijd om daar later over te praten. Ik denk dat je nu maar beter kunt gaan kijken hoe het met Lisa gaat.'

Ik drong niet verder aan. Misschien wilde ik het antwoord niet echt weten, net zomin als hij het me wilde vertellen...

'Ga je mee? Ze ligt in het Bellevue Hospital.'

'Ga jij maar alvast. Ik kom later naar je toe.'

9

Ik verliet het huis en sloeg de deur achter me dicht. Wanneer Lisa inderdaad naar het Bellevue Hospital was gebracht, zoals de ziekenbroeder had gezegd, kon ik er gemakkelijk lopend heen gaan. Ik liep 5th af, tot aan Flatiron, en sloeg toen af naar East River. Binnen dertig minuten stond ik voor de monumentale gevel van het oudste ziekenhuis van de stad.

Het bezoekuur begon pas om elf uur, maar als noodarts wist ik hoe ik de regels moest omzeilen. Bij de receptie zei ik dat ik de broer was van Elizabeth Ames. Geschokt en doodongerust legde ik uit dat ik zojuist met het vliegtuig uit Boston was aangekomen. Zonder enig probleem liet men mij naar haar etage gaan. Ik liep de gangen door op zoek naar de coassistent die haar onder zijn hoede had. Ik stelde me aan hem voor als een collega uit het MGH. Al pratend ontdekten we dat we even oud waren en dat we beiden stage hadden gelopen in het Northwestern Memorial in Chicago. Hij bracht me zelf naar de kamer van Lisa en was heel voorzichtig over haar gezondheidstoestand.

'Zodra ze binnenkwam, hebben we haar naar de intensive care gebracht. We hebben haar wonden verbonden en haar aan de beademing gelegd. Je weet net zo goed als ik wat de procedure daarna is: flumazenil voor een snel herstel van de benzodiazepines, maar de alcohol en het bloedverlies maken de situatie gecompliceerder en vertragen een snel herstel van het bewustzijn. Ze blijft nog dertig uur onder observatie. Aarzel niet me op te zoeken wanneer je nog vragen hebt.'

Ik bedankte hem en duwde de deur van haar kamer open.

Er drong een gedempt licht door in de kamer. Het gezicht van Lisa stak boven een groen laken uit. Het was slap en lijkbleek, de huid bijna doorzichtig. Haar lippen, die nog blauw waren, waren gedeeltelijk bedekt door slierten haar, die op haar gezicht plakten.

In een beroepsmatige reflex controleerde ik de slangen die uit haar armen kwamen, de plaatsing van de elektroden, de afstelling van de hartmonitor, en bekeek ik de notities op de status die aan het voeteneinde van haar bed hing.

Toen pakte ik een stoel en ging ik naast haar zitten.

In deze ziekenhuiskamer voelde ik me, vreemd genoeg, op mijn plaats: een beetje ziekenbewaarder, een beetje beschermengel.

De kamer had ook het effect van een cocon op me, een beschermend omhulsel, dat ik nodig had om tot rust te komen en mijn gedachten te ordenen.

Ik was uitgeput. Dicht bij een fysieke en psychische knock-out. Vooral omdat ik volkomen blut was, gevangen door de gebeurtenissen en zonder wapens om me te verdedigen. Er zat geen kop of staart aan wat Sullivan me had verteld, en toch was het de enige verklaring voor alles. Het was hem gelukt in woorden te vatten wat er allemaal met me gebeurde. Zijn verklaringen waren idioot, maar ik kon niets anders verzinnen. En hoewel mijn hersenen zeiden dat ik hem niet moest geloven, zei mijn intuïtie het tegenovergestelde: dat alles waar was.

Ik had een wetenschappelijke studie achter de rug en al mijn beslissingen waren op rationele gronden genomen. Ik had nooit in God geloofd, ik had altijd alle esoterische of pseudospirituele hersenspinsels gemeden. En nu was ik de gevangene van een vloek, held tegen wil en dank van al die fantasyverhalen waarnaar ik sinds mijn jeugd op televisie keek: *The Outer Limits, Doctor Who, Tales from the Crypt, Creepshow...*

De dag ging vreselijk snel voorbij, onderbroken door bezoeken van artsen, verplegers en zaalhulpen. De rust werd slechts verstoord door de regelmatige geluiden van de holter en de kunstmatige beademing.

Die avond schreef ik een brief voor Lisa op papier met het briefhoofd van het ziekenhuis. Ik stak hem net in een envelop, toen een bekend gezicht de kamer binnenkwam.

'Sullivan. Daar heb je lang over gedaan.'

Hij negeerde mijn opmerking en nadat hij naar Lisa's gezondheidstoestand had geïnformeerd, zei hij met een droevige stem: 'Ik ben gekomen om tot ziens te zeggen.'

Vol ongeloof schudde ik mijn hoofd. 'Dus ik ga weer zomaar verdwijnen, waar je bij bent?'

Hij knikte. 'Ik herinner me nog precies hoe het voelde,' bekende hij met een stem waarin een soort smartelijke nostalgie klonk. 'De hartkloppingen, de geur van oranjebloesem, het gevoel van ontreddering dat elke keer je hart verscheurt wanneer je voelt dat je gaat vertrekken...'

'Wanneer zien we elkaar terug?' vroeg ik in een poging mijn angst te verbergen.

'Dat weet ik niet. Gemiddeld over een jaar, maar het kan evengoed acht maanden zijn of misschien vijftien. Dat vond ik nog het ergste, dat je geen afspraken kon maken.'

'Ik neem aan dat je hebt geprobeerd de "sprong" naar je hand te zetten door heel hard aan een datum of een persoon te denken...'

'Zulke dingen lees je helaas alleen in sciencefictionverhalen. In werkelijkheid werkt het zo niet. Heb je mijn telefoonnummer opgeschreven?'

Ik liet hem mijn onderarm zien, waarop ik de tien cijfers had opgeschreven.

'Leer het uit je hoofd, dat is beter. Bel me zodra je terug bent, wanneer je kunt.'

Toen hij een pakje Lucky Strike uit zijn zak haalde, barstte ik bijna uit mijn vel. 'Je mag hier niet roken, verdomme! Waar denk je wel dat je bent? Het is geen 1954 meer.'

Geschrokken klemde hij de sigaret achter zijn oor en vroeg: 'Hoe heb je me trouwens teruggevonden?'

Ik haalde de blauwe camee met het zilveren kettinkje, dat ik in het appartement van Lisa had gevonden, uit de zak van mijn jasje.

Sullivan glimlachte. 'Dat is een sieraad dat mijn vader op de dag van mijn geboorte aan mijn moeder heeft gegeven. Ik had het in de vrijgezellenflat gevonden en ik heb het aan Lisa gegeven.'

'Je ouders hielden echt van elkaar, nietwaar?'

'Ze hadden geluk,' antwoordde hij beleefd.

Omdat ik er niet verder op door wilde gaan, draaide ik het medaillon om en vroeg: 'Wat heeft die inscriptie te betekenen? "Vergeet niet dat we twee levens hebben."'

'Dat is een oude, wijze Chinese spreuk. Je heb twee levens en het tweede begint pas wanneer je beseft dat je er slechts een hebt.'

Ik knikte. 'Ik heb een brief voor Lisa geschreven,' zei ik en ik gaf hem de envelop. 'Kun jij die haar geven?'

'Daar kun je op rekenen,' verzekerde hij me, terwijl hij enkele stappen naar het raam deed. 'Wat heb je haar geschreven?'

Toen ik mijn mond opende om te antwoorden, voelde ik een lichte rilling door me heen gaan. Mijn vingertoppen begonnen te tintelen. Ik liet de camee los. Toen verkrampte mijn lichaam.

Terwijl mijn blik troebel werd, zag ik dat Sullivan openlijk de envelop verscheurde die ik hem zo-even had gegeven. 'Maar wat doe je nou? Vuile schoft...'

Ik stond op om hem tegen te houden, maar meteen voelde ik mijn benen slap wegzakken, alsof ik in drijfzand stond.

'Tot volgend jaar,' zei Sullivan, terwijl hij een sigaret in zijn mond stak.

Een elektrisch noodweer barstte in mijn hoofd los, gevolgd door het kabaal van een ademhaling, zo hard, dat het leek alsof mijn trommelvliezen zouden barsten.

Toen verdween ik.

1995

Een granaat op de plaats van het hart

[...] ik heb gedroomd, terwijl datgene wat onstuimig is, niet de tijd is die verstrijkt, maar het vervagen van gevoelens en emoties.

Alsof ze nooit hebben bestaan.

Laurence Tardieu

0

Het korte, agressieve gillen van een sirene.

Een monotoon geronk, onderbroken door het geruis van een pneumatische balg. Het knarsen van ijzer.

Mijn lichaam ligt op een harde, trillende vloer. Ik voel een ranzige, warme luchtstroom, opgewekt door een oude ventilator. Ik klapper met mijn tanden. Mijn hersenen zijn dof en mijn longen zitten vol. Mijn gezicht is koortsig en mijn haar nat van het zweet. Ik sterf van de dorst; mijn ingewanden staan in brand.

Zoals ik intussen gewend ben, zijn mijn ogen droog en mijn oogleden loodzwaar. Ze openen doet vreselijk pijn, alsof iemand ze met een mengsel van zand en lijm heeft ingespoten. Mijn blik is troebel. Het eerste wat ik zie, is een ijzeren staaf die van de vloer naar het plafond loopt. Ik pak hem beet en trek mijn verstijfde lijf overeind.

Langzaam maar zeker wordt mijn blik helderder. Ik onderscheid een bankje, graffiti, schuifdeuren.

Ik bevind me in een New Yorkse metrowagon.

1

'Waar kom jij vandaan, zak?'

De wagon was leeg, op een dakloze na, die slap op een stoel zat, en drie kleine zwervers – zwart, wit en latino – die aan een in een papieren zak verborgen fles lurkten. De knapen waren wandelende karikaturen: omgedraaide honkbalpetjes, bandana's, goud in de mond, sweaters met capuchon, kilo's aan kettingen om hun nek, T-shirts met 2Pac-afbeeldingen en enorme gettoblasters die rapmuziek uitbraakten.

'Dat horloge van jou moet flink wat waard zijn.'

Binnen twee tellen stonden ze voor me. Ik hield me vast aan de ijzeren paal. De rillingen gingen over mijn stijve rug, ik had het liefst met een grog in een bed met drie dekens over me heen willen liggen.

'Geef je jas en je poen.'

De latino was de eerste die naar me uithaalde; een vernederende klap, die me bij verrassing trof.

Ondanks mijn kleine gedaante was ik niet van plan me te laten pakken, en ik hief mijn hand op om terug te slaan. Maar niet snel genoeg. Een welgemikte vuistslag raakte me pal op mijn lever, gevolgd door een kniestoot die me de adem benam en me op de grond deed rollen. Er werd een voet in mijn nek gezet en zonder dat ik overeind kon komen, kreeg ik een vreselijk pak slaag: een regen van schoppen, spugen en scheldwoorden. Toen schoot er een mes tevoorschijn, dat op mijn keel werd gedrukt. Woedend en met tranen in mijn ogen, kon ik niets anders doen dan me door hem te laten uitkleden. Alles verdween, mijn portefeuille, mijn geld, mijn paspoort, mijn broekriem, mijn jasje en ook het oude Cartier-horloge van mijn grootvader.

De kwelling duurde nog geen twee minuten. Zodra het mes was weggestoken, maakten de drie aanvallers dat ze wegkwamen, me in de treinwagon aan mijn lot overlatend, bij de dakloze, die volkomen onverschillig op mijn ellende reageerde.

Ik lag als een hond op de vloer te hijgen en probeerde mijn gedachten te ordenen. Ik had overal pijn. Mijn wenkbrauw bloedde, mijn bovenlip was opengebarsten en mijn ogen opgezwollen.

Niet de beste manier om wakker te worden...

Ik liet nog een station voorbijgaan, voordat ik de kracht vond op te staan en op een klapstoeltje te gaan zitten. Ik keek omhoog naar een geplastificeerd lijnbord. Ik was op de *blue line*, anders gezegd, lijn A van de metro, de langste van de lijnen in New York, tussen Queens en het uiterste noorden van Manhattan. De drie schoften waren op 125th Street uitgestapt en zo-even waren we 116th gepasseerd. Toen de deuren openschoven, sleepte ik me het perron van Cathedral Parkway op. Het was vrijwel verlaten. Ik sprong over een poortje heen en klom de trap naar 110th op. Slechts enkele huizenblokken bij het appartement van Elizabeth Ames vandaan! Dat kon geen toeval zijn.

Het was koud en nog donker. Een krantenverkoper stond op de stoep zijn automaat te vullen. Ik vroeg hem hoe laat het was – bijna zes uur 's morgens – en ik keek naar de datum op de dagbladen. Het was 5 november 1995. Op de voorpagina stond een grote kop:

YITZHAK RABIN IS TIJDENS EEN VREDESMANIFESTATIE IN TEL AVIV VERMOORD

Ik keek het artikel vluchtig door. De Israëlische minister-president was door twee kogels in de rug getroffen, die waren afgeschoten door een extreemrechtse militant die tegen de Oslo-akkoorden was. Rabin was naar het ziekenhuis gebracht, maar enkele uren later was hij overleden. De toon van het artikel was pessimistisch wat betreft de toekomst van het vredesproces.

Het was te mooi om waar te zijn...

2

Nadat ik de naam op de brievenbus had gecontroleerd, belde ik aan bij de deur van het appartement van Lisa.

De jonge vrouw die voor me opendeed, zag er stralend uit en was sterk veranderd. Toen ik was vertrokken, had ze half dood in coma op een ziekenhuisbed gelegen. Nu zag ze er vrolijk, fris en stralend uit. Ze had een tandenborstel in haar hand en droeg een mannenoverhemd en een eenvoudige boxershort, die niets te raden overliet over haar prachtige benen.

'Wat fantastisch je te zien!' riep ze ter begroeting uit, alsof we oude bekenden waren.

Het appartement rook heerlijk naar koffie.

'Maar je bent vreselijk toegetakeld,' zei ze toen ze mijn opgezwollen gezicht zag.

'Ik ben in de metro overvallen. Door drie zwervers die alles van me hebben afgepakt.'

'O jee. Kom mee, dan zal ik je wonden ontsmetten.'

Ik liep achter haar aan naar de badkamer, meteen gevolgd door de kat Remington, die zich tegen mijn benen aanwreef.

Met een in alcohol gedoopt wattenstaafje maakte ze de bloedige snee op mijn voorhoofd schoon. Terwijl ze de verpleegster uithing, rook ik haar geur en genoot ik van de duizend kleuren blond van haar haar en de bewegingen van haar kleine borsten, die op het ritme van haar handelingen onder haar overhemd wiegden.

'Sullivan zei dat je met Artsen Zonder Grenzen naar Rwanda was vertrokken. Vreselijk, wat daar allemaal gebeurt.'

Ik fronste mijn voorhoofd, maar ik ging er maar niet tegenin, zolang ik niet meer wist.

'Wanneer ben je teruggekomen?'

'Eh... eh, nou, vannacht.'

'Ik ben blij dat je naar me toe bent gekomen,' zei ze, terwijl ze het wattenstaafje weggooide. 'Ik wilde je bedanken dat je me hebt gered, en ook voor je brief.'

Ik kon mijn verbazing nauwelijks verbergen. 'Heeft Sullivan je mijn brief gegeven?'

'Ja, natuurlijk,' antwoordde ze, en ze keek me aan met haar lichtblauwe ogen. 'Die deed me goed en ik lees hem vaak nog eens.'

Ze had een restje tandpasta in haar mondhoek. Gedurende een fractie van een seconde, verblind door het licht en haar stralende gezicht, zag ik voor me hoe ik mijn lippen op de hare drukte.

'Luister,' zei ze toen ze naar haar slaapkamer liep om zich aan te kleden. 'Ik heb een vreselijk drukke dag vandaag: lessen op Juilliard, daarna een fotoshoot en een casting voor Calvin Klein. Maar als je wilt, kunnen we voor vanavond afspreken.'

'Ja... goed.'

Ze had de deur open laten staan. Via een spiegel zag ik haar sierlijke, naakte gedaante. Juffrouw Ames was duidelijk niet preuts en ik kreeg tegenstrijdige gevoelens. Haar 'brutaliteit' maakte me bijna jaloers op mezelf.

'Weet je wat ik vanavond graag zou willen eten? Eendenborst met honing,' zei ze vol verlangen toen ze de gang in liep, met in haar hand een tas en op haar hoofd een wollen muts.

'Eh...'

'Ik zou het heerlijk vinden als je voor me zou koken,' zei ze, en ze knoopte haar sjaal dicht. 'Spreken we hier vanavond om acht uur af?'

'Goed.'

'Ik laat een reservesleutel onder de deurmat liggen. Je bent een schat wanneer je de kat even eten zou kunnen geven. En doe de deur achter je dicht.'

'Dat... dat zal ik doen.'

'Tot vanavond dan,' zei ze, en ze wierp me een handkus toe.

Daarna ging ze op de trap in rook op.

Bij wijze van spreken, natuurlijk.

Ik bleef alleen in het appartement achter, enigszins van slag en verbluft door de hartelijkheid van deze ontvangst en door de tegenstelling van de twee zo met elkaar in contrast staande gebeurtenissen die ik zojuist had meegemaakt. Binnen enkele minuten was ik van het kille, grauwe geweld in de metro terechtgekomen in de hartelijke blondheid van dit onvoorspelbare meisje.

Alsof ik thuis was, deed ik de kast open en pakte een zak met brokjes. 'Dat vrouwtje van jou is een atoombom, weet je dat?' vroeg ik aan Remington. 'Heeft ze op het moment een vaste vriend?'

Hij antwoordde me met een gemiauw dat ik nauwelijks kon ontcijferen.

Ik zette koffie, deed de radio aan en liep wat rond door de woning. Toen ik Lisa's slaapkamer binnenging, zag ik de brief die ik haar meer dan een jaar geleden had geschreven. Hij zat midden op het schoolbord geprikt. Hij was in vier stukken gescheurd geweest en toen met plakband aan elkaar geplakt.

Bellevue Hospital
10 mei 1994

Beste Lisa,

Ik weet dat we elkaar niet echt kennen, maar toch heeft het leven ons al twee keer bij elkaar gebracht.

De eerste keer heb je een glas fris in mijn gezicht gegooid, toen ik je had beledigd. Maar enkele uren later besloot je me toch te helpen mijn grootvader vrij te krijgen. Hoewel je zei dat geld de enige reden was dat je het deed, geloof ik graag dat je het ook hebt gedaan omdat je het verhaal zielig vond.

De tweede keer was afgelopen nacht. Nu heb je geen glas drinken in mijn gezicht gegooid. Het was vreselijk om te zien. Met doorgesneden polsen, je maag vol met medicijnen, lag je in een badkuip dood te bloeden.

Verwacht niet van mij dat ik je mijn excuses aanbied omdat ik je plannen heb gedwarsboomd, ook al neem ik aan dat je het heel moeilijk moet hebben gehad om tot zo'n extreme daad te komen.

Ik wil je niet de les lezen. Ik weet dat we allemaal een granaat naast ons hart dragen. Sommigen durven er nooit de pin uit te trekken, anderen nemen dat risico en stellen zich bloot aan het gevaar. Het gevaar fouten te maken die enorme gevolgen kunnen hebben en je leven verwoesten.

In het ziekenhuis zie ik elke dag patiënten uit alle macht vechten tegen de ziekten in hun lichaam. Mensen die zich aan het leven vastklampen, die er alles voor over zouden hebben om nog enkele dagen extra te krijgen. Iedereen heeft zijn eigen redenen om te blijven vechten, iedereen richt zich op een komende gebeurtenis: de geboorte van een kleinkind, het tot het voorjaar volhouden om nog één keer de kersenbloesem te mogen zien, de hoop op verzoening op het laatste moment met iemand van wie men houdt, maar die men heeft gekwetst. Soms wint men. Maar vaak is het bestaan een hondenleven en delft men het onderspit.

Ik weet dat liefde kan doden. Ik weet dat gevoelens dodelijk zijn. Maar ik heb te veel ontzag voor het leven om in te stemmen met een daad die er een einde aan zou maken, zelfs als de toekomst uitzichtloos lijkt te zijn.

Zorg goed voor jezelf, Lisa.

Klamp je vast aan het leven.

En houd jezelf voor dat het rad toch al veel te snel draait.

Arthur

3

Het was bijna elf uur 's morgens toen ik voor de deur van het huis van Sullivan stond. Ik had er bij Lisa de tijd voor genomen. Ik had gedoucht, ik was op krachten gekomen door een halve doos Corn Pops leeg te eten en ik had in haar klerenkast gezocht naar kleding om mijn jas te vervangen. Het enige wat ik in mijn maat had kunnen vinden, was een felroze bodywarmer, waarmee ik eruitzag als een michelinmannetje dat in een vat frambooskleurige verf was gevallen. Omdat ik geen cent op zak had, had ik zwart lijn 1 van de metro genomen. Een eindeloos lang traject van Morningside Heights naar Christopher Street-Sheridan Square.

'Doe open, Sullivan,' riep ik, terwijl ik met de deurklopper in de vorm van een leeuwenkop op de deur bonsde.

Geen reactie, behalve die van een buurvrouw, die uit het raam kwam hangen. 'Wilt u niet zo schreeuwen!'

'Neemt u me niet kwalijk, mevrouw. Ik zoek mijn grootvader. Is hij niet thuis?'

'Ik heb hem een uur geleden horen vertrekken. Hij gaat vaak 's morgens naar het park.'

Ik bedankte haar en vertrok op mijn beurt richting Washington Square. Ik zocht enkele minuten bij de marmeren boog, de fontein en de smeedijzeren bankjes, zonder dat ik Sullivan zag.

Ten slotte vond ik hem achter in het park, in het door struiken omheinde gedeelte waar de schaakspelers zaten. Dik aangekleed in een leren, bontgevoerde jas, een tweed pet op zijn hoofd, zat hij voor vijf dollar aan een stenen tafel een spelletje snelschaak te spelen met een Aziatische student.

'Laat me mijn spelletje afmaken, jochie,' zei hij zonder op te kijken toen ik naar hem toe kwam.

Woedend liep ik naar het schaakbord en veegde met een grote haal de schaakstukken op de grond. De student maakte van de verwarring gebruik door snel de twee bankbiljetten te pakken die op de tafel lagen en te verdwijnen.

'Door jou verlies ik vijf dollar,' verzuchtte mijn grootvader, terwijl hij me eindelijk aankeek.

'Dat kan me geen donder schelen,' antwoordde ik, en ik ging tegenover hem zitten.

Er verscheen een magere glimlach op zijn gezicht. 'Niet slecht, die jas van jou... Roze staat je goed.'

Nu stak ik slechts mijn middelvinger naar hem op.

'Ik ben ook blij je te zien,' antwoordde Sullivan, en hij krabde in zijn baard.

Ik probeerde mijn kalmte te bewaren. 'Ik ben vanmorgen om vijf uur in de metro wakker geworden, ik ben in elkaar geslagen, mijn papieren zijn gestolen, mijn horloge en...'

'Míjn horloge,' onderbrak hij me.

'Wil je mijn vuist in je gezicht voelen?'

'Als ik al geen grapjes meer mag maken...'

Hij stak zijn hand op om de aandacht te trekken van een straathandelaar die een wagentje met pretzels voortduwde, en bestelde twee koffie.

'Dat hoort bij een bad trip,' legde hij uit terwijl hij me een van de bekers gaf. 'Het is altijd een verrassing waar je wakker wordt, leuk of niet. De ene keer is het in een metrowagon, de andere keer in het bed van Jane Russell...'

'Jane Russell? Die moet al tachtig jaar oud zijn...'

'Ze zal vast nog heel knap zijn.'

Gelaten haalde ik mijn schouders op. 'Goed, daar hebben we het een andere keer nog wel over. Voorlopig wil ik alleen antwoorden horen.'

'Wat is je vraag?'

'Ik heb er een heleboel. De eerste is: wat heb je gedaan gedurende de vierentwintig jaar die je grote reis heeft geduurd? Wat heb je gedaan tussen 1954 en 1978?'

4

Sullivan fronste zijn voorhoofd en blies in zijn handen om ze warm te houden. 'Waar ben ik gestopt toen we elkaar de vorige keer spraken?'

'In 1956. Je was bij een vrouw achter in een taxi ontwaakt.'

Hij knikte, zocht in zijn binnenzak en haalde een vergeelde en verkreukelde foto uit zijn portefeuille.

'De vrouw heette Sarah Stuart. Ze was zesentwintig jaar oud, had net haar studie medicijnen afgerond en werkte als epidemiologe op het kantoor van de Wereldgezondheidsorganisatie in New York.'

Hij gaf me een foto van een jonge vrouw in een witte blouse, in een omgeving die een medisch laboratorium moest zijn. Stralend gezicht, knap, spitse neus, fonkelende blik, die gedeeltelijk schuilging achter een Veronica Lake-haarlok. Ze straalde charme uit, allure en de belofte van een sterke persoonlijkheid.

'Even tussendoor: het was meteen raak, bij ons allebei. Hard en absoluut, een wederzijdse fysieke en intellectuele aantrekkingskracht zoals ik die nooit eerder had gekend. Ik heb haar in 1956 leren kennen, ik heb in 1957 geprobeerd haar terug te vinden. In het derde jaar, in 1958, heb ik haar ten slotte de waarheid verteld over mijn situatie.'

Hij pakte een sigaret vanachter zijn oor en stak hem op met zijn Zippo.

'Het lot is wreed, nietwaar?' zei hij bedroefd. 'Het bracht me in een situatie waarin ik mijn zielsverwant leerde kennen, maar ook een situatie die het me onmogelijk maakte van haar te houden.'

'Wat heb je toen gedaan?'

'We hebben toch van elkaar gehouden.'

Hij blies een rookwolk uit, die enkele tellen in de koude lucht bleef hangen voordat hij oploste.

'Ondanks alle obstakels hebben Sarah en ik meer dan twintig jaar van elkaar gehouden. In 1965 hebben we zelfs een kind gekregen, onze kleine Anna.'

Er viel een stilte op het pleintje. Met glimmende ogen keek Sullivan over mijn schouders naar enkele kinderen die op een glijbaan speelden. Uiteindelijk verbrak ik het stilzwijgen.

'Hoe kun je een relatie met iemand hebben wanneer je elkaar maar één dag per jaar ziet?'

'Ik zeg niet dat het gemakkelijk was, integendeel, het was hels en erg pijnlijk. Voor mij, voor haar en voor onze dochter. Het was hels en tegelijkertijd magisch. Sarah was de vrouw op wie ik had gewacht. Haar had ik gezocht sinds ik in staat was van iemand te houden. Nu had ik haar eindelijk gevonden.'

Weifelend krabde ik over mijn hoofd. 'En zij? Hoe kon zij een dergelijke situatie aan?'

'Laten we zeggen dat ze eraan gewend is geraakt. Sarah was een vrije vrouw, onafhankelijk, een beetje woest: een feministe die zich niet aan een echtgenoot wilde onderwerpen.'

Toen zijn sigaret op was, pakte hij een nieuwe uit het pakje en stak die aan met de peuk van de vorige.

'Sarah was ook een militante. Ze maakte deel uit van een groep van ongeveer twintig vrouwelijke artsen, het Wave Collective, dat in de jaren zestig in het hele land clandestiene abortussen uitvoerde. Ik had bewondering voor haar inzet. Het was een andere tijd: veel kwetsbare vrouwen zagen hun leven geruïneerd worden door een ongewenst kind.'

Weer rookte hij lange tijd zwijgend door, terwijl hij naar de kinderen achter mij keek. In de verte starend, zijn ogen vertroebeld door nostalgie, bekende hij: 'Die vierentwintig jaren zijn in een oogwenk verstreken. Een kwarteeuw gereduceerd tot enkele dagen, die de intensiefste van mijn leven waren. Ik was gelukkig. Ook al was het zwaar en kon ik Sarah en Anna slechts één dag per jaar zien, ze maakten me gelukkiger dan ik ooit was geweest.'

'Waarom praat je in de verleden tijd?'

Plotseling zag ik de trekken op zijn gezicht verstrakken. Verstikt door emoties zei hij moeizaam: 'Omdat ze allebei dood zijn.'

5

Plotseling stak de wind op, hij blies over het pleintje en deed wolken stof opwaaien. Dode bladeren, die een groep tuinmannen bij elkaar had geveegd, dwarrelden rond.

Sullivan was opgestaan van de betonnen tafel. Terwijl ik de schaakstukken van de grond opraapte en op het schaakbord legde, keek ik hem na. Gedachteloos liep hij weg door het park.

'Hé, wacht op mij.'

Ik besloot hem op een afstand te volgen.

Ik dacht dat hij naar huis zou gaan, maar in plaats van in noordelijke richting MacDougal Street in te gaan, stak hij Avenue of the Americas over en liep Cornelia Street in, een smalle weg, typerend voor Greenwich Village, waarlangs kale bomen stonden, als wachten van de bakstenen huizen en kleine restaurants.

Op de kruising met Bleecker Street duwde Sullivan de deur van Cornelia Oyster Bar open, met een schelpvormige toog, zoals ik er tientallen in New England kende, maar die je in Manhattan zelden zag.

Ik volgde hem naar het restaurant. Toen ik de zaal binnenkwam, zag ik hem op een kruk zitten. Hij zag mij ook en met een gebaar van zijn hand nodigde hij me uit naast hem te komen zitten.

'Vreselijk,' zei ik.

Hij haalde zijn schouders op. 'Jij kunt er niets aan doen, jochie. Helaas is het nu jouw beurt om die ellende te moeten ondergaan.'

Na het menu te hebben bestudeerd, bestelde hij meteen voor ons beiden: een groot plateau met oesters en een fles Pouilly-Fuissé.

Bekwaam schonk de ober achter de bar twee glazen witte wijn in. Sullivan leegde het zijne in één teug en vroeg om nog een glas. Ik wachtte tot hij opnieuw een slok had genomen, voordat ik vroeg: 'Wat gebeurt er na de vierentwintigste reis?'

Hij keek me geërgerd aan. 'Het beste van het slechtste der dingen.'

Het plateau werd voor ons neergezet, met daarop een assortiment aan platte en holle oesters. Sullivan perste een halve citroen over zijn schaaldieren uit. Hij slurpte een van zijn schelpen leeg en begon aan zijn verhaal: 'Het beste, om te beginnen, is dat de tijd weer normaal verloopt. Je springt niet langer van het ene jaar naar het andere. Je krijgt je plaats in de wereld terug, net als ervoor. Dat is het goede nieuws,' zei hij terwijl hij nog een oester pakte.

Hij hield me in spanning. 'En het slechte?' drong ik aan.

'Herinner je je de koperen plaat in de kelder van de vuurtoren?'

'Met de Latijnse inscriptie?'

Hij knikte. '*Postquam viginti quattuor venti flaverint, nihil jam erit*,' oreerde hij. 'Na de vlaag van vierentwintig winden, zal niets overblijven.'

'Nou en?'

'Dat is het, de ware vloek van de vuurtoren: alles is alsof je al die jaren alleen in je eigen gedachten hebt geleefd. Niemand van de personen die je hebt ontmoet, zal zich jou herinneren. Alles wat je gedurende die vierentwintig jaar hebt opgebouwd, zal zijn verwoest.'

Sullivan had in de gaten dat ik het nauwelijks begreep. Hij legde uit: 'Na mijn vierentwintigste reis werd ik in 1978 wakker. Geografisch gezien was ik teruggekeerd naar mijn vertrekpunt: de kleine ruimte in de kelder van de vuurtoren.'

'Behalve dat die ruimte was dichtgemetseld,' onderbrak ik hem.

Hij knikte. 'Het duurde even voordat ik doorhad waar ik was, en ik was al bang dat ik er zou moeten blijven. Gelukkig lag er gereedschap, en de grond was zacht en vochtig. Ik heb een houweel gepakt en ben gaan graven. Ik weet niet hoeveel tijd het me heeft gekost, misschien een uur of tien, maar het is me gelukt me een weg naar buiten te graven, de vuurtoren uit. Ik heb me gewassen met het water uit de put en ik heb de fiets van de dichtstbijzijnde buurman gepikt om naar het station van Bourne te fietsen, waar ik de eerste trein naar New York heb genomen.'

Hij legde zijn oestervork neer en pauzeerde opnieuw. Kennelijk was het moeilijk en erg pijnlijk om zijn herinneringen terug te halen.

'Indertijd bevonden de kantoren van de Wereldgezondheidsorganisatie in New York zich in de wijk Turtle Bay, vlak bij de zetel van de Verenigde Naties. Het was zeven uur 's avonds. Ik heb gewacht tot Sarah uit het gebouw naar buiten kwam, maar in plaats van zich in mijn armen te werpen, zoals elke keer gebeurde wanneer we elkaar terugzagen, keek ze me aan alsof ik een volkomen vreemde voor haar was.'

Sullivans ogen betrokken. De toon van zijn stem veranderde. 'Ik sprak haar aan, maar Sarah bleef met een strak gezicht doorlopen, alsof ze me niet kende. Het was schokkend, want ik zag in haar ogen dat ze niet tegen me loog. Ik hield vol, ik vertelde haar over Anna, onze dochter, over alles wat we al die jaren hadden meegemaakt. Ik denk dat Sarah toen medelijden met me kreeg, want uiteindelijk bleef ze staan en was ze bereid met me te praten. Maar niet als een geliefde. Eerder alsof ze met iemand praatte die psychisch gestoord was...'

Hij balde zijn hand tot een vuist.

'Ze heeft me foto's laten zien die ze in haar portefeuille had. Foto's van haar man, een Afro-Amerikaanse arts, en haar kinderen, een mooie, lichtbruin gekleurde tweeling van ongeveer tien jaar oud. Ik was ontsteld, verscheurd door zowel woede als kwaadheid.'

Hij pakte me bij mijn schouder beet, schudde me heen en weer en begon te schreeuwen: 'Dat kon ik niet accepteren, begrijp je? Ik heb geprobeerd Sarah uit te leggen dat het allemaal niet klopte. Ze werd bang en vluchtte weg, maar ik haalde haar in. Ik heb haar bij haar arm gepakt en gedwongen naar me te luisteren. Ik heb haar gezegd dat ik van haar hield en dat ik Anna terug zou vinden. Ze gilde en vocht met me. Om van me af te komen rende ze weg, de straat over... Een auto die van de andere kant kwam, heeft haar in volle vaart geschept. En Sarah... Sarah was op slag dood. Door mijn schuld...'

Sullivan huilde nu, dikke tranen liepen over zijn wangen en vielen op de oesterschelpen. Met zijn lichaam schuddend van verdriet, stamelde hij: 'Ik weet niets van wat er daarna is gebeurd. De ondraaglijke schok dat ik degene had gedood van wie ik hield, dreef me tot waanzin. Toen ik bij zinnen kwam, was ik in het Blackwell Hospital. Ik droeg een dwangbuis en was versuft door de medicijnen.'

Ik gaf mijn grootvader het glas ijswater dat ze meteen na onze aankomst voor ons hadden neergezet, maar hij negeerde mijn gebaar en vroeg om nog een glas wijn. Zodra hij zijn glas had geleegd, pakte hij mijn arm weer.

'Denk eraan dat alles wat je de komende twintig jaar zult opbouwen, een luchtkasteel is, dat meteen door de wind zal worden weggeblazen.'

'Heb je daarom mijn brief aan Lisa verscheurd?'

Hij knikte.

'Dat was een goede beslissing. Maar uiteindelijk heb ik hem haar toch gegeven, want het ging slecht met haar en ik dacht dat het haar goed zou kunnen doen hem te lezen. Een moment van zwakte van mijn kant, die niet meer zal voorkomen.'

Zijn handen trilden. Hij keek me recht in mijn ogen aan. 'Helaas voor jou, ben je gegrepen door dat helse labyrint. Bega niet dezelfde fouten als ik, jochie. Sleep geen anderen in je val mee.'

'De geschiedenis zal zich misschien niet herhalen,' probeerde ik, alsof ik mezelf moest overtuigen.

Toen Sullivan opstond, zei hij op ijzige toon, na zijn pet op te hebben gezet: 'Geloof me, het gaat op dezelfde manier. Je vecht tegen het lot. Dat is een strijd met ongelijke wapens, die je altijd bij voorbaat verliest.'

6

19.00 uur

Het stortregende in New York.

Met twee zakken vol boodschappen in mijn armen stak ik Amsterdam Avenue over. Ik hield mijn jas boven mijn hoofd om me tegen de regen te beschermen. Op 109th ging ik de hal binnen van het gebouw waarin Lisa woonde. Ik liep de trappen naar de bovenste verdieping op, vond de sleutel onder de deurmat en ging het appartement binnen, dat al een bekende omgeving begon te worden.

'Hallo, Remington.'

Ik deed het licht in de hal aan en ging naar de keuken. Lisa zou pas over een uur thuiskomen. Ik had nog tijd genoeg om het eten klaar te maken waar ze om had gevraagd.

Na Sullivans bekentenissen was ik met hem mee naar zijn huis gegaan. Ik had me omgekleed, had wat geld gekregen en ik was op aanraden van mijn grootvader een uur bij 'Stan de kopieerder' geweest, een vervalser in Alphabet City, om een foto te laten maken die nodig was voor een vals paspoort, als vervanging van mijn gestolen paspoort.

Daarna was ik in een bedroefde stemming naar Manhattan gegaan. Ik voelde me vreselijk eenzaam. Als Sullivans verhaal waar was, had ik geen toekomst meer. Mijn horizon was vertroebeld. Ik was ertoe veroordeeld het speeltje te zijn van een poppenspeler die de mooiste jaren van mijn leven in drie weken tijd zou afbreken.

Om het niet nog erger te maken, had ik besloten me aan eenvoudige dingen vast te klampen. Ik had in een boekenwinkel in SoHo kookboeken gekocht en ik was naar Dean & DeLuca gegaan om Lisa's koelkast aan te vullen.

'Ik heb een verrassing voor je, katje,' zei ik, terwijl ik een blikje uit de zak haalde.

Ik gaf de kater drie eetlepels vispaté. Daarna legde ik de andere boodschappen op tafel: twee ananassen, een vanillestokje, een kaneelstokje, twee groene citroenen, wat steranijs, een eendenborst, aardappels, een pot honing, sjalotjes, een bol knoflook en een bosje peterselie.

Met een angstig voorgevoel bekeek ik de ingrediënten. Ik was een kind van de magnetron en voorverpakte sla. Ik moest goed nadenken, ik had nog nooit in mijn leven gekookt. Ik sloeg het eerste kookboek open op de pagina 'eendenborst met aardappels in eendenvet' en het tweede op de pagina 'carpaccio van ananas'. Een uur lang deed ik mijn uiterste best. Ik had de radio aangezet en zocht telkens naar recente nieuwsberichten, om mijn achterstand in te halen, zoals de vernietigende aanslag in Oklahoma City, de onverwachte vrijspraak van O.J. Simpson, het falen van Bill Clinton bij het vernieuwen van het systeem van gezondheidszorg...

Terwijl ik van het ene station naar het andere schakelde, kwam ik ook de laatste hits tegen, waarbij ik onbekende groepen tegenkwam (Oasis met *Whatever*) en nieuwe nummers van mijn favoriete artiesten (*Streets of Philadelphia* van Bruce Springsteen, *High Hopes* van Pink Floyd...).

'Het ruikt hier lekker,' riep Lisa uit toen ze de deur opende.

Ze gaf Remington een aai over zijn kop en kwam naar me toe in de keuken. Drijfnat van de regen trok ze haar sjaal en jas uit en hing ze over een stoel.

Met een glimlach op haar lippen, een opgewekte stem en een liefdevolle blik in haar ogen, deed ze verslag van haar dag, terwijl ik mijn eend met honing bereidde.

Alsof ik altijd al deel had uitgemaakt van haar leven.

Ik wist niet wat Sullivan haar precies over mij had verteld, maar ik was er in haar ogen wel op vooruitgegaan. De onbezonnenheid, de jeugd en de onschuld van Lisa waren besmettelijk. Enkele minuten samen met haar waren voldoende om al mijn zorgen met andere ogen te bezien en ze voorlopig opzij te zetten.

Dansend en stralend ging Lisa naar de badkamer, om even later met een handdoek op haar hoofd naar de woonkamer terug te keren. 'Ik heb in de videotheek een cassette gehuurd,' zei ze, en ze haalde een VHS-band uit haar tas. *Four Weddings and a Funeral*. 'Als je wilt kunnen we er tijdens het eten naar kijken. Hij schijnt erg leuk te zijn.'

Terwijl ze haar haar droogwreef, zag ik dat ze me bleef aankijken met fonkelende ogen als diamanten in de schemering van de kamer. Ze kwam naar me toe en met een snelle, onverwachte beweging legde ze haar hand op mijn wang. Ik veegde de natte slierten haar uit haar gezicht. Mijn lippen vonden de hare. Ze maakte mijn broekriem los en ik knoopte haar blouse open. Haar huid was fris, haar borsten trilden.

'Kom...'

Onze omhelzing werd steeds vuriger en we rolden de bank op, terwijl mijn eendenborst met honing in de keuken stond te verbranden.

7

Al drie kwartier lang rolde ik heen en weer in bed en probeerde ik tevergeefs mijn ademhaling aan te passen aan het rustige ritme van Lisa, die naast me in slaap was gevallen.

Ik was er nog steeds.

De digitale cijfers van de radiowekker gaven aan dat het 06.32 uur was.

En ik was er nog steeds.

De vorige dag was ik om 05.45 uur in een metrowagon ontwaakt. Ik had de grens van vierentwintig uur dus mooi overschreden.

Ik stond in het donker op, trok een broek aan, trok de deken over Lisa's schouders en sloop de slaapkamer uit.

Remington stond achter de deur op me te wachten.

In de keuken was het ijskoud. Ik controleerde nog eens de tijd op de magnetron, waarna ik een kop koffie opwarmde. Buiten rommelde het onweer en de regen stroomde als een half doorschijnend gordijn langs het raam.

Ik trok het raam open en ging op de vensterbank zitten om te kijken hoe het langzaam licht begon te worden. Het stortregende, de hemel was grauw en de horizon loodgrijs.

De regen striemde me in mijn gezicht. Op de kruising van 110th en Amsterdam Avenue zag ik een hotdogverkoper zijn karretje door de regen duwen. Plotseling schokte het beeld en werd het troebel. Verontrustende vlokken verstoorden mijn zicht: voor mijn ogen zweefden donkere vlekken.

Mijn hart sloeg een slag over toen ik rook hoe de zoete geur van koekjes met oranjebloesem van de straat omhoogdreef, zoals mijn moeder ze vroeger maakte, toen ik klein was.

Een elektrische schok deed me opschrikken.

Ik liet mijn koffiekop vallen, die in stukken op de vloer kapotviel.

Remington miauwde woedend.

Toen werd mijn lichaam steeds dikker, voordat ik het gevoel kreeg dat ik wegkwijnde.

Tot ik was opgelost.

Deel drie
De man die verdween

1996

Shakespeare in het park

Ervaring is niet wat iemand overkomt, het is wat iemand doet met datgene wat hem overkomt.

Aldous Huxley

0

Een stoffige, verstikkende atmosfeer.

Een walgelijke lucht van braadvet, frituur en vaatwassers.

Mijn bovenlichaam is bloot, ik lig op een warme vloer, op een plek die baadt in het licht. Ik voel het zweet langs mijn hals en onder mijn oksels stromen. Door het licht tranen mijn ogen, alsof iemand op enkele centimeters bij mij vandaan uien snijdt.

Met een beweging van mijn hand verjaag ik de vliegen die om mijn gezicht zoemen. Ik begin het ritueel te herkennen: opgezwollen oogleden, verlamd lichaam en stijve gewrichten, hoofdpijn, gonzende oren en het onaangename gevoel dat mijn benen zijn afgezaagd...

Ik open mijn ogen en zoek steun op de vettige vloer. Wanneer ik eenmaal sta, slaat de geur van ranzige kool me op de keel.

Ik ben alleen... in een grote, rechthoekige ruimte in de brandende zon.

1

Met mijn onderarm veegde ik het zweet van mijn gezicht. Om mij heen zag ik kookplaten, een reusachtige gootsteen met zes spoelbakken, een snijtafel, een enorme frituurpan, kookpannen van honderd liter, een reeks elektrische ovens, een grill en een lopende band. Tegen de muren roestvrijstalen kasten, aan het plafond enorme afzuigkappen.

Ik was duidelijk in een professionele keuken. Een soort industriële keuken zoals je die in kantines, fabrieken en restaurants van grote ketens aantrof.

Wat had ik hier in vredesnaam te zoeken?

Op een plank stond een ouderwetse, bakelieten wekker die aangaf dat het één uur 's middags was.

Ik sleepte mezelf naar het dichtstbijzijnde raam, deed het open om een beetje frisse lucht binnen te laten en keek naar het landschap. Eén ding was zeker: nu was ik niet in Manhattan. Zover het oog reikte, zag ik alleen hangars, loodsen en fabrieksschoorstenen. Ik bevond me midden in een industriegebied, ingesloten door een snelweg in de verte en een waterloop. Ik opende het tweede raam, in de tegenoverliggende muur. Nu zag ik in de verte de wolkenkrabbers van Manhattan. Wanneer ik mijn ogen samenkneep, kon ik de omtrekken van het Empire State Building zien, de pijl van Chrysler en de metalen structuur van Queensboro Bridge.

Ik dacht kort na. Ik wist nu waar ik waarschijnlijk was: in het zuiden van de Bronx. Ongetwijfeld op het schiereiland Hunts Point, waar zich alle groothandelaars van New York bevonden: fruit, groente, vlees.

Ik draaide me om en liep naar de enige uitgang van de ruimte: een branddeur van verzinkt ijzer, die... op slot zat.

'Hé! Is daar iemand?'

Geen reactie.

Ik zocht naar een brandblusser, die ik als stormram zou kunnen gebruiken, maar ik vond niets.

De tekst op het brandalarm bracht me op een idee. Ik duwde de greep omlaag, maar er gebeurde niets. Geen sirene, geen zwaailichten.

Teleurgesteld keerde ik terug naar de ramen. Ik bevond me ongeveer twintig meter hoog. Daarlangs kon ik onmogelijk ontsnappen zonder mijn nek te breken.

Ondanks de tocht was het gloeiend heet in de ruimte, terwijl de vervuilde lucht van buiten een zware stank van chemische meststoffen met zich meedroeg. Ten westen van de Bronx strekten de ommuurde terreinen en laad- en loskades zich kilometers ver uit. Enkele vrachtwagens en trucks met opleggers reden af en aan op de aansluiting naar de snelweg, maar het was niet erg druk in het gebied.

Om mij heen zag ik slechts verlaten parkeerterreinen en ramen van lege gebouwen. Ik gokte erop dat het weekend was.

Pech...

'Hé! Ho! Hé! Ho!' brulde ik uit alle macht.

Zinloos. Ik begon langzaam maar zeker te begrijpen dat waar ik was, niemand me zou horen of zien.

Ik beende heen en weer door de ruimte en probeerde een oplossing te bedenken. Op de muur zat een pin-upkalender geprikt. Miss augustus 1996 was een knappe, wulpse brunette met puntige borsten, slechts gekleed in een klein bikinislipje. Ze stond tegen een strandbar geleund en dronk een cocktail uit een holle ananas.

Ik rekende het snel na. Als het nu midden in de zomer was, had ik een sprong van meer dan negen maanden gemaakt.

Ik bekeek snel het andere meubilair in de ruimte: boekenrekken, goederenkarretjes, een grote, stalen kast – misschien een berg- of garderobekast – die was afgesloten door een combinatieslot.

Het volgende uur probeerde ik een oplossing te vinden om uit deze gevangenis te komen. Ik maakte het verlaagde plafond open, bekeek de afvoeren, de afvalschachten, en ik probeerde de ijzeren deur te forceren met een schuimspaan en een spaghettitang. Zonder succes.

Door de inspanningen begon ik een droge keel te krijgen. In een van de koelkasten vond ik een smerig, sterk gearomatiseerd blikje fris, een pakje kauwgom en een stukje twijfelachtige kwarktaart. Ik rook er achterdochtig aan, maar ik had zo'n honger dat ik niet de luxe had er moeilijk over te doen.

In een hoek van de ruimte hing een oud televisietoestel aan het plafond. Ik vond de afstandsbediening op een bijzettafeltje en zette het toestel aan. Diverse sporten wisselden elkaar af op het scherm: atletiek, zwemmen en tennis. Ik herkende ongeïnteresseerd Carl Lewis, Michael Johnson en Andre Agassi. Van mijn taart etend bleef ik tot het einde van de reportage kijken. Toen verscheen er een presentator in beeld, met een pet op zijn hoofd en een microfoon in zijn hand.

Hiermee eindigt ons overzicht van de 26e Olympische Zomerspelen die hier van 19 juli tot 4 augustus in Atlanta zijn gehouden. Spelen die grandioos zullen worden afgesloten tijdens de sluitingsceremonie die vanavond door NBC *rechtstreeks vanuit het honderdjarige stadion zal worden uitgezonden.*

Ik schrok op toen ik de datum hoorde. Het was dus 4 augustus 1996.

Mijn verjaardag.

De dag waarop ik dertig jaar werd.

Sinds die ochtend in juni 1991 waren er vijf jaren verstreken. Die ochtend waarop mijn vader bij mij thuis was gekomen om me deze valse erfenis van 24 Winds Lighthouse na te laten.

Vijf jaren die in vijf dagen waren verstreken.

Ik bekeek mijn gezicht in de kleine spiegel die boven een wastafel hing.

Het was voor het eerst sinds het begin van deze nachtmerrie dat ik mezelf in een spiegel bekeek. Ik was iets ouder geworden: mijn gezicht was getekend door vermoeidheid, mijn huid was gevlekt. Mijn pupillen waren wijd opengesperd en ik had wallen onder mijn ogen, alsof ik de hele nacht had feestgevierd. Voorlopig had ik nog geen last van rimpels en zag mijn kop er nog goed uit, maar mijn trekken waren harder en holler geworden. Mijn ogen waren bedroefder, mijn haar had z'n gouden glans verloren. Wat me het meeste opviel, was dat mijn gedaante alle puberale trekken was kwijtgeraakt. Weg was de onschuld, de ongedwongenheid, alle guitigheid...

Gefeliciteerd met je verjaardag, Arthur...

2

15.00 uur, 16.00 uur, 17.00 uur... middernacht, 1.00 uur, 2.00 uur, 3.00 uur, 4.00 uur...

Wanhopig en uitgeput beende ik rond als een leeuw in een kooi. Ik had alles geprobeerd om uit deze gevangenis te ontkomen. Omdat het duidelijk was dat ik de branddeur nooit open zou krijgen, had ik me op de ijzeren kast gestort, die nu op zijn kant op de grond lag. Ik had wel honderd combinaties op het slot uitgeprobeerd, maar er waren duizenden mogelijkheden en de code van het veiligheidsslot bleef goed verborgen.

Ten einde raad had ik geprobeerd het slot te forceren, gebruikmakend van alles wat ik maar kon vinden: een gebogen spatel, een frietschep, een aanzetstaal.

'Verdomme!'

Schreeuwend smeet ik de spatel naar de andere kant van de ruimte en woedend bonsde ik met mijn vuisten op de ijzeren wanden van de kast.

Dit was een nachtmerrie in een nachtmerrie. Hoe kon ik accepteren dat de enige vierentwintig uur die ik zou hebben, zich dit jaar zouden afspelen gevangen in dit vreselijke hok?

Plotseling barstte ik in snikken uit. Met uithalen die ik niet zag aankomen, die het lijden benadrukten dat ik niet langer aankon. Ik voelde me vreselijk alleen. Ik was verstikt van angst. De vloek van de vuurtoren zou me langzaam maar zeker breken. De afgelopen vijf dagen had ik het overleefd – de afgelopen vijf jaar –, passief, niet in staat het te begrijpen en te handelen, of ook maar een begin van een oplossing te vinden om me uit deze val te bevrijden.

Ik liep weer naar het raam. Ik werd als door een magneet aangetrokken tot die twintig meter die me van de grond scheidde. Als ik sprong, zou alles voorbij zijn. Meteen. Geen pijn meer, geen angstkriebels in mijn buik, geen vloek...

Maar verder ook niets meer.

God mocht weten waarom, maar ik dacht terug aan wat Frank tegen me had gezegd toen hij op die fameuze zaterdag vertrok: *dat mysterie is al dertig jaar een obsessie voor me. En ik denk dat jij de enige persoon bent die het zal kunnen oplossen.*

Ik veegde mijn tranen weg. Het was onzin om te proberen troost te zoeken in de woorden van iemand die altijd tegen me had gelogen, maar toch klampte ik me eraan vast. Bij gebrek aan iets anders.

Ik keerde terug naar de ijzeren kast en ging opnieuw aan de slag met de gevonden gereedschappen, die ik had aangevuld met een kookplaatschraper. Ik viel aan op het bergmeubel en probeerde mijn woede in positieve energie om te zetten. Na een halfuur begaf de eerste grendel het. Ik maakte gebruik van de vrijgekomen ruimte door de staaf van het aanzetstaal dat werd gebruikt om messen te slijpen erin te steken. Nadat ik het handvat enkele keren met flinke kracht heen en weer had gewrikt, lukte het me de twee resterende sloten te forceren.

Eindelijk.

Ik keek met een angstig voorgevoel wat er in de kast zat, maar ik werd niet teleurgesteld: grote dweilen, schorten, kokskleding en T-shirts. Ik trok een poloshirt aan, gevolgd door een koksuniform en ik vond zelfs een paar Caterpillar-schoenen die bijna mijn maat waren.

Kalm begon ik een touw te knopen van alle kledingstukken. Toen mijn reddingslijn me lang en sterk genoeg leek, bond ik hem stevig vast aan de zijkant van het raam. Zonder omlaag te kijken, liet ik me over de rand glijden. Ik trilde als een espenblad en ik was duizelig en misselijk. Ik vermeed het naar de grond te kijken en boog mijn benen, met mijn voeten tegen de gevel steunend. Heel langzaam daalde ik vijf meter, tien meter, vijftien meter.

Gekraak...

Het touw dat zo stevig had geleken, begon te scheuren. Toen het het begaf, viel ik enkele meters omlaag en rolde over het asfalt. Ik was meer geschrokken dan dat ik me pijn had gedaan. Ik stond op en ging op zoek naar het gedeelte van het terrein waar de vrachtwagens af en aan reden. Toen ik daar aankwam, probeerde ik bij het begin van de aansluiting naar de snelweg een lift te krijgen. Het duurde twintig minuten voordat er eindelijk een wagen stopte: een enorme pick-up met twee donkere broeders erin. Ze vertelden me dat ze een winkel met groenten en fruit in Spanish Harlem hadden. Het waren vriendelijke kerels.

Ze luisterden naar loeiharde reggae op hun radio, terwijl ze enthousiast een onbekende substantie rookten. Ik sloeg een trek af, maar ik accepteerde graag een fles water en enkele nectarines. Toen ze in het noorden van Manhattan aankwamen, maakten ze een omweg via Morningside Heights om me op de hoek van 109th en Amsterdam Avenue af te zetten.

Het was zeven uur 's morgens.

3

'Hoe durf je je hier te vertonen, vuile smeerlap. Donder op. Ik wil je niet meer zien,' riep Lisa voordat ze de deur in mijn gezicht dichtsmeet.

Ons weerzien had nog geen tien seconden geduurd.

Ik had met kloppend hart bij haar aangebeld, maar ze had geen haast gemaakt om open te doen. Tijdens het wachten, had ik duidelijk een mannenstem in het appartement gehoord. De eerste dolksteek in mijn hart.

Wat had je dan gedacht, kleine Arthur?

Toen ze eindelijk had besloten voor me open te doen, zag ik opgelucht dat ze er nog stralend uitzag. Ze was gekleed in een verleidelijk, lichtblauw nachthemd, haar haar zat anders en ze had zich een keurige pony aangemeten. Haar lange haar hing in steile slierten omlaag. Maar haar turquoise ogen waren nu donkerblauw en ze keek me vol minachting en vijandigheid aan. Ik had net willen zeggen hoe blij ik was haar weer te zien, toen ze was begonnen me voor rotte vis uit te maken.

Zonder me uit het veld te laten slaan, hield ik ruim een minuut de belknop ingedrukt.

'Hou daar eens mee op!'

Een reus van een vent verscheen met ontbloot bovenlichaam in de deuropening. 'Misschien ben je een beetje hardhorend, maar Lisa heeft gezegd dat je moet opdonderen,' zei hij terwijl hij me minachtend aankeek, waarna er een spottende glimlach op zijn gezicht verscheen zodra hij mijn kokskleding zag.

Knap als een foto in een modeblad, twee koppen groter dan ik. Hij droeg slechts een strakke merkslip, die zijn mannelijke delen goed deed uitkomen, en zijn torso was een welvend sixpack.

'Bemoei je er niet mee,' zei ik, zonder me te laten wegjagen.

Ik wilde me een weg naar binnen banen, maar hij pakte me in mijn nek beet en smeet me de trap af, waarna hij de deur dichtdeed.

Ik geef me niet gewonnen, besloot ik, terwijl ik op de trap ging zitten.

In mijn val had ik mijn onderarm bezeerd. Ik masseerde mijn pols, met mijn rug tegen de trapleuning geleund, toen ik Remington zag, die in mijn armen sprong. 'Hallo, oude maat van me.'

Toen de kat zijn hoofd boog om zich door me te laten aaien, kwam ik op een idee.

'Lisa, ik neem je kat in gijzeling,' riep ik hard genoeg om gehoord te worden. 'Als je hem terug wilt hebben, kom dan op straat naar me toe.'

Ik luisterde en hoorde wat flarden van een gesprek, wat me hoop gaf. 'Ik had je toch gezegd op de kat te letten,' zei Lisa tegen haar spierbundel, die slechts met enig gegrom antwoordde.

'Als je van die arme Remington houdt, moet je niet die lijfwacht van je op me afsturen,' riep ik, en ik liep de trap af.

Nog geen minuut later verscheen Lisa op de stoep. Ze had een spijkerbroek met gaten aangetrokken, oude Air Max-schoenen en een naveltruitje.

'Geef mijn kat terug.'

'Natuurlijk geef ik hem terug, maar eerst moet je naar me luisteren.'

'Nee, dat ben je niet waard. Een jaar geleden ben je als een dief in de nacht weggeslopen, zonder enig bericht achter te laten. En je hebt me nooit meer gebeld.'

'Dat klopt, maar daar heb ik een goede reden voor.'

Ze vroeg me niet welke dat was. In plaats daarvan ging ze door me te beschuldigen. 'Kennelijk ben je het vergeten, maar we hadden die nacht veel met elkaar gepraat. Omdat je mijn leven had gered, heb ik je heel intieme dingen verteld. Omdat ik je vertrouwde. Omdat ik dacht dat je anders was.'

'Op een bepaalde manier ben ik inderdaad anders.'

'Ja, je bent nog erger dan die anderen. Wat dacht je wel? Dat ik zomaar het bed induik met iedere vent die langskomt?'

'Je hebt er duidelijk niet veel tijd voor nodig gehad om na mij een ander te vinden.'

'Hoe durf je!' riep ze uit. 'Jij bent degene die niet meer terug is gekomen.'

Ze hief haar arm op om me een klap te geven, die ik maar net kon tegenhouden. Remington maakte van de gelegenheid gebruik om op de stoep te springen. Lisa nam hem in haar armen en draaide zich om om terug naar binnen te gaan.

'Wacht, laat me het uitleggen,' zei ik, terwijl ik achter haar aan ging.

'Doe geen moeite, Arthur. Sullivan heeft me alles al verteld.'

Ik ging naast haar staan. 'Hoezo? Wat heeft hij verteld?'

'Iets wat je me wel vooraf had mogen zeggen: dat je zo met alle vrouwen omgaat, dat je getrouwd bent, dat je kinderen hebt en...'

De schoft...

Ik versperde haar met mijn arm de doorgang om te voorkomen dat ze het gebouw zou binnengaan.

'Laat me erdoor.'

'Ik zweer je dat dat allemaal niet waar is.'

'Waarom zou je grootvader tegen me hebben gelogen?'

'Omdat hij gek is.'

Ze schudde haar hoofd. 'O nee, ik laat me door jou niets meer wijsmaken. Ik heb nog steeds contact met Sullivan. Ik ga twee keer per week bij hem langs en, geloof me, hij is heel goed bij zijn hoofd.'

'Luister, Lisa, het is een lang verhaal.'

'Misschien, maar ik heb geen zin en geen tijd om daarnaar te luisteren.'

4

MacDougal Alley
9.00 uur

'Hallo, jochie,' zei Sullivan op de drempel van zijn deur.

'Hou op daarmee. Ik ben geen klein jochie.'

Hij spreidde zijn armen om me te omhelzen, maar daar had ik geen zin in. Ik ontweek zijn pogingen en liep de gang in zonder hem te begroeten.

'Doe alsof je thuis bent,' verzuchtte hij.

En dat deed ik dus. Ik ging naar boven, naar de badkamer, en trok mijn idiote kleding uit. Ik was hard toe aan een douche. Ik stonk naar zweet en kool, een stank waarin ik te lang had liggen weken. Onder de gloeiend hete waterstraal kneep ik een halve flacon douchegel leeg, om mijn lichaam schoon te bikken en de wasem van de keuken in de Bronx weg te spoelen. Toen besprenkelde ik me met de ouderwetse eau de cologne van Sullivan, waarvan het vleugje lavendel me wel aanstond.

Eindelijk terug in 'mijn kamer' trok ik een katoenen broek aan, een overhemd met korte mouwen en een linnen jasje. Op de commode vond ik vier biljetten van vijftig dollar, die mijn grootvader daar ongetwijfeld voor me had neergelegd.

Zonder te aarzelen, borg ik het geld op en ging naar beneden. Uit de speakers kwamen de klanken van Bill Evans: *You Must Believe in Spring*, het beroemde nummer van Michel Legrand.

Met een sigaar in zijn mond zat Sullivan achter een laptop die op de salontafel stond. Met een brilletje op zijn neus tuurde hij naar zijn scherm, dat vol met beursgegevens stond.

'Wat is dat?' vroeg ik, en ik wees naar de monitor. 'Een cd-rom?'

'Dat is een website van een online beursmakelaar.'

Ik sperde mijn ogen open van verbazing. 'Een website?'

'Een verbinding met een computerservice, als je dat liever hoort.

Dankzij internet kun je je beursopdrachten rechtstreeks vanuit huis doorgeven.'

'Wat is dat, internet?'

Hij kon een glimlach niet onderdrukken. 'Ik ben vijfenzeventig jaar oud en nu moet ik jou uitleggen wat het web is...'

'Spaar me je spottende opmerkingen maar.'

'Wat ben je lichtgeraakt. Goed, internet is een wereldwijd computernetwerk waarop je informatie kunt uitwisselen en toegang hebt tot allerlei diensten, zoals...'

Ik onderbrak hem. 'Ben je thuis op de beurs?'

'Ik heb in het begin van de jaren vijftig enkele lucratieve transacties afgesloten,' antwoordde hij op zogenaamd bescheiden toon.

Toen draaide hij het scherm naar me toe. Er stonden enkele grafieken op. 'We staan op het moment op de drempel van een ongelooflijke tijd: technologische fondsen hebben de wind mee, en dat is nog maar het begin. Ik zit nu een jaar op de beurs en ik heb mijn kapitaal al verdubbeld. Denk je eens in! Als ze me ooit zouden hebben verteld dat het zo eenvoudig zou zijn om geld te verdienen...'

Ik liep naar de bar en hing mijn jasje over de hoge leuning van een stoel. Naast de whiskyflessen stond een oude, Italiaanse percolator. Om mijn gedachten te ordenen, maakte ik een dubbele espresso voor mezelf klaar, aangevuld met een scheutje brandy.

'Hoe kun je aandelen kopen of verkopen wanneer je zelfs geen bankrekening hebt?'

Hij haalde zijn schouders op. 'Met een stroman is het een fluitje van een cent. Weet je, ik gebruik de financiële gegevens van Lisa en in ruil daarvoor geef ik haar een percentage van mijn winst.'

Ik explodeerde bijna. 'Laten we het daar eens over hebben, ja? Lisa. Waarom heb je haar allemaal leugens over mij verteld?'

'Omdat een goede leugen beter is dan een slechte waarheid. Echt, had ik haar dan moeten vertellen hoe de vork echt in de steel zit?'

Hij stond nu ook op en schonk een cognac voor zichzelf in, zonder koffie. 'En ik zou je zo weer zwartmaken bij haar,' waarschuwde hij me.

'Waarom, verdomme? Vind je niet dat ik het al zwaar genoeg heb?'

'Je moet Lisa niet meer opzoeken, dat is alles. Als je een vrouw nodig hebt, haal dan vijfhonderd dollar uit de kluis. In de bars van de hotels stikt het van de callgirls.'

'Donder op met dat geld van je.'

Sullivan nam een slok van de alcohol. 'Ik wilde Lisa alleen gelukkig zien. En jou ook.'

'Bemoei je dan met je eigen zaken. Ik ben groot genoeg om te weten wat goed voor me is.'

Hij schudde zijn hoofd. 'Niet in jouw situatie. Vergeet niet dat ik al ervaring heb met wat jij nu meemaakt.'

'Precies, en daarom had ik juist wat hulp van je verwacht.'

'Die bied ik je, door je ervan te weerhouden dat meisje nog langer te zien. Je zult haar pijn doen, en jezelf ook.'

Hij legde zijn hand op mijn schouder en zei op ernstige toon: 'Je hebt gezien waartoe dat allemaal bij mij heeft geleid. Ik heb de vrouw gedood van wie ik hield, waarna ik meer dan tien jaar in een psychiatrische inrichting heb gezeten.'

'Bedankt voor de raad, maar dat geeft je niet het recht je met mijn zaken te bemoeien. Het komt trouwens door jou dat ik me in deze situatie bevind.'

Hij protesteerde. 'Je kunt me niet verantwoordelijk stellen voor al je fouten. Dat zou te gemakkelijk zijn.'

'Ik had niemand iets gevraagd. Ik leidde een rustig leven. Frank is me zelf komen opzoeken. Frank! Jouw zoon! Jouw zoon, die een vuile smeerlap is geworden, omdat je hem in de steek hebt gelaten om met die Sarah te gaan leven. Dát is de waarheid!'

Hij pakte me bij de kraag van mijn shirt. Ondanks zijn leeftijd was hij nog zo sterk als een beer. 'Kijk heel goed uit met wat je zegt, kleintje.'

'Ik ben niet bang voor je,' antwoordde ik, en ik duwde hem tegen een houten wand. 'Vergeet niet dat je hier bent, dat je naar je jazzplaten kunt luisteren, je whisky kunt drinken, je sigaren kunt roken, achter je scherm met de beurs kunt spelen omdat ík je heb gered. Vergeet dat nooit. Ik ben je uit die inrichting komen halen. Ik! Niet je zoon, niet je vrienden, niet mijn broer, niet mijn zus! Ik!'

Toen hij zijn blik neersloeg, liet ik hem los.

'Ik wil je nooit meer zien, Sullivan,' zei ik, terwijl ik mijn shirt rechttrok. 'Ik ga proberen het goed te maken met Lisa, maar ik raad je aan nooit meer met haar over mij te praten.'

Ik stond al in de hal. Voordat ik wegging, riep ik nog achterom: 'De volgende keer dat je me weer dwarszit, breng ik je terug naar het gesticht. Dat zweer ik je.'

5

'Lisa, als je thuis bent, doe dan open!'

Een taxi had me voor het gebouw op Amsterdam Avenue afgezet. Ik bonsde al een minuut lang op de deur, maar het bleef stil in het appartement, behalve dat de kat zo nu en dan miauwde.

Het was bijna twaalf uur 's middags. Waar kon ze zijn, midden in de zomer, op de eerste zondag in augustus? In elk geval niet op Juilliard School, of in de bar in East Village.

Ik liep de trap af. Mijn taxichauffeur – een Indische sikh met een tulband – had zijn taxi op de ventweg gezet en at in de schaduw van een ginkgo zijn lunch. Tegen de motorkap van zijn auto geleund, at hij met veel smaak zijn pitabrood op.

Verslagen keek ik alle kanten op en zocht naar een teken.

De brievenbus...

Uit elke brievenbus in het trappenhuis stak een roze vel naar buiten. Die reclamefolders waren er nog niet geweest toen ik Lisa die ochtend had opgezocht.

Ik pakte een van de flyers en herkende de gestileerde gedaante van Shakespeare, met zijn kale hoofd, zijn snor en zijn puntige sik. Een korte tekst maakte in de vorm van een uitnodiging bekend:

Ter gelegenheid van het 34e Shakespeare-festival in het park brengen de leerlingen van het laatste jaar van de Juilliard School een speciale voorstelling van het stuk van William Shakespeare:

A Midsummer Night's Dream
Zondag 4 augustus om 13.30 uur in het auditorium
van het Delacorte Theater
Toegang gratis

Ik dankte de hemel. Daar moest Lisa zijn!

Mijn chauffeur was klaar met eten. Ik liet hem de folder zien en hij startte de motor. Het was pas het begin van de middag, maar het was al verstikkend heet. De stoepen van Manhattan lagen te branden in de zon en het verkeer was nog nooit zo rustig geweest. Binnen tien minuten reden we langs Central Park West naar het Natuurhistorisch Museum. De sikh zette me af ter hoogte van 79th Street en legde me uit hoe ik bij het auditorium moest komen. Ik betaalde, bedankte hem en stak de weg over naar Central Park.

Op verscheidene spandoeken stond de opvoering van *A Midsummer Night's Dream* aangekondigd. Ik kende het stuk omdat ik het op de middelbare school had opgevoerd. Ik volgde de aanwijzingen van de chauffeur en kwam al snel uit bij een openluchttheater tussen de bomen, op een steenworp afstand van het Belvedere Castle. In deze landelijke omgeving organiseerden toneelgezelschappen al dertig jaar elke zomer gratis opvoeringen van stukken van de meester uit Stratford.

Ik zocht verder in de omgeving van het auditorium. Het was druk in het park: toeristen, liefhebbers van dramatische kunst en kinderen die de ijs- en frisverkopers belaagden.

Onder een grote tent die in de openlucht was opgezet en die als gezamenlijk onderdak diende, zag ik Lisa samen met enkele acteurs van haar gezelschap staan. Ik herkende het mode-icoon, meneer Sixpack, die me de trap af had geduwd. Hij had zijn merkslip verruild voor de nauwelijks meer verhullende kleding van Demetrius. Lisa droeg het fonkelende diadeem en de betoverende japon van Titania, de elfenkoningin. Een titel die uitstekend bij haar paste.

Dat ze niet echt blij was me te zien, was zwak uitgedrukt. Sixpack wilde tussenbeide komen, maar nu was ik voorbereid en was ik hem voor door hem een knietje in zijn mannelijke delen te geven, waardoor hij dubbelgevouwen op de grond belandde.

Toen ze zagen dat iemand van hen werd lastiggevallen, wilden Theseus, Egeus en Lysander zich op mij storten, maar de elfenkoningin voorkwam dit.

'Arthur, wat heb ik gedaan? Waarom probeer je alles voor me te verpesten?'

Er klonk zoveel teleurstelling in haar stem, dat ik me even inderdaad afvroeg waarom ik dit meisje bleef belagen. 'Je moet echt naar me luisteren, Lisa.'

'Ik heb nu iets anders te doen, kijk dan. Over een paar minuten treden we op. Ik werk al zes maanden aan dit stuk, het is erg belangrijk voor mij.'

'Ik weet het, maar dit kan niet wachten. Ik stel je het volgende voor: luister een kwartiertje naar me en als je dan nog steeds niets met me te maken wilt hebben, beloof ik je dat je nooit meer iets van me zult horen.'

'Goed,' verzuchtte ze na enkele tellen. 'Ik geef je tien minuten.'

We liepen bij haar vrienden vandaan om in alle rust te kunnen praten. Omdat haar japon erg lang was en ze op haar rug grote elfenvleugels van ijzerdraad droeg, kwamen we niet ver. We gingen een tiental meters van de tent vandaan in de schaduw op een van de bankjes in het park zitten.

Naast ons staarde een roodharig jongetje van vijf of zes jaar oud met een bril op en een ijsje in zijn hand Lisa vol bewondering aan, terwijl zijn moeder in de laatste roman van John le Carré verdiept zat.

'Goed, wat wil je me zo graag vertellen?' vroeg ze geïrriteerd.

'Je zult me nooit geloven. Wat er met me gebeurt is onvoorstelbaar, maar toch echt waar...'

'Schiet eens op, ja?'

Ik haalde diep adem, alsof ik een duik in het diepe wilde nemen, en tien minuten lang, zonder haar de kans te geven me te onderbreken, vertelde ik haar alles: mijn vader, de vuurtoren, de ijzeren deur in de kelder, hoe ik in Saint Patrick's Cathedral terecht was gekomen, de eerste keer dat ik bij haar onder de douche verscheen, hoe ik haar had gered toen ik in het atelier van haar vorige vriend was ontwaakt, het drama met Sullivan, de vloek van de vierentwintig winden...

Toen ik het einde van mijn verhaal had bereikt, wachtte ik vol verwachting af hoe ze zou reageren.

'Dus als ik het goed begrijp, is je excuus waarom je me niet hebt gebeld, dat je slechts één dag per jaar leeft?' vroeg ze kalm.

'Inderdaad. Ik heb je gisteren nog gezien, maar voor jou is het bijna een jaar geleden.'

'Waar ben je wanneer je niet hier bent?'

'Gewoon nergens. Dan besta ik niet.'

'En hoe gaat dat in zijn werk, wanneer je zomaar oplost?' vroeg ze spottend. 'Zoals in *Star Trek*?'

'Ik los op, meer niet. Het is geen superheldengedoe, ook geen goochelact à la David Copperfield.'

Ze lachte zenuwachtig. 'Je hebt je grootvader uit een psychiatrische inrichting gehaald, maar besef je wel dat jij daarin zou thuishoren?'

Ik begreep haar sarcasme, maar ik zag ook dat ze nieuwsgierig was. Ongerust.

'Dus nu ga je verdwijnen, voor mijn ogen?'

'Ik ben bang van wel.'

Ik was er zelfs zeker van. Ik voelde sinds enkele seconden de prikkelingen in mijn ledematen, kreeg zwarte vlekken voor mijn ogen en rook de zoete geur van oranjebloesem. Ik probeerde uit alle macht de gevoelens te negeren, ze tegen te houden. Ik moest het nog even volhouden.

Lisa was er nog steeds en ze keek peinzend vóor zich uit. Ik zag een bezorgde blik in haar ogen. Het zou normaal zijn geweest wanneer ze bang was geworden en ervandoor was gegaan, maar iets hield haar tegen.

'Ik moet je iets zeggen,' begon ze. 'Misschien is het onbelangrijk...'

Ze had mijn nieuwsgierigheid gewekt, maar plotseling stopte ze.

Mijn lichaam begon te trillen en onbeheersbaar te schokken. Ik keek om me heen, bang voor de gevolgen wanneer iemand me zou zien. Maar niemand schonk aandacht aan mij, behalve het jongetje met het rode haar en de bril.

'Lisa, ga door, alsjeblieft, wat wil je me zeggen?'

Maar de jonge vrouw was met stomheid geslagen, verlamd door datgene wat ze zag.

Mijn oren suisden. Ik hoorde weer de inmiddels bekende, zuigende geluiden en ik kreeg het destabiliserende gevoel dat ik oploste.

'Arthur!' riep ze.

Maar mijn lichaam was al verdwenen.

Nog steeds niet helemaal weg, merkte ik nu dat mijn 'geest' nog enkele seconden langer ter plekke bleef.

Net lang genoeg om te zien hoe Lisa in haar mooie japon flauwviel op het gras.

Op het bankje ernaast liet Wortelkop zijn ijsje vallen en schudde zijn moeder heen en weer. 'Zag je dat, mama, zag je dat? De elfenkoningin heeft haar vriendje weggetoverd!'

1997

Een bijzondere dag

Waarheen zou mijn hart dan kunnen vluchten ver uit mijn hart?
Waarheen zou ik kunnen vluchten als ik voor mezelf vlucht?

Augustinus

0

Nu gaat het ontwaken er zachter aan toe. Bijna lieflijk.

Ik kom bij bewustzijn te midden van de geur van warm brood. Wanneer ik mijn ogen open, lig ik op mijn buik, mijn neus op een vloer van boerenplavuizen. Mijn gewrichten doen minder pijn, mijn hoofdpijn is lichter, mijn ademhaling rustiger. Ik kom zonder moeite overeind en kijk om me heen.

Ik zie een kneedmachine, een deegroller, een gistkast, een oven op wielen waarin broodjes liggen te bakken. Jutezakken, papieren zakken waarop staat: AU CROISSANT CHAUD – FRANSE BAKKER SINDS 1974.

Ik klop het meel van mijn broek en mijn jasje. Ik bevind me in de bakkerij van een ambachtelijke bakker.

1

Ik hoorde stemmen en beweging boven. Snel deed ik een paar croissants en chocoladebroodjes in een zak, voordat ik een stenen trap op verdween, die op straat uitkwam.

Ik bevond me in een geplaveid steegje, dat uitkwam op Bowery, aan de rand van Little Italy en Nolita. Het begon net licht te worden. Een zilveren maan verdween tussen de gebouwen. Op een lichtgevend bord in de etalage van een opkoper stond dat het 06.25 uur was.

Ik had er intussen een vaste gewoonte van gemaakt en probeerde me daaraan te houden: een krant uit een krantenautomaat, de eerste pagina van *The New York Times*. Hij dateerde van... 31 augustus 1997.

Dertien maanden waren verstreken sinds mijn vorige reis. Ik kon maar beter even wachten. Elke keer was de schrik groot: open je ogen en je ziet dat je in een oogwenk een jaar verder bent gegaan.

Vandaag stond de foto van prinses Diana op de voorpagina.

DIANA OMGEKOMEN BIJ EEN AUTO-ONGELUK IN PARIJS

Ik hield een taxi aan en las onderweg de eerste regels van het artikel.

Diana, prinses van Wales, is vannacht kort na middernacht omgekomen bij een auto-ongeluk in een tunnel aan de oever van de Seine in Parijs. [...]

Verscheidene Franse radiostations hebben de reactie gemeld van een woordvoerder van de Britse koninklijke familie, die zijn woede uitte omdat een dergelijk ongeluk onvermijdelijk was, gezien de opdringerigheid van de paparazzi jegens de prinses, waar ze ook was.

Toen ik bij het gebouw op Amsterdam Avenue aankwam, was ik vastbesloten me aan mijn belofte te houden. Als Lisa nu zou weigeren me te zien, zou ik nooit meer terugkomen.

Ik controleerde of haar naam nog steeds op de brievenbus stond, klom de trappen op en drukte op de bel. Na enkele tellen hoorde ik voetstappen naderen en ik zag dat iemand door het spionnetje keek. Toen ging de deur krakend open. Ik was op alles voorbereid, zelfs een uppercut van Sixpack of een klap met een deegroller (hoewel Lisa niet echt het soort vrouw was dat een deegroller in huis had).

Ze deed zelf open. Even bleef haar mooie gezicht onbewogen. Ik hield mijn papieren zak omhoog. 'Ik wist niet of je croissants of liever chocoladebroodjes hebt, dus heb ik ze maar allebei meegenomen.'

Ze aarzelde enkele seconden, maar toen sprong Lisa me om mijn nek. Ze klemde zich aan mij vast en sloeg haar benen om mijn middel. Ik liet mijn broodjes vallen, pakte haar bij haar heupen beet en sloeg de deur met mijn voet achter me dicht.

2

Ik lag met mijn hoofd op haar naakte buik.

Er was een uur verstreken sinds ik haar appartement was binnengekomen.

Terwijl we op adem lagen te komen, streek Lisa met haar hand over mijn nek en door mijn haar. 'Herinner je je nog de laatste keer dat we elkaar hebben gesproken, vlak voordat je verdween?'

'Ja. Je wilde me net iets vertellen.'

'Arthur, ik geloof dat ik erbij was toen je je eerste reis had gemaakt en opdook in Saint Patrick's Cathedral.'

Ik kwam met een ruk overeind en ging op de matras zitten. 'Meen je dat?'

Ze trok het laken over haar borst. 'Het was toch 16 juli 1992?'

Ik knikte.

'Ik was net naar New York verhuisd, naar een nogal goor appartement in Mott Street. Die dag was ik aan het einde van de middag met mijn medehuurster gaan wandelen op 5th Avenue. Ze was zo katholiek als iemand maar katholiek kon zijn. Stel je voor!'

Ze bukte zich om een fles mineraalwater van de vloer te pakken. 'Ik had in die tijd helemaal niets met kerken, maar pal tegenover Saint Patrick's Cathedral was een leuk winkeltje van Victoria's Secret. Terwijl ik lingerie paste, bezocht mijn vriendin de kathedraal, maar omdat ze maar niet terugkwam, ben ik op een gegeven moment naar haar toe gegaan. Ik zag in de verte een groepje mensen bij het koor staan. Net toen ik door het middenschip liep, kwamen er twee agenten binnen die de achtervolging inzetten op een man die slechts gekleed was in een onderbroek met roze stippen. Ik ben er nu zeker van dat jij dat was!'

Ik was stomverbaasd door deze onthulling. Lisa leek heel enthousiast te zijn. 'Raar, hè?' zei ze met een brede glimlach. 'Ik wilde je dat zo graag vertellen!'

'Dat kan geen toeval zijn,' zei ik.

'Natuurlijk is het geen toeval. Ik zal je zeggen wat het betekent: dat ik ook deel uitmaak van de gebeurtenissen. Dat de vuurtoren ons, jou en mij, heeft samengebracht, zoals hij Sullivan en Sarah bij elkaar heeft gebracht.'

Ze werd steeds opgetogener. Ik werd er zelf bang van. 'Heeft Sullivan je ook verteld hoe tragisch zijn verhaal is afgelopen?'

'Ja, maar wij zullen de vloek verbreken,' antwoordde ze vastberaden.

Plotseling begon ik te twijfelen en vroeg ik me af of Sullivan er misschien toch goed aan had gedaan om te proberen mij te waarschuwen.

Maar Lisa liet het laken zakken en toonde me de volle glorie van haar lichaam. Ze ging liggen en stak haar hand uit om me te strelen en me tegen haar aan te trekken. Haar lippen fladderden over mijn borst en mijn hals. Haar vingers gleden over mijn rug, langs de welving van mijn ruggengraat naar de aanzet van mijn billen en nodigden me uit opnieuw in haar te komen.

Toen ik in haar drong, waren alle waarschuwingen van Sullivan als sneeuw voor de zon verdwenen.

3

Zonder dat we erover waren begonnen, begreep ik dat we het over één ding eens waren: leven in het heden.

Laat de schoonheid van het moment niet verpesten door de loden last van het verleden of de onzekerheid van onze toekomst.

Al het andere was voor ons zonde van de tijd (en God wist dat we daar toch al zo weinig van hadden). Op de dag die we hadden, deden we dus het enige waar het om ging: elkaar liefhebben.

In elkaar verstrengeld verlieten we nauwelijks het bed.

9.00 uur
Ik maakte ons ontbijt klaar. Twee koppen koffie met melk. Met de uitstekende bij Au Croissant Chaud gepikte croissants en chocoladebroodjes. Kruimels op de lakens. Gebakken eieren met de eidooier ongeschonden naar boven.

10.00 uur
Lisa had al haar cd's op het bed gelegd en liet me met een mini-hifiinstallatie op het nachtkastje naar haar lievelingsmuziek luisteren. Die dag hoorde ik voor het eerst de gitaarriffs van Radiohead in *No Surprises*, de versie van *Killing Me Softly* van de Fugees en het bedwelmende refrein van *Bitter Sweet Symphony*.

11.00 uur
Ontdekken van de huidige televisieseries: een schattige entree met *Friends*, twee hilarische afleveringen van *Seinfeld* en een van *ER*, wat me het heerlijke, nostalgische gevoel gaf dat ik terug was op mijn werk.

14.00 uur
Ik liet Lisa een toneelstuk repeteren dat ze binnenkort in het Lincoln Center zou opvoeren. 'Liefde is een nevel door de min verzucht; gezui-

verd, het fonkelen dat het oog ontvlucht; gekweld, een zee met minnetraan gevuld.' *Romeo and Juliet*, eerste bedrijf, eerste toneel.

16.00 uur

Op de plank in de keuken vond ik geëmotioneerd mijn receptenboek. Mijn trouwe bondgenoot, die me in staat had gesteld bijna zonder schade mijn voortaan beroemde eendenborst met honing te maken. Ik vroeg Lisa wat ze zou willen eten en toen maakte ik me met bovenmenselijke kracht los uit onze cocon en ging naar beneden om bij de kruidenier op de hoek boodschappen te doen. Terug in de keuken ging ik aan de slag om gegratineerde lasagne à la bolognaise te maken. Eerlijk gezegd lukte dat maar half, maar omdat liefde blind maakt, verzekerde Lisa me dat het de lekkerste lasagne was die ze ooit in haar leven had gegeten.

18.00 uur

De badkuip op poten was te klein voor ons tweeën, maar tegen elkaar aan geperst, leek het alsof we een waren. Op de radio klonken Texas, Alanis Morissette en The Cranberries. In de stoom van een schuimbad bekeek Lisa het laatste nummer van *Vogue*, terwijl ik oude nummers van *Newsweek* en *Time Magazine* doorkeek en de actualiteit van de laatste maanden oppikte, een staaltje van de obsessies en de helden van deze tijd: Bill Gates de nieuwe heerser van de wereld, de zorgen over de opwarming van de aarde, de vreemde, nieuwe wereld van het internet, de dood van Tupac Shakur tijdens een schietpartij in Las Vegas, de herverkiezing van Bill Clinton, de revolutionaire gevolgen van de chips van Intel voor de economie, de terugkeer van een sterke groei in het land, wat samenging met een steeds grotere ongelijkheid.

20.00 uur

Tijd voor huiswerk. Ik had groene thee gezet. Lisa had mijn overhemd genaaid. Naast elkaar op het bed liggend, gewapend met een pen, richtten we ons ieder op onze eigen werkzaamheden.

Voor haar was dat het opstellen van een lijst met de symbolische waarden van het getal 24, in de hoop het raadsel van de vuurtoren enigszins te kunnen doorgronden (24 uur in een dag, 24 karaat voor zuiver goud, 24 beelden per seconde in een bioscoopfilm, 24 genezingen door Christus in de Bijbel, 24 atoomelementen die het menselijk lichaam vormen...).

Voor mij bestond het uit het beantwoorden van een soort vragenlijst van Proust, die ze me had gegeven om me beter te leren kennen.

23.00 uur

Ik zat aan een tafeltje achter twee huispatés. Empañada Papas was een bomvolle, lawaaiige tapasbar, maar ze hadden er fantastisch vlees in bladerdeeg uit de oven. Ik zag hoe Lisa zich door de drukte heen werkte met twee flessen Corona in haar hand, die ze bij de bar had gehaald.

Haar glimlach, haar gratie, haar stralende lach. Waarom had ik niet het geluk gehad haar eerder te ontmoeten? Waarom had ik het recht niet een normaal leven te leiden? In het gedempte licht vermengden de caramelkleuren van haar leren jack zich met die van haar honingkleurige haar. Ze zette de flessen op tafel en kwam naast me zitten.

De hele dag was ik erdoor gefascineerd geraakt dat onze bewegingen samengingen, ons lachen elkaar aanvulde, dat onze gedachten op één lijn zaten.

Maar aan de muur hing een Mexicaanse klok in de vorm van een doodshoofd, waarop de seconden wegtikten, wat me eraan herinnerde dat het uur van afscheid naderde.

Vergeet niet dat de tijd een gulzige speler is
Die bij elke slag wint zonder vals te spelen! Zo luidt de wet.

Opborrelend uit een Franse les in een ver verleden, hadden de woorden van Baudelaire me nog nooit zo toepasselijk geleken.

Hoe kon het lot zo wreed voor me zijn me deze straf op te leggen?

5.00 uur

De kamer baadde in het bleke licht van de maan. Een wanhopige blik bij het ontwaken. Met angst in mijn buik sta ik op zonder lawaai te maken.

Mijn overhemd, mijn jasje, mijn broek, mijn schoenen. Ik kan maar beter voorbereid zijn wanneer ik vertrek.

Ik voel de aanwezigheid van Lisa achter mij; ik dacht dat ze sliep. Haar hand op mijn buik. Haar kussen die van mijn schouders naar mijn nek glijden.

'Ik kan niet geloven dat je echt weggaat,' zegt ze, terwijl ze me op de rieten stoel voor haar bureau duwt.

Ze klimt op me en trekt haar nachthemd uit.

Mijn handen volgen de welving van haar borsten, die door het schemerlicht in een blauwachtig duister worden gehuld. Haar vingers strijken door mijn haar, ze zoekt mijn lippen en tilt haar billen op om zich op mijn erectie te laten zakken. Ze kromt haar rug en beweegt heen en weer in een regelmatige cadans.

Zich aan mij vastklampend, werpt ze haar hoofd achterover, deinend op mij, met gesloten ogen en half openhangende mond.

Mijn vingers glijden van haar lippen naar haar borsten. En plotseling beginnen mijn gedachten te vervagen. Ik snak naar adem. Steeds fellere prikkelingen verstijven mijn bewegingen. Ik zie dubbel en de gevreesde geur van oranjebloesem dringt mijn neusgaten binnen.

Nee, niet nu!

Terwijl ze me met steeds snellere bewegingen berijdt, klem ik haar heupen vast en probeer ik me aan alles vast te klampen wat ik maar kan bedenken: haar gekreun, de gepoederde geur van haar huid.

Alles om nog enkele minuten langer te kunnen blijven.

Hier en nu.

Lisa kijkt me strak aan. Ik voel haar lichaam trillen. De golven van genot doen haar schokken en verkrampen.

Op het moment dat ze klaarkomt, opent ze haar mond om mijn naam te schreeuwen.

Maar ik ben er al niet meer.

Welke misdaad heb ik begaan dat ik zo'n hoge prijs moet betalen?

Welke onvergeeflijke fout moet ik goedmaken?

1998

De man die verdween

Op risicoloze wegen stuurt men alleen zwakken.

Hermann Hesse

0

Het ene moment van ontwaken verloopt moeizamer dan het andere. Dit voltrekt zich in alle zachtheid. Met de geur van herfsttijloos, heide en rozen. Wanneer ik bijkom, lig ik op het pas gemaaide gras van een gazon.

Ik wrijf in mijn ogen, ga staan, masseer mijn schouders. Het is dag, een beetje fris. Mijn geld zit nog steeds in de zak van mijn jasje, maar mijn broek is opengeknoopt en hangt op mijn enkels. Ik kleed me snel aan. De zon staat niet erg hoog. De herfst heeft de bomen de kleur van vuur gegeven. Ik bevind me in de tuin van een mooi huis in de stad.

Op de treden van de veranda vind ik een in plastic verpakte krant die een krantenjongen daar enkele minuten eerder moet hebben bezorgd. Ik kijk naar het adres – vlak bij Gramercy Park – en de datum; het is 31 oktober 1998. Halloween.

Deze idyllische, geruststellende omgeving zal niet lang zo blijven. Plotseling wordt de rust verbroken door het woedende geblaf van twee korthharige doggen. Met de monsters op mijn hielen, maak ik dat ik wegkom en klim ik over het hek. Log val ik aan de andere kant op de grond. Ik ben aan de honden ontsnapt, maar ik heb een snee in mijn kuit.

1

Een taxi naar Amsterdam Avenue. De trap. Aanbellen, daarna lang wachten. De verbazing in Lisa's blik als ze de deur voor me opendoet. Mijn egoïstische opluchting wanneer ik constateer dat er geen andere man in het appartement is. De moeite die het ons kost om elkaar weer te zien. Om dat tijdsverschil te overwinnen dat ons leven verpest. Om de onstuimigheid van de situatie te negeren. Elke keer kost het me moeite me in haar plaats te stellen. Ik weet dat ik haar tijd moet gunnen de schrik te verwerken, maar we zijn ertoe veroordeeld dat ons begrip van tijd nooit synchroon zal lopen: terwijl ze me ruim een jaar niet meer heeft gezien, is het voor mij alsof ik slechts enkele uren geleden bij haar ben weggegaan.

Want ik ben de man die is verdwenen. De man zonder toekomst. De man met een leven als een stippellijn. Die hongert naar het volle leven, maar die geen beloften kan doen. Die snel moet leven. Die elke dag met de intensiteit van een achtbaan moet beleven. Die tijd moet rekken om de verzameling herinneringen die hij bij zijn vertrek achterliet te vermenigvuldigen.

2

Ik ben de man die verdwijnt, maar die zich alles herinnert.

Net als de andere is deze dag in een flits voorbijgegaan. Met de pijn, met de nood, met de wetenschap dat hij een gevoel van gemis zal achterlaten.

Ik herinner me de grijnzende Halloweenpompoenen, die achter de ramen en in de tuinen stonden.

De boekwinkel vlak bij Union Square, waar we de gedichten van Emily Dickinson hebben gelezen.

De saxofoniste die voor de Bethesda Fountain *Bye Bye Blackbird* speelde.

Ik herinner me dat we in Madison Park in de rij hebben gestaan om een hamburger van Shake Shack te mogen proeven.

Ik herinner me dat ik op een afgerasterd terrein aan Mulberry Street basketbal heb gespeeld met een puber die twintig centimeter groter was dan ik.

Ik herinner me het stel dat ruzie had in de bovengrondse metro naar Brooklyn, maar dat toch van elkaar leek te houden.

Ik herinner me Lisa's lach in het reuzenrad van Coney Island.

Dat ik een haarlok achter haar oor heb weggeduwd.

Windvlagen op de houten promenade langs de zee.

De ijsverkoper die zijn hoorntjes met vanille-ijs in warme chocoladesaus doopte.

Ik herinner me de sigaretten die we tijdens de zonsondergang op het strand van Brighton Beach hebben gerookt.

Onze terugreis naar Manhattan.

Verklede kinderen die we op straat tegenkwamen en die op de deuren klopten, terwijl ze riepen: '*Trick or treat!*'

Ik herinner me de deli bij de Columbia-universiteit, die beweerde de beste broodjes pastrami van de stad te hebben.

Die oude bioscoop in Upper West Side waar films van Chaplin werden gedraaid.

Ik herinner me dat we ons best deden te doen alsof er geen einde aan deze dag zou komen.

Vroeg in de ochtend, op het moment dat de tijd me opnieuw bij haar wegrukte, op het moment dat een steeds fellere ontlading mijn hersenen deed zinderen, herinner ik me dat ik dacht dat mijn leven zo niet veel langer kon doorgaan.

Noch het hare.

1999

De spookschepen

[...] de meesten van hen die een beetje gezond verstand hebben, weten [dat de liefde] mettertijd verandert.

Naar de energie die men erin steekt, behoudt men haar, klemt men zich eraan vast of verliest men haar.

Colum McCann

0

Allereerst de kou.

Een poolwind die in mijn gezicht bijt en mijn ledematen doet bevriezen. Een ijzige golf die doordringt in mijn kleren, in mijn huid en mij tot op het bot verkilt.

En dan de geur.

Een walm van gedroogde vis, algen en diesel. Zulke walgelijke dampen, dat ze me op de keel slaan en me bijna doen braken. Al voordat ik kan opstaan, begin ik te kokhalzen en spuug ik gal uit. Ik hoest, stik en kom eindelijk overeind. Mijn maag is verkrampt van angst. Elke keer dat ik wakker word, is het hetzelfde, dezelfde schrik niet te weten waar ik bij bewustzijn kom en met welk gevaar ik word geconfronteerd.

Ik open mijn oogleden en zie een grandioos, verlaten landschap.

Het is nog nacht, maar de kleur van de hemel begint al lichter te worden. Zover het oog reikt, zie ik alleen wrakken. Allerlei soorten schepen in alle maten, die liggen te roesten: oude stoomboten, vrachtschepen, zeilschepen met gebroken masten, treilers, taxischepen, dekschuiten en zelfs een ijsbreker.

Honderden, duizenden boten die op een scheepskerkhof liggen weg te rotten.

1

Ik kon onmogelijk zeggen waar ik was.

In de verte was geen enkele bekende rij wolkenkrabbers te zien; ik kon enkele stilstaande kranen ontwaren, industriële schoorstenen en de rode fakkel van een raffinaderij.

Het was niet de meest uitnodigende plek in de wereld. In de wijde omgeving was geen mens te bekennen. Er heerste een stilte die slechts werd verbroken door kabbelend water, geknars, krakende touwen en de kreten van de meeuwen die er rondliepen en rondjes draaiden in de donkerblauwe lucht.

Ik rilde en klappertandde. De kou was ondraaglijk. Ik droeg alleen mijn katoenen broek, een polohemd en een jasje – kleren die veel te dun waren om dergelijke temperaturen te kunnen weerstaan. De winterkou beet in mijn gezicht. De tranen liepen over mijn wangen.

Om warm te worden, sloeg ik mijn handen om mijn schouders en blies in mijn handen, maar het was niet genoeg. Als ik veel langer stil was blijven liggen, zou ik ter plekke zijn bevroren.

Ik stond op een veenachtige grond. Er was geen kade te bekennen. Het was geen scheepskerkhof, gewoon een maritieme vuilnisbelt waar achtergelaten schepen in stilstaand water lagen te roesten.

Een landschap als van het einde van de wereld, apocalyptisch, angstaanjagend.

De enige manier om hier weg te komen, was langs het strand. Ik liet de spookschepen achter me en liep honderd meter door de modder naar de enige gemetselde ponton waarover ik naar de zanderige oever kon komen.

Verstijfd van de kou hield ik mijn hoofd omlaag om mijn gezicht te beschermen tegen de ijzige wind die in mijn gezicht sneed, en ik begon te rennen.

Al na enkele meters voelde ik mijn lichaam niet meer. Mijn longen stonden in vuur en vlam en elke keer wanneer ik ademhaalde, werden mijn neus en mijn keel door de kou verbrand. Het was zo erg, dat al mijn ledematen volkomen gevoelloos werden.

Ik kon slechts met moeite nadenken, alsof mijn hersenen ook bevroren raakten.

Ik rende twintig meter door, tot ik eindelijk bij een stukje terrein aankwam waarop enkele kleine huizen van twee verdiepingen stonden, die waren opgetrokken uit geschilderde platen hout. Ik bleef bij het eerste huisje staan. Diep weggedoken in een parka, stond een oude man een berg dode bladeren midden op zijn grasveld te verbranden.

'Ben je verdwaald?' vroeg hij, toen hij me zag.

Hij droeg een stetson en hij had een grote snor, die was vergeeld door het roken.

Voorovergebogen, met mijn handen op mijn knieën steunend, probeerde ik op adem te komen. Ik was misselijk en mijn hart bonkte als een waanzinnige in mijn keel. 'Waar ben ik?' vroeg ik tussen twee ademteugen door.

De oude man krabde op zijn hoofd en kauwde op zijn pruimtabak, als in een western. 'Waar we zijn? Nou, op het scheepskerkhof Witte Marine.'

'Waar is dat precies?'

'In Rossville, Staten Island.'

'Is het ver naar Manhattan?'

'De grote stad? Hm, het is ruim een uur in de bus naar de pont, daarna de oversteek en dan de rest nog.'

Ik was volkomen de kluts kwijt en stond letterlijk te bevriezen.

'Je ziet er niet best uit, jongen,' zei hij. 'Wil je je kont niet komen opwarmen bij een goed glas warme wijn?'

'Hartelijk dank, meneer.'

'Ik heet Zachary, maar je mag me La Chique noemen, zoals iedereen doet.'

'Arthur Costello...'

Toen ik hem het huis in volgde, opperde hij: 'Ik kan je kleren geven, in jouw maat nog wel. Ik heb een kast vol. Ze waren van mijn zoon. Lincoln heette hij. Hij was vrijwilliger bij het Rode Kruis. Twee jaar geleden is hij bij een motorongeluk de lucht in gevlogen. Hij leek wel een beetje op je...'

Ik bedankte hem nog een keer. 'Welke dag is het?' vroeg ik hem toen we de treden van zijn veranda op liepen.

‘Vrijdag.’

‘Welke datum?’

Hij spoog het sap van zijn pruimtabak weg en haalde zijn schouders op. ‘Nou, gewoon, als ik de kranten moet geloven, zou het de laatste dag van de wereld moeten zijn.’

Hij fronste zijn wenkbrauwen en vervolgde: ‘Om middernacht slaan alle apparaten op hol. Een fout met de datum in de schakelingen, zeggen ze. Als je het mij vraagt, is het allemaal kul.’

Ik begreep niet helemaal wat hij zei. Ik ging de woonkamer in, waar een televisietoestel aanstond. Toen ik naar de nieuwsflitsen onder in het beeld keek, begreep ik het meteen.

Het was 31 december 1999.

De avond voor het ‘einde van de wereld’.

2

Ik stond voor een gesloten deur toen ik bij Lisa aankwam. Het was een vreselijke reis geweest, van Staten Island dwars door Manhattan naar Morningside Heights. Zoals elk jaar tijdens de feestdagen wemelde het in New York van de toeristen. Op deze 31e december maakten de vieringen van het millennium het er niet eenvoudiger op. In de stad was veel politie op de been. Rondom Times Square waren verscheidene straten afgesloten voor het verkeer, wat flinke files in heel Midtown tot gevolg had.

En de vrouw van wie ik hield, was er niet.

Of beter gezegd: ze was overal. Tijdens oudjaar 1999 was het lichaam van Lisa, zwart-wit gefotografeerd voor een campagne van Calvin Klein, op alle reclameborden in heel New York te zien. Ik had haar gezien op plexiglazen borden, op abri's en telefooncellen, en ik had haar zien rondrijden op de zijkanten van autobussen en de daken van taxi's. Een minimalistische en geësthetiseerde foto; met nat haar, blote borsten, gedeeltelijk verborgen achter een zogenaamd preuts opgeheven arm, was Lisa's slanke gedaante te zien op een strand van The Hamptons.

Ik luisterde of ik het miauwen van Remington kon horen. Maar de kat leek ook niet in het appartement te zijn.

Voor de zekerheid bonkte ik een paar keer op de deur.

'U hoeft zich niet zo druk te maken. U ziet toch dat mevrouwtje niet thuis is.'

Met krulspelden in haar haar, venijn in haar mondhoeken, was Lena Markovic, de oude buurvrouw op dezelfde verdieping, in haar deuropening verschenen. Achter haar stak Remington zijn kop naar buiten, waarna hij zich tegen mijn benen kwam aanwrijven.

'Goedendag, mevrouw Markovic. Past u op de kat van Lisa?'

'Wat slim van u, jongeman.'

'Weet u waar ze is?' vroeg ik, en ik nam het dier in mijn armen.

'Ze heeft het geluk dat ze op vakantie kan gaan. Ik kan dat wel vergeten, met mijn pensioentje dat...'

Ik ging pal voor haar staan. 'Waar is ze heen?' onderbrak ik haar.

Het oudje maakte een vage beweging met haar arm. 'Naar de eilanden.'

'De eilanden? Welke eilanden?'

'Hoe moet ik dat weten?'

Ik kreeg wat van die vrouw! Ze was een soort dubbele vrouwelijke onheilsbrenger, zoals Zachary, de bewaker op het scheepskerkhof, die zelf ook maar nauwelijks moeite had gedaan om me te helpen.

Ik hield vol. 'Heeft ze haar nummer bij u achtergelaten?'

Markovic schudde haar hoofd, maar ik wist dat ze loog. Dreigend deed ik een stap naar voren om haar appartement binnen te gaan. Ze probeerde me tegen te houden, maar ik liet het er niet bij zitten, duwde haar opzij en sloot de deur achter me, haar alleen in haar kamerjas op de overloop achterlatend.

Het was een ouderwets ingericht tweekamerappartement. Vijftig vierkante meters die in de jaren zeventig waren blijven steken: linoleumtegels, behang met geometrische figuren, formica meubels, skai banken. De telefoon stond in een bruin gelamineerd boekenrek in de hal. Naast het toestel lagen een agenda, een blocnote, een klapper en een bundeltje Post-its. Op een van de zelfklevende velletjes stonden de gegevens die ik zocht: *Elizabeth Ames, Blue Lagoon Resort, Moorea.* Gevolgd door een nummer van twaalf cijfers.

Moorea. Ik dacht na over de naam van het eiland en het duurde even voordat ik begreep wat dat precies betekende: dat Lisa in Frans-Polynesië was en dat ik haar dit jaar niet kon zien.

Nee.

Ik pakte de hoorn van het toestel en koos het nummer.

'Blue Lagoon Resort, wat kan ik voor u doen?' vroeg een stem in het Frans.

'Ik zou graag mevrouw Elizabeth Ames willen spreken.'

'Natuurlijk, meneer, maar... U belt uit de Verenigde Staten, nietwaar? Want met het tijdsverschil is het hier vijf uur 's morgens en...'

'Maak haar wakker, het is heel belangrijk. Zeg haar dat Arthur Costello belt.'

'Goed, meneer, ik zal kijken wat ik voor u kan doen.'

Toen de receptioniste me in de wacht zette, keek ik naar de deur, die trilde onder het gebons. Ik wierp een blik door het spionnetje: zoals ik al vreesde, had Lena Markovic een groot gedeelte van de bewoners opgetrommeld. Ik luisterde. Ze hadden het slechts over één ding: 'Bel de politie!'

'Arthur? Ben je in Manhattan?'

Ik sloot mijn ogen. De stem van Lisa horen was zowel een troost als jammerlijk lijden. 'Ik ben bij je thuis, of beter gezegd, bij je alleraardigste buurvrouw. Ik ben om vier uur ontwaakt in een van de ellendigste hoeken van de staat New York. Ik wilde je zo graag zien. Dit is vreselijk.'

'Luister, ik...'

Ik merkte meteen aan de stem van Lisa dat er iets niet klopte. Geen enthousiasme, geen opwinding. Ze deelde mijn gevoelens niet, daar was ik vrijwel zeker van. Ik voelde de woede in mij opborrelen. 'Mag ik vragen wat je in Polynesië doet?'

'Ik ben hier met een deel van mijn toneelgezelschap. We zijn Nieuwjaar in de zon gaan vieren.'

Ik kookte inwendig; zij vierde lekker vakantie aan de andere kant van de wereld, terwijl ze wist dat ik elk moment kon opduiken. Ze nam dus doelbewust het risico dat ze me zou mislopen. Dat deed bij mij de stoppen doorslaan. 'Ik begrijp het niet. Ben je weggegaan om je kop te laten bruinen, terwijl je heel goed wist dat ik elk moment zou kunnen komen? Je had op me kunnen wachten.'

Ze verhief haar stem op haar beurt. 'Wat denk je nou wel? Dat ik mijn hele leven in de wacht zet? Dat ik afzie van een sociaal leven? Dat ik thuis opgesloten blijf zitten en braaf afwacht tot de enige dag per jaar dat we samen kunnen zijn eindelijk aanbreekt? Ik heb veertien maanden op je gewacht, Arthur. Veertien maanden.'

Ik zuchtte. Als ik nadacht, begreep ik heel goed dat ze gelijk had, maar mijn hart was gebroken.

Plotseling hoorde ik – of dacht ik te horen – een mannenstem achter haar. 'Ben je niet alleen op je kamer? Ben je samen met een kerel?'

'Ik geloof niet dat dat jou iets aangaat.'

Dit felle gevoel van jaloezie was een nieuwe gewaarwording voor me. Ik was nooit zo bezitterig geweest. Ik barstte uit. 'Hoezo, gaat het mij niets aan? Ik dacht dat we een stel waren. Ik dacht dat je van me hield.'

Lisa bleef lange tijd stil.

'Ik heb nooit gezegd dat ik van je hield, Arthur. En zelfs als dat zo zou zijn, zie ik geen oplossing voor ons. Van jou houden is lijden. Het is nog erger dan de vrouw te zijn van een gevangene, die ik nog zou kunnen bezoeken in de ontvangstkamer. Erger dan de echtgenote te zijn van een soldaat, die tenminste zo nu en dan met verlof thuiskomt.'

Onder het raam gilde een sirene. Ik boog me naar voren en zag twee politieauto's langs de stoep stoppen. Enkele agenten in uniform sprongen naar buiten en gingen de hal van het gebouw binnen.

In alle staten herhaalde ik tegenover Lisa de woorden die ze enkele maanden eerder tegen me had gesproken: 'Je was zelf degene die zei dat de vuurtoren ons had samengebracht en dat jíj óók deel uitmaakte van mijn gebeurtenissen.'

Ze reageerde geïrriteerd. 'Nou, dan heb ik me vergist. Wat wil je dat ik zeg? Het is niet de eerste keer dat ik waanzinnig verliefd op iemand ben geworden. Dat heeft me al eens bijna mijn leven gekost, dat weet je heel goed.'

Een roffelend geluid deed me opkijken. Terwijl de agenten op de deur bonsden en me bevalen open te doen, bracht Lisa me de genadestoot toe. 'Arthur, je kunt me niet vragen intussen te stoppen met leven. Ik wil je niet meer zien. Nooit meer. Ik kan je niet helpen en ik wil er niet aan onderdoor gaan,' zei ze, waarna ze ophing.

Woedend sloeg ik de plastic hoorn van de telefoon kapot tegen de zijkant van het kastje. Op hetzelfde moment begaf de deur het en wierpen twee agenten van de NYPD zich op mij.

Zonder tegen te spartelen, liet ik me inrekenen. Nadat ze me handboeien hadden omgedaan, sleepten ze me de trap af en de stoep over.

'Weer eentje die oud en nieuw in de cel mag doorbrengen,' zei een van de agenten, terwijl hij me achter in de Ford Crown duwde.

Hij vergiste zich niet: mijn rol was voor dit jaar uitgespeeld.

2000

De Russische kamer

Hij omvatte de zee met een enkele blik en was zich bewust van de oneindige eenzaamheid waarin hij zich bevond.

Desalniettemin bleef hij prisma's zien in de duistere diepten.

Ernest Hemingway

0

Weer die kou.

Een ijzige lucht die je binnendringt, je doorboort, je verlamt.

Ik tril van top tot teen. Mijn ademhaling hapert, mijn lippen zijn bevroren, mijn haar is drijfnat, mijn gezicht bedekt met een bevroren poeder.

Ik trek moeizaam mijn oogleden los, ik probeer op te staan, maar ik glijd uit en val met mijn neus... in een sneeuwtapijt.

Ik kom overeind en vind houvast bij de leuning van een trap en ik knijp mijn ogen tot spleetjes om de straatnaamborden te ontcijferen.

Ik bevind me op de stoep van een verlaten straat in East Side. Op de hoek van Avenue A en Tompkins Square Park.

Ik ben stomverbaasd over de stilte, die zo zeldzaam is in Manhattan. Om me heen is de stad ondergedompeld in een paarlemoeren deken. Boven de dikke sneeuwlaag wordt het licht weerkaatst door een parelgrijze lucht waarin nog enkele vlokken dwarrelen.

1

Gelukkig was ik goed aangekleed. Ik had nog steeds de parka van het Rode Kruis, en de trui en de bontlaarzen die ik had gekregen van Zachary, de bewaker van het scheepskerkhof. Mijn laatste herinneringen waren niet erg plezierig. Ik had oudejaarsnacht doorgebracht in een cel van het 24th Precinct, samen met enkele dronkenlappen en drugsverslaafden. Ik had geen champagne gedronken, maar ik had hoofdpijn en was misselijk, alsof ik een flink stuk in mijn kraag had.

Voorzichtig liep ik een paar stappen een dwarsstraat in. Met een schep stond een kapper de ingang van zijn kapsalon schoon te maken. Ik luisterde naar een nieuwsbericht dat zachtjes op de radio klonk, die hij bij zich had.

De sneeuwstorm die het noordoosten van het land heeft getroffen, is de ergste sinds vijf jaar. In New York, waar 's ochtends meer dan 35 centimeter sneeuw is gevallen, proberen sneeuwschuivers de belangrijkste routes vrij te maken. De burgemeester, Rudolph Giuliani, heeft zojuist bekendgemaakt dat de drie belangrijkste vliegvelden van de stad snel weer open zullen zijn, maar de talloze bewoners van Brooklyn en Queens moeten het nog zonder elektriciteit stellen. De sneeuw dreigt ook de nieuwjaarsvieringen van morgen te verstoren...

Plotseling schrok ik op. Op de stoep aan de overkant gebaarde een man in een dikke duffel met zijn hand naar me. Eerst herkende ik hem niet. Hij droeg een bonttsjapka en hij had een sjaal om zijn nek gewikkeld, die zijn gezicht tot aan zijn ogen bedekte, bijna als een masker. Toen riep hij naar me: 'Hallo, jochie, blij je weer te zien!'

2

Onze omhelzing duurde ruim twee minuten. Het was fijn Sullivan terug te zien. De afgelopen drie jaar had ik mijn grootvader erger gemist dan ik wilde toegeven.

'Wanneer ben je teruggekomen?' vroeg hij, met beide handen op mijn schouders.

Hij had de vierentwintig jaarsprongen achter de rug, maar hij leek nog steeds in vorm te zijn: soepele pas, sterke gedaante, heldere en scherpe blik, een schaduw van een goed verzorgde baard.

'Zo-even,' antwoordde ik. 'Ik werd net wakker op de stoep aan het einde van de straat.'

'Zie je, toeval bestaat niet,' zei hij triomfantelijk op een nogal plechtstatige toon. 'Kom mee, het is hier koud.'

'Waar gaan we heen?'

'Naar de enige plek in New York waar je er zeker van bent dat je kont er niet vanaf vriest.'

Ik volgde hem naar een discrete gelegenheid op 110th Street: Russische en Turkse Baden.

Russische en Turkse Baden was een beroemde gelegenheid in Lower East Side die al honderd jaar bestond. Ik had er eerder van gehoord, maar ik was nog nooit zover gekomen erheen te gaan. Sullivan, daarentegen, leek er een vaste gast te zijn. In het Russisch begroette hij Igor, de man die de gasten ontving: een bonenstaak van twee meter lang met een droog en hoekig uiterlijk. Gekleed in een traditioneel hemd van geborduurd linnen zat de reus met een mes met een lemmet van twintig centimeter lang een blok hout te bewerken. Toen hij mijn grootvader zag, plantte hij zijn mes in het hout van de balie en kwam ons tegemoet.

Hij gaf ons een badjas, handdoeken en twee paar slippers. Toen bracht hij ons naar onze kleedruimte. Vanwege het slechte weer waren de baden vrijwel leeg. Eenmaal omgekleed volgde ik Sullivan door een overdadig versierde wirwar van gangen en trappen. We passeerden de hamam, de jacuzzi, het Turkse bad, de massageruimte, en kwamen uit in wat bekendstond als de 'Russische kamer'. Dit was een grote ruimte waarin een enorme kachel met gloeiend hete stenen stond. Vanaf het eerste moment deed de hitte – droog en ongepolijst – me goed. Ik voelde dat mijn poriën zich onder invloed van de temperatuur openden, mijn sinussen vrijkwamen en het bloed met nieuwe kracht door mijn lichaam stroomde.

Sullivan ging op de hoogste – en warmste – van de stenen treden zitten.

'Ik zeg het je maar meteen,' begon hij, en hij nodigde me uit naast hem plaats te nemen. 'Lisa is op het moment niet in New York.'

Ik probeerde mijn teleurstelling zelfs niet te verbergen.

'Ze is in Venetië om voor een sieradenmerk foto's te maken.'

Venetië... Ook al wilde Lisa niets meer met me te maken hebben, te weten dat ze zich op zevenduizend kilometer bij me vandaan bevond, was een grote klap voor me. Terwijl ik zwijgend mijn slapen masseerde, legde mijn grootvader uit: 'Ze heeft me alles verteld. Geloof me, jullie hebben een verstandig besluit genomen.'

'Ze heeft me nou niet echt de keus gelaten...'

Het werd steeds warmer in de Russische kamer. Ik keek op de thermometer op de muur: die gaf aan dat het bijna negentig graden was.

Ik wreef over mijn voorhoofd. 'Ik mocht haar van begin af aan heel graag,' vervolgde ik. 'Grillig, lak aan alles, wispelturig, onstuimig...'

Sullivan, die haar beter kende dan ik, kon een glimlach niet onderdrukken. Maar plotseling barstte ik volkomen onverwacht in tranen uit. 'Verdomme, ik kan niet geloven dat ik haar niet meer zal zien.'

Enigszins ongemakkelijk gaf mijn grootvader mij een handdoek. 'Ga door met je leven, Arthur.'

'Dat is moeilijk,' zei ik, terwijl ik mijn gezicht afveegde.

'Ik weet het, maar denk na. Je kunt haar niet vragen op je te wachten. Je kunt haar niet vragen je trouw te blijven. Het is onmenselijk om zoiets van iemand te verwachten.'

Voor het eerst gaf ik toe. 'Je hebt ongetwijfeld gelijk.'

Ik sloot mijn ogen enkele minuten lang en gaf me over aan de weldadige atmosfeer van de sauna.

'Maar jij hebt de liefde van Sarah wel aan je kunnen binden,' merkte ik op.

Sullivan haalde zijn schouders op en slaakte een diepe zucht. Zoals elke keer wanneer hij aan zijn verleden dacht, glommen zijn ogen en betrok zijn gezicht. 'Zij was een andere vrouw in een andere tijd, een andere generatie. En kijk dan wat ik eraan heb overgehouden. Ik heb de vrouw gedood van wie ik hield en ik heb niets kunnen ondernemen om mijn dochter te redden.'

Ik kende zijn verhaal en het tragische einde ervan, maar vandaag, nu ik het voor de zoveelste keer hoorde, zat me iets dwars. 'Hoe heb je Sarah zover kunnen krijgen dat ze op je wachtte? Hoe is het je gelukt haar van je te laten houden, terwijl ze je zo weinig zag?'

Hij stond op en zwaaide met zijn handen door de lucht. Ik dacht dat hij me zou antwoorden, maar in plaats daarvan pakte hij een tobbe ijskoud water en gooide die over mij leeg. 'Dat doet je goed, hè?'

Ik slaakte een kreet, terwijl hij in lachen uitbarstte.

Toen ik hem kwaad aankeek, kwamen er twee reuzen de ruimte binnen. Twee Russen met kale hoofden, van top tot teen getatoeëerd en slechts gekleed in een short en een hemd.

'Het is tijd voor de massage,' zei Sullivan.

Wantrouwig ging ik akkoord met het ritueel. In plaats van te worden gemasseerd, werden we stevig ingesmeerd met olijfolie, gevolgd door een soort afranseling met eiken- en berkentakken. Hoewel ik eerst terughoudend was, liet ik me uiteindelijk 'geselen', omhuld door een aangenaam frisse bosgeur, terwijl ik het gesprek met mijn grootvader, die op een tafel naast mij lag, vervolgde.

'Wat heb je de afgelopen drie jaar gedaan?'

'Ik heb veel geld verdiend.'

'Echt? Op de beurs?'

Hij knikte grommend. 'Ik heb mijn drie goudstaven in 1995 verkocht en ik heb het hele bedrag geïnvesteerd. Binnen vijf jaar is de NASDAQ vervijfvoudigd. Begin dit jaar, vlak voordat de koersen kelderden, heb ik alles verkocht.'

'Heerst er een economische crisis?'

'Nee, slechts een technologische luchtbel die is doorgeprikt. Het was te voorzien. Keynes zei al: "De bomen groeien nooit tot aan de hemel." De zuivering is nog lang niet voorbij en voor slaafse investeerders zal alles in rook opgaan.'

Hij grinnikte. 'De sukkels. Ze hebben er vijf jaar over gedaan om te begrijpen dat ze niets meer dan lucht kochten en verkochten. Beginners die een bedrijf startten dat nooit rendabel kon worden, mooie beloften die...'

'En jij was gewoon slimmer dan de anderen?'

'Inderdaad,' zei hij op tevreden toon.

'En wat heb je allemaal gedaan met dat geld?'

'Ik heb het voor jou bewaard.'

Ik glimlachte droevig. 'Ik zou niet weten waaraan ik het zou moeten uitgeven.'

'Geld is nooit weg, Arthur. Dat is de thermometer van de vrijheid. Je leven is nog lang niet voorbij, en geloof me, ik kan het weten: er komt altijd een moment waarop een financiële reserve van beslissend belang kan zijn om je plannen tot een goed einde te brengen.'

3

'Hier, dat is voor jou,' zei mijn grootvader toen hij me een paspoort gaf.

Ik sloeg het document open, waarin mijn eigen foto stond, en plotseling herinnerde ik me Stan de kopieerder, de vervalser in Alphabet City.

'Het is een "echt vals" paspoort, niet?'

'Inderdaad,' beaamde Sullivan. 'Heel mooi gedaan. Bijna net zo echt als het echte.'

Het was zes uur 's avonds. We stonden in de rij bij Russ & Daughters, een joodse *appetizing shop* op East Houston Street, die, volgens Sullivan, de beste bagels van de stad maakte.

Na de baden waren we terug naar huis gegaan. Ik had de hele middag bij de open haard voor de televisie gezeten en oude kranten doorgekeken. Ik had over de dood van Frank Sinatra gelezen, en die van Stanley Kubrick, Joe DiMaggio en Yehudi Menuhin. Vol afgrijzen had ik over het bloedbad in de school in Columbine gelezen. Ik had begrepen dat Bill Clinton na de affaire-Lewinsky op het nippertje een afzettingsprocedure had kunnen voorkomen en dat het land sinds enkele dagen, na een hertelling van stemmen die vijf weken had geduurd, een nieuw gekozen president had: George W. Bush, de zoon van de andere...

'Volgende klant, alstublieft.'

Ik liep naar de toonbank. Het kostte me moeite het gerommel van mijn maag te verbergen, zo'n honger had ik. Ik bestelde twee bagels met sesamzaad en zalm, kappertjes, uien en roomkaas, waarna ik met Sullivan aan een van de tafeltjes bij de ingang ging zitten.

Zodra we zaten, vouwde hij een oude plattegrond van 24 Winds Lighthouse open. 'Ik heb de laatste paar jaar onderzoek gedaan naar de geschiedenis van de vuurtoren. Naar de bouw en de architectuur. Ik heb geprobeerd meer te weten te komen over de vloek die ons heeft getroffen.'

'En heb je iets gevonden?'

'Helemaal niets, helaas. En dat bevestigt wat ik altijd al dacht: dat de vloek niet valt te verbreken.'

'Dat weiger ik te geloven,' zei ik, en ik nam een hap van mijn bagel.

'Doe maar wat je wilt, maar je gaat een gevecht aan dat je bij voorbaat al hebt verloren, en ik weet niet of het wel verstandig is je tijd daaraan te verdoen.'

Hij at zijn haring in azijn op, voordat hij vervolgde: 'Ik denk dat de vuurtoren een metafoor van het leven is. Een metafoor van het lot, beter gezegd. En tegen het lot kun je niet vechten.'

Ik had mijn eerste bagel op en ik snoepte de sesamzaadjes van mijn tweede broodje af. 'Ik geloof niet in het lot.'

'Ik kan het beter een onveranderlijke "orde der dingen" noemen. Weet je hoe de filosofen in de oudheid het lot beschreven?'

Ik schudde mijn hoofd. Hij zei: '"De eeuwige zaak der dingen, op grond waarvan de vroegere gebeurtenissen hebben plaatsgevonden, de huidige plaatsvinden en de toekomstige zullen plaatsvinden."'

'Ik zou nooit kunnen geloven dat het leven vooraf al vastligt. Dat zou te gemakkelijk zijn: geen individuele verantwoordelijkheid, geen schuld, geen aanzetten tot actie...'

Sullivan werd plotseling serieus. 'Sommige dingen gebeuren omdat ze moeten gebeuren, en de enige manier om er niet aan ten onder te gaan, is ze te accepteren en je eraan aan te passen.'

Ik bleef sceptisch. Ik had de indruk dat Sullivan met zijn mooie woorden vooral probeerde de zaak te laten doodbloeden.

Ik gooide het over een andere boeg. 'Heb je er nooit bij stilgestaan dat wat met ons gebeurt, eerder een soort straf is?'

'Een straf?'

'Een straf als boete omdat we een fout hebben gemaakt.'

Hij wendde zijn blik af en keek door het raam naar de witte stad, stil en verstard onder een sneeuwdek. 'Wat voor fout dan?' vroeg mijn grootvader.

Ik had geen flauw idee.

4

Terug in het huis gooide Sullivan een groot houtblok op het vuur, schonk voor ons beiden een glas sherry in en stak een sigaar op.

De hele avond probeerde hij me in te wijden in de charmes van het internet. Op een compacte computer met een kleurenscherm, in een plastic kast in de vorm van een ei, leerde hij me te surfen en mails te versturen.

Toen schonk hij nog een glas in en liet zich onderuitzakken in zijn fauteuil. Met een koptelefoon op bracht ik de nacht door met het doorzoeken van de cyberspace. Ik maakte mijn eigen e-mailadres en luisterde naar de huidige muziek (het bedwelmende *Maria Maria* van Carlos Santana, *Californication* van de Red Hot Chili Peppers, *Beautiful Day* van U2 en het nummer *Stan*, van een rapper die Eminem heette). Ik bracht uren door op online krantensites en discussiefora waarop zowel gesprekken te vinden waren over het fenomeen *Harry Potter*, als over de laatste wetenschappelijke artikelen over het decoderen van het menselijk genoom. Ik zat op de site van de Red Sox (mijn favoriete honkbalclub) toen ik zag dat de zon al opkwam.

Sullivan werd wakker. Ik nam er de tijd voor met hem te ontbijten. Toen douchte ik, trok schone kleren aan, goede schoenen en mijn dikke parka van het Rode Kruis.

'Vergeet niet geld mee te nemen. Je weet nooit waar je terechtkomt,' raadde mijn grootvader me aan, terwijl hij zijn kluis opende en een stapel bankbiljetten van vijftig dollar in mijn zak propte.

Ik zat klaar voor vertrek, op de bank, als een ontdekkingsreiziger voordat hij op reis gaat.

'We zien elkaar volgend jaar weer, goed? Op mijn leeftijd beginnen de jaren te tellen,' bromde Sullivan.

'Dat beloof ik je,' antwoordde ik. 'En op mijn leeftijd gaan de jaren te snel.'

'Wil je die rode parka absoluut aanhouden?' vroeg hij plagend, om de emoties van het onontkoombare, dreigende afscheid te verhullen.

'Ik vind hem mooi.'

Toen de geur van oranjebloesem mijn neus binnendrong, voelde ik mijn maag verkrampen. De droefheid die verbonden was aan elk vertrek, de angst niet te weten waar je zou ontwaken...

'Wat is de minst plezierige plek waar je ooit bent terechtgekomen?' vroeg ik aan Sullivan.

Hij krabde over zijn hoofd en antwoordde toen: 'Zomer 1964, midden in een oproer in Harlem. Een smeris heeft me een klap met een wapenstok gegeven, waarvan ik nog een litteken heb.'

Terwijl mijn lichaam begon te trillen, hoorde ik hem plotseling op verwijtende toon zeggen: 'Maar wat ziet je haar eruit, Arthur! Dat je sprongen door de tijd maakt, wil nog niet zeggen dat je jezelf niet hoeft te verzorgen...'

2001

De twee torens

[...] gebeurt het zelden dat twee personen hetzelfde willen op precies hetzelfde moment in het bestaan.

Soms is dat het moeilijkste aspect van het mens-zijn.

Claire Keegan

1

Ik ben wakker geworden door een golf brandend zuur dat mijn slokdarm in vuur en vlam zet.

Dat verdomde maagzuur!

Ik sla mijn ogen op en kijk op mijn horloge. Even na halfzeven. De zon werpt zijn eerste stralen door de luiken. Ik hoor het geronk van degene die naast me ligt te slapen.

Philip, geloof ik... of misschien Damian.

Ik ben misselijk en heb hoofdpijn. Mijn gedachten zijn niet helder. Voorzichtig sluip ik het bed uit, pak mijn beha, spijkerbroek, mijn hesje en mijn blouse. Ik loop van de kamer naar de badkamer. Daar stap ik onder een ijskoude douche, als een soort elektroshock om mijn gedachten helder te maken.

Ik zeep mijn gezicht stevig in. Ik wil er meer pit en energie in brengen. En ik moet vooral mijn gedachten zien te ordenen. Op dit moment valt mijn leven uiteen. Ik drijf af, ik ontspoor, ik doe maar wat. Te veel alcohol, te veel uitgaan, te veel neuken met kerels van wie de een nog erger is dan de ander.

Ik kom de douche uit, droog me af en trek een schone ochtendjas aan, die ik uit een kast heb gepakt. Ik kleed me vliegensvlug aan en sluip op mijn tenen terug naar de slaapkamer. Ik heb absoluut geen zin in een ochtendruzie met Dinges, die gelukkig nog ligt te snurken.

In de woonkamer loop ik naar het raam en kijk naar het gekleurde uithangbord van het restaurant The Odeon. Ik ben in TriBeCa, op de hoek van Thomas Street en Broadway. Ik pak mijn handtas en langzaam maar zeker dringen de gebeurtenissen van de vorige avond tot me door: een uitnodiging voor een vernissage in een kunstgalerie, gevolgd door een etentje bij Nobu en een hele reeks cocktails in de bars in de omgeving.

In de lift pak ik mijn telefoon en controleer mijn sms'jes.

Gefeliciteerd met je verjaardag, Lisa, schat.
Ik denk aan je. Mama.

Verdomme, dat was ik ook vergeten. Vandaag ben ik vierentwintig jaar geworden.

2

Nog nooit was de blauwe lucht zo fel geweest.

Met een kop cappuccino in mijn hand loop ik Church Street af. Ik kam mijn haar in de ramen van de etalages. Vandaag heb ik in Battery Park een afspraak voor een fotoshoot, georganiseerd door een feministisch tijdschrift. Dat ik nog steeds toneelspeel en alle castings afloop, kan ik doen van het geld dat ik verdien met de fotoshoots. Ik weet heel goed dat dat zo niet eeuwig zal doorgaan en deze verjaardag herinnert me daar maar al te goed aan. Het afgelopen jaar ging mijn telefoon minder regelmatig over: de mode heeft behoefte aan verse gezichten en ik begin gevaarlijk dicht de houdbaarheidsdatum te naderen.

Het is spitsuur en de stoepen zien zwart van de mensen: duizenden mensen die naar hun werk gaan. Mannen, vrouwen, wit, zwart, Aziatisch, latino. Een vloed, een brouwsel, energie.

Ik houd mijn oren open en vang vlagen van gesprekken op. Over het werk, de kinderen, familie, liefdesproblemen, seksproblemen. Om acht uur 's morgens is elk leven in New York een roman.

Ik kom vroeg op de plaats aan waar ik heb afgesproken. De staalblauwe lucht en het lichte briesje geven de zuidpunt van Manhattan een adembenemende schoonheid.

'Hallo, Lisa.'

Ik herken Audrey Swan, de fotografe die de shoot zal leiden. Ik mag haar graag. Ik weet dat we beiden hetzelfde ongedwongen karakter hebben. Toen zij twintig was, droomde ze ervan oorlogsfotograaf te worden, ik wilde Meryl Streep worden. Vandaag maken we samen foto's voor Ralph Lauren. We omhelzen elkaar.

'Ben je uit je bed gevallen?' vraagt ze me. 'De meisjes zijn er pas over een halfuur.'

Ik loop met haar mee naar de tent van de make-up, die haar ploeg midden in het park heeft neergezet. Ze neemt mijn spullen van me over en geeft me een kop koffie.

Ze neemt zelf ook en we gaan zitten op een bankje langs de promenade waarover de wandelaars en joggers voorbijkomen.

Enkele minuten lang genieten we van de zon, met op de achtergrond de ferry's en het Vrijheidsbeeld op Ellis Island.

Onze liefdesproblemen, onze bedgeheimen, onze levens.

Plotseling blijft een jongen op rolschaatsen vlak bij ons stilstaan. Met zijn hand boven zijn ogen, om niet door de zon te worden verblind, draait hij zich om naar het noorden en staart op een vreemde manier omhoog.

Op dat moment kijken wij ook om.

Een van de torens van het World Trade Center staat in brand.

3

'Veel kan het niet zijn. Vast een kleine privéjet die tegen het gebouw aan is gevlogen,' verzekert een klungelige wielrenner ons.

Een kwartier lang doen we niets anders dan naar de zwarte rookpluim kijken die opstijgt. Audrey heeft haar fototoestel gepakt en fotografeert de top van de toren, die op nog geen tweehonderd meter afstand van ons staat. Een jogster vertelt hoe ze zich nog de aanslag in 1993 herinnert, waarbij zes personen om het leven zijn gekomen, maar op dit moment denken de meeste mensen nog dat het een ongeluk is.

Dan verschijnt er nog een vliegtuig in de lucht. Een vliegtuig dat daar helemaal niet hoort te zijn en vooral niet zo laag hoort te vliegen. Een vliegtuig dat een ongelooflijke route volgt en een bocht maakt waardoor het recht op de tweede toren afstevent.

Een kreet van wanhoop klinkt van de promenade op. De ramp waarvan we getuige zijn, is zo onwerkelijk, dat we een tijdlang ontredderd toekijken. En dan, nog geen minuut later, beseffen we dat we niet alleen toeschouwers zijn, maar ook deel uitmaken van een drama dat zich voor onze ogen afspeelt. Een besef dat een ware golf van paniek veroorzaakt.

Terwijl de meeste mensen in oostelijke richting beginnen te rennen, naar Brooklyn Bridge, besluit ik Audrey naar de plaats van de aanslag te volgen.

Gewapend met haar fototoestel, te midden van de talloze zwaailichten, legt ze de verbazing, het afgrijzen en de angst vast. De tastbare angst van de hulpverleners, de verloren blikken, de zwalkende menigte, doelloos, verbijsterd, wegvluchtend van een brandende bijenkorf.

Op de stoepen, midden op de straten, een caleidoscoop van afgrijzen: bloederige lichamen, verscheurd, verbrand, verwrongen van pijn. De wreedheid van een oorlogsscène, Beiroet in het hart van Manhattan.

Overal glas, puin, stukken ijzer. Duizenden vellen papier die door de lucht dwarrelen. Algehele chaos, rook, de Apocalyps. Overal gegil, wanhoop, gebeden.

Dan verspreidt zich een gerucht door de menigte dat zojuist een derde vliegtuig op het Pentagon is neergestort. Helemaal van de kaart door de gebeurtenissen sturen de politieagenten ons in noordelijke richting weg.

Ik zoek Audrey, maar ze is verdwenen. Ik roep haar naam, ze geeft geen antwoord. Tot dit moment ben ik redelijk nuchter gebleven, maar nu maakt op mijn beurt de angst zich van me meester. Ik ga Church Street in, wanneer er een monsterlijk, rommelend kabaal klinkt. Het gebrul van Leviathan, de woede van de draak.

Ik draai me om en blijf als verstijfd staan wanneer ik het ondenkbare zie gebeuren: een van de torens zakt langzaam in elkaar. Als door de bliksem getroffen, bezwijkt de wolkenkrabber, opgeslokt door een wolk van beton en stof die van de grond opstijgt.

Ik ben doodsbang, verlamd. Rondom me beginnen de mensen te gillen, rennen uit alle macht weg en proberen op alle mogelijke manieren het vege lijf te redden en te ontsnappen aan de lawine van as en staal die alles op zijn weg verzwelgt.

Een explosie waar geen einde aan komt. Ik zie de vloed van puin, brokstukken en ijzeren balken op me afkomen, een vreselijk, grommend kabaal.

Ik weet dat ik ga sterven.

Verdomme, dit kan toch niet mijn hele leven zijn geweest...

4

Toch ben ik niet dood.

Het is acht uur 's avonds, die 11e september. Ik zit aan de bar van Empañada Papas, de tapasbar twee straten bij mijn appartement vandaan.

Op het moment dat de lawine zich op me stortte, voelde ik de hand van Audrey, die de mijne pakte en me een kruidenierswinkel binnensleurde. Weggedoken achter een koelkast, met trillende knieën, stevig in elkaar gerold en met onze handen tegen ons hoofd gedrukt, hebben we de storm over laten gaan. Als in de omhullende cocon van een harde noot midden in de deining. De winkel was door de vloed getroffen en overspoeld, begraven onder een berg puin. Toen ik overeind was gekomen, bevond ik me midden in een nucleaire winter. De lucht was grauw, zwart, loodgrijs. Mijn lichaam was bedekt met een dikke laag as.

Ik gebaar de serveerster onze glazen bij te schenken. Hier, in het noorden van Manhattan, zijn we ver bij het World Trade Center vandaan, maar vanavond weifelt de hele stad tussen een staat van beleg en een avondklok.

De bar, waarin het gewoonlijk overvol en druk is, is voor driekwart leeg. De paar klanten die er zijn, hebben alleen oog voor de beeldschermen: die van hun telefoons, om het laatste nieuws te horen, en die van de televisietoestellen, waarop de journalisten en de 'experts' hun eerste vermoedens uiten over de daders van de aanslag.

Ik neem een slok alcohol.

Vandaag ben ik bijna alles kwijtgeraakt, net als zoveel inwoners van New York. Maar wat zou ik precies zijn kwijtgeraakt?

Welk leven? Welke liefde?

Wanneer ik dood zou zijn geweest, wie had me vanavond dan echt gemist?

Mijn ouders, misschien. Maar verder?

Er maakt zich een vreemde herinnering in mijn gedachten los. Vanmorgen, toen de lawine van beton losbarstte, net op het moment dat ik dacht dat ik zou sterven, was het zíjn beeld dat voor mijn ogen was verschenen.

Het gezicht van Arthur Costello.

Niet dat van mijn moeder of vader. Niet dat van een andere man.

Waarom hij? Ik heb hem al drie jaar niet meer gezien, maar de herinnering aan hem blijft na al die tijd nog even levendig in mijn gedachten staan.

Bij hem heb ik me goed gevoeld. Vol vertrouwen, stabiel, volwassen.

Wanneer hij me aankeek, had ik dat vreemde gevoel dat ik me op de juiste plaats bevond. Dan werd ik het meisje, de vrouw die ik altijd al had willen zijn.

Maar hoe kan ik leven met een man die slechts één dag per jaar bestaat?

Een man die je nooit aan je ouders zult kunnen voorstellen.

Een man met wie je nooit echt dingen samen zult kunnen doen.

Een man tegen wie je 's avonds, wanneer je je eenzaam voelt, niet fijn aan kunt kruipen.

Holy shit!

Ik drink mijn glas in een teug leeg.

Vanavond heb ik hem zo hard nodig, dat ik er alles voor overheb om hem opnieuw in mijn leven te zien opduiken.

Dus kruis ik mijn vingers, een beetje kinderachtig, sluit mijn ogen en begin te bidden, zoals ik deed toen ik tien was. *Lieve Heer, alstublieft, breng mij Arthur Costello. Lieve Heer, alstublieft, breng mij Arthur Costello!*

Natuurlijk gebeurt er niets. Teleurgesteld steek ik mijn hand op om nog een cocktail te bestellen.

Plotseling schrikt het hele restaurant op van het geluid van brekend serviesgoed, dat vanuit de keuken klinkt. Alsof iemand een hele stapel borden heeft laten vallen. Dan klinkt er een kreet, die alle gesprekken doet stokken. Ongerust wenden alle blikken zich naar de achterkant van het restaurant. De deur van de keuken gaat met veel kabaal open en er verschijnt in de opening een man die vanuit het niets is opgedoken.

Een man met warrig haar in een rode parka van het Rode Kruis.

Deel vier
De Costello-clan

2002

De derde adem

Het essentiële kunnen we niet voorzien. Ieder van ons heeft de warmste vreugde gekend, daar waar niets viel te verwachten. Dat heeft zo'n gevoel van nostalgie achtergelaten, dat we spijt hebben van alle ellendigheid, wanneer onze ellendigheid ons dat toestaat.

Antoine de Saint-Exupéry

0

Een bekend geluid van rijdend verkeer.

Een zachte bries, als in de lente. Een zelfs comfortabel ontwaken.

Ik open mijn ogen. Ik zie het vroege ochtendlicht. Ik lig op een bank van smeedijzer en hout. Op de stoep van een brede laan met platanen erlangs.

Ondanks de zachte lucht en de prettige omgeving begrijp ik meteen dat er iets ongewoons aan de hand is.

Ongerust bekijk ik de nummerborden van de auto's, ik ontcijfer de naam van een restaurant midden in het groen – La Closerie des Lilas – ik bekijk de reclamezuil die naast het bankje staat. Er staat een nieuwe film op aangekondigd, met de titel L'Auberge espagnole. *Ik kijk naar het straatnaambord:* BOULEVARD DU MONTPARNASSE.

Ten slotte, wanneer ik goed luister, hoor ik dat alle gesprekken om mij heen in het Frans zijn.

Voor het eerst ben ik niet in New York ontwaakt.

Maar in Parijs!

1

Ik rende de boulevard over, op zoek naar een telefooncel van waaruit ik Sullivan zou kunnen bellen. Ik vond er een voor de kerk Notre-Dame-des-Champs, maar binnen lag een dakloze te slapen. Bovendien begreep ik, nadat ik het toestel had bekeken, dat ik het niet kon gebruiken, want ik had geen telefoonkaart. Toen probeerde ik een taxi aan te houden. Aan de eerste chauffeur die stopte, legde ik uit dat ik alleen dollars had, maar dat ik het dubbele van de koers zou betalen wanneer hij me naar het vliegveld zou brengen. De chauffeur reed weg zonder de moeite te nemen antwoord te geven. Gelukkig was de tweede een stuk vriendelijker en wilde hij me wel meenemen.

Ik keek naar de tijd op de meter: het was halfacht 's ochtends. Op de bank lag een exemplaar van *Le Monde*. De krant dateerde van 12 juni 2002. Op de voorpagina stond een grote kop met een foto van de voetballer Zinédine Zidane.

WERELDKAMPIOENSCHAPPEN VOETBAL:
FRANKRIJK UITGESCHAKELD.
WERELDKAMPIOEN IN 1998, NU ZIJN DE BLAUWEN
VERNEDEREND UITGESCHAKELD DOOR DENEMARKEN: 2 – 0

Deze keer had ik niet alleen een sprong van negen maanden in de tijd gemaakt, maar ik was ook op een heel ander continent ontwaakt.

Ik keek naar de straatnaamborden die voorbijkwamen, met namen waarvan ik nog nooit had gehoord: Porte de Bagnolet, Noisy-le-Sec, Bondy, Aulnay-sous-Bois, Villepinte... Het verkeer was niet erg druk. Binnen drie kwartier waren we op Charles de Gaulle. Op aanraden van mijn chauffeur stapte ik uit bij terminal 2E, waar ik, volgens hem, een verkoopbalie van Delta Airlines zou vinden. Dankzij de vooruitziende blik van Sullivan zaten mijn zakken vol met dollars en een paspoort dat hopelijk geldig zou zijn.

Er was nog plaats op de vlucht van 10.35 uur. Ik betaalde mijn ticket contant en passeerde probleemloos de douane. In de wachtruimte nam ik koffie en een rozijnenbroodje. Toen wisselde ik enkele dollars om in euro's om een telefoonkaart te kopen. Ik kon maar beter eerst controleren of Lisa wel in New York was, voordat ik op het vliegtuig stapte. Ik probeerde verscheidene keren Sullivans nummer, maar er werd telkens niet opgenomen. Vreemd, want door het tijdsverschil was het in New York drie uur 's morgens. Of mijn grootvader sliep als een blok, of hij was niet thuis.

In een Relay kocht ik Amerikaanse tijdschriften: de 'oorlog tegen het terrorisme' van George W. Bush en zijn 'as van het kwaad' stonden volop in de belangstelling. Toen werd omgeroepen dat de passagiers konden instappen. Snel zocht ik mijn stoel op, ingeklemd tussen een moeder die probeerde haar kleuter rustig te houden en een naar zweet stinkende puber die naar zijn schetterende mp3-speler luisterde.

Gedurende een groot deel van de reis dacht ik na over de gebeurtenissen van de vorige dag. Tenminste, van vorig jaar...

Op die rampzalige 11 september 2001 was ik gematerialiseerd in de keuken van de Empañada Papas en had ik, volkomen verbaasd, Lisa aan de bar aangetroffen, alsof ze daar op me had zitten wachten. Toen ze me zag, had ze zich huilend in mijn armen geworpen. Door de aanslagen had ze een onlesbare honger naar het leven gekregen. Ondanks de chaotische gebeurtenissen van die dag waren we samen naar haar appartement gegaan en hadden we elkaar bemind. Haastig, zonder voorbehoud, zonder belofte voor de volgende dag.

Toen ik 'vertrokken' was, was ze in haar bed in slaap gevallen en was ik verdwenen zonder dat we de kwestie van onze toekomst hadden aangesneden. Wat kon ik de volgende keer verwachten? Zou ze me met een glimlach of met klappen begroeten?

De vlucht leek eindeloos lang te duren. Toen de Airbus op JFK landde, sprong ik in een taxi en gaf het adres op van het appartement in Morningside Heights.

Het was bijna twaalf uur toen ik op de hoek van de straat aankwam. Ik vroeg aan de chauffeur op me te wachten en sloop de trap op. Ik drukte op de bel, maar niemand deed open. Hoewel ik had geprobeerd geen geluid te maken, had de krengerige buurvrouw Lena Markovic me kennelijk toch gehoord, want ze verscheen, gewapend met een bus traangas, op de overloop. Ze probeerde ermee in mijn gezicht te spuiten, maar ik maakte me snel uit de voeten. Dit was niet bepaald het juiste moment om me door de politie te laten oppakken. Ik stapte weer in mijn taxi en reed naar Washington Square. Ik klopte op Sullivans deur, met even weinig succes als bij Lisa. Ik wilde al weggaan, toen ik een envelop met mijn voornaam erop tussen de klauwen van de deurklopper in de vorm van een leeuw geklemd zag zitten.

Hallo jochie,

Ik heb nooit in God geloofd.

Maar misschien vergis ik me.

Misschien bestaat er toch een soort Grote Bouwmeester die ons lot voorbeschikt. Misschien lukt het hem soms zelfs barmhartig te zijn.

Ik had je vandaag zo graag terug willen zien...

Ik had zo graag gewild dat je getuige kon zijn van datgene waarvan ik bijna veertig jaar geleden getuige ben geweest.

Ik geloof niet in God en toch bid ik sinds enkele weken heel stil in mijn hoekje tot Hem. Zonder geloofsgenoten, zonder dat ik weet welke woorden ik moet gebruiken, zelfs zonder dat ik weet wat ik Hem in ruil moet beloven.

Dus als er echt een God op deze verrekte planeet bestaat en als je vandaag terugkomt, verlies dan geen minuut tijd. Kom naar ons toe in de kraamkliniek van het Bellevue Hospital.

Schiet op!

Je wordt vader!

2

Ik rende.

Samen met een verpleegster rende ik door de gangen van het ziekenhuis.

De laatste keer dat ik hier was geweest, was acht jaar geleden. Lisa had een mengsel van slaapmiddelen ingenomen voordat ze haar aderen had doorgesneden. In een poging zichzelf te doden.

Vandaag schonk ze het leven.

Het rad draaide. Je moest weten hoe je het het hoofd moest bieden. Je moest bewijzen dat je taai was. Dat je je schouders eronder kon zetten. De bui over kon laten gaan. De zondvloed kon overleven. Het grootste deel van de tijd sloeg de balans naar de verkeerde kant uit. Niet altijd, maar wel vaak.

En meestal net op het moment dat je het het minst verwachtte.

Ik opende de deur van kamer 810.

Lisa lag op de behandeltafel. Een vroedvrouw en Sullivan waakten over haar. Ze was rond, prachtig, groot. Volkomen veranderd. Toen ze me zag, slaakte ze een kreet en barstte in tranen uit.

'Ik heb zo naar je verlangd,' zei ze, terwijl we elkaar omhelsden.

Toen viel ik in Sullivans armen.

'Mijn hemel, ik wist het wel,' zei hij met een schorre stem, en hij omhelsde me stevig.

Hij had ook de tranen in zijn ogen staan. Ik had hem nog nooit zo gelukkig gezien.

'Waar kom je vandaan?'

'Uit Parijs. Dat vertel ik je later wel.'

Ik keek naar Lisa's enorme buik. Ik kon niet geloven dat het echt was. Ik kon niet geloven dat het nu onze beurt was ouders te worden. 'Ik ben arts,' zei ik tegen de vroedvrouw. 'Hoe gaat het met haar?'

'De weeën zijn om tien uur begonnen en de vliezen van uw vrouw zijn een uur geleden gebroken. Ze heeft zes centimeter ontsluiting.'

'Heeft de anesthesist haar een ruggenprik gegeven?'

'Ja, maar hij was te sterk en dat heeft de weeën vertraagd,' zei Lisa tegen me. 'Ik kan mijn benen niet meer bewegen.'

'Maak je niet ongerust, schat. We wachten tot het is uitgewerkt en dan geven we je een nieuwe prik.'

Toen liet Betty, de vroedvrouw, ons enkele tellen alleen. Lisa liet me snel de foto's van verscheidene echo's zien. 'Het is een jongen,' zei ze trots. 'Het is maar goed dat je vandaag bent gekomen, want stel je voor dat ik zou moeten wachten om een naam voor hem te kiezen.'

Een uur lang bespraken we onze voorkeuren. Sullivan droeg zijn steentje bij, en ten slotte werden we het eens over Benjamin.

'Trouwens, wanneer je de volgende keer weer komt, vergis je dan niet in het adres,' waarschuwde Lisa me.

'Dat begrijp ik niet.'

'Je denkt toch niet dat ik je zoon in dat piepkleine appartement van mij ga opvoeden? Ik ben verhuisd!'

Nu was Sullivan degene die met polaroids kwam aanzetten. Hij liet foto's zien van een mooi bakstenen huis in Greenwich Village. Ik herkende de kruising van Cornelia Street en Bleecker, vlak bij de Oyster Bar, waar hij me in 1995 mee naartoe had genomen om oesters te eten. Op de foto's zag ik geëmotioneerd dat er al een kinderkamer was ingericht: een kinderbedje, een commode, een kinderwagen, een buggy en een reiswieg.

Toen ik de foto's bekeek, begreep ik waarvoor het geld had gediend dat op de beurs was verdiend.

De thermometer van de vrijheid.

'De dokter komt eraan,' zei Betty.

'Maar ik ben de dokter.'

'Misschien, meneer, maar u gaat uw vrouw niet zelf laten bevallen.'

'Geen denken aan!' riep Lisa uit.

Terwijl we op de gynaecoloog wachtten, legde de vroedvrouw Lisa's voeten op de beugels, terwijl ze haar eraan herinnerde hoe ze de weeën moest opvangen en zich op haar ademhaling moest concentreren. Terwijl Lisa lag te oefenen, drong het plotseling tot haar door dat het nu menens werd.

'Mooi zo, nu gebruiken we elke wee om te persen,' zei de gynaecoloog, toen hij als een *guest star* de kamer binnenkwam.

De tien volgende minuten hield ik Lisa's hand vast en moedigde ik haar met een knipoog, een knik van mijn hoofd of een grapje aan.

Als ervaren arts zag ik dat alles goed ging. Het hoofd van de baby was al snel te zien.

Ik heb enkele bevallingen in het ziekenhuis gedaan en ik wist dat de weeën die nu gingen komen de pijnlijkste waren. Lisa liet mijn hand los en slaakte een gil. Buiten adem hikte ze, hapte naar lucht, leek het op te geven, maar verzamelde daarna alle energie die haar nog restte en wierp haar laatste krachten in de strijd.

Plotseling beviel ze. Rust, een pauze in de tijd.

Het was gebeurd, het hele lichaam was erdoor... en onze baby lag al te trappelen en te huilen op Lisa's borst. Hij was helemaal paars, in elkaar gerold en al een en al leven.

Ik knipte de navelstreng door en boog me over haar heen. Lisa keek me aan. Ik raakte geëmotioneerd. Tranen, zweet, bloed. Het slagveld van een oorlog die we hadden overleefd.

Nu waren we met ons drieën.

3

Gadegeslagen door de vroedvrouw en mijn grootvader gaf ik mijn zoon zijn eerste bad. Ik nam er de tijd voor hem goed te bekijken. Hij was groot en slank, zijn borst was rond en zijn vingers waren piepklein, maar wel lang en dun. Hij had al een plukje zwart haar en prachtige ogen.

'Bedankt voor het huis,' zei ik terwijl ik de baby afdroogde.

'Graag gedaan,' antwoordde Sullivan. 'Maak je niet ongerust. Ik zal voor je gezin zorgen wanneer je er niet bent.'

'En hoe gaat het met jou? Met je gezondheid?'

Hij barstte in lachen uit. 'Maak je om mij maar niet druk, jochie. Die baby maakt me weer jong.'

Toen Betty en mijn grootvader waren vertrokken, legde ik de kleine Ben tegen mijn borst en ging ik in een stoel bij het raam zitten, dat uitkeek over de door de zon beschenen daken van de stad.

Ik voelde zijn huid tegen de mijne, en ik huilde zacht.

Ik bleef lange tijd alleen met mijn zoon zitten, dat kleine jochie dat was verwekt te midden van de chaos van een dag vol as en angst.

Hoe zou zijn karakter zijn? Hoe zou hij zich redden in deze wereld vol angst? Hoe zou ik van hem kunnen houden, hem beschermen, ik, die er nooit zou zijn?

Ik veegde mijn tranen met mijn arm weg. Ik voelde het gewicht van verantwoordelijkheid dat zich mengde met dat van geluk.

Ik wist dat ik over enkele uren vertrokken zou zijn. En voor het eerst voelde ik me steviger, meer gestructureerd.

Ik keek naar het mannetje, dat in slaap was gevallen, ik putte kracht uit zijn aanwezigheid en ik glimlachte.

Wat een avontuur, verdomme!

Ik dacht aan alles wat ik had meegemaakt om hier te komen. Ik zou mijn tegenslagen moeten blijven overwinnen. Voor hem. Op een dag zou de helse cyclus ten einde komen.

Vandaag was een mijlpaal. De oorlog was nog lang, maar ik had het gevoel dat ik zo-even een belangrijke slag had gewonnen.

Niets zou meer zijn zoals het was geweest.

Ik genoot nog even van het moment.

Een nieuw leven begon.

2003-2010

De loop der tijd

Hij was nog te jong om te weten dat het geheugen van het hart nare herinneringen doet vervagen en mooie mooier maakt, en dat het daardoor is, dat we het verleden kunnen accepteren.

Gabriel García Márquez

1

De tijd hernam zijn loop.

Ik bleef telkens één keer per jaar ontwaken, telkens in Manhattan of in de staat New York. Soms op plezierige plaatsen (de bloemenmarkt op 28th Street, een diepe bank in het Campbell Apartment, een zomerochtend op het strand van Rockaway Beach...) en soms op ruwere terreinen (Hart Island, de algemene begraafplaats van New York, onder de voet gelopen door de drukte op 5th Avenue tijdens de optocht van Saint-Patrick, op een plaats delict, in de kamer van een louche hotel aan Bedford-Stuyvesant, bij een nog warm lijk dat lag leeg te bloeden...).

Ik had een routine opgebouwd. Eerst ervoor zorgen dat ik altijd warme kleren aanhad, goede schoenen, een horloge om en dat ik op het moment van vertrek voldoende geld bij me had. En daarna, zodra ik was ontwaakt, probeerde ik zo snel mogelijk een taxi te nemen die me terug naar mijn gezin bracht.

Benjamin groeide hard. Te hard.

Het hele jaar door maakte Lisa dikke fotoalbums en films, waardoor ik telkens wanneer ik terug was, kon doen alsof ik de verloren tijd een beetje kon inhalen. Wanneer ik ze bekeek, zag ik met glimmende ogen de eerste lachjes van mijn zoon. Zijn eerste 'papa', 'mooi', 'kiekeboe', 'tot ziens'. Zijn twee eerste tandjes, waardoor hij op Bugs Bunny leek, zijn eerste, aarzelende pasjes, zijn plaatjesboeken, zijn knuffels, zijn puzzels, zijn nukken en boze buien, zijn rusteloze bewegingen telkens wanneer hij muziek hoorde.

Later zijn eerste zinnetjes, de eerste keer dat hij tegen een bal schopte, zijn getekende poppetjes en huisjes, zijn cowboykleren, zijn driewieler.

Ik was er niet bij toen hij voor het eerst naar school ging, ik heb geen enkel afsluitend toneelstuk van hem aan het einde van het schooljaar gezien. Ik was niet degene die hem heeft leren kleuren of tellen. Ik was ook niet degene die hem het alfabet uit zijn hoofd heeft laten leren, die de zijwieltjes van zijn fiets heeft losgeschroefd of hem voor het eerst zonder zwembandjes heeft laten zwemmen.

Wanneer ik thuiskwam, deed ik mijn best mijn rol als 'vader' te spelen. Een vader die altijd onverwacht opdook, wat soms slecht uitkwam, en die even snel vertrok als hij was gekomen.

2

Toch hebben we heerlijke dagen gekend. Dagen waarop we enkele uren lang konden zijn wat we het liefst in de wereld wilden zijn: een gezin als elk ander.

In 2006, op Coney Island, Onafhankelijkheidsdag. Ben is vier jaar oud. Hij zit op mijn schouders, de zon brandt recht op ons neer. Met Lisa wandel ik hand in hand over de houten promenade langs het strand en we herinneren ons nostalgisch dat we hier negen jaar eerder midden in de winter hebben gelopen. We gaan als gezin zwemmen, een hotdog eten bij Nathan's Famous, een rondje in het reuzenrad en een ritje in de achtbaan maken. 's Avonds gaan we met Sullivan naar het vuurwerk kijken dat op de oevers van East River wordt afgestoken.

Op een zondag in oktober 2007 ontwaak ik onder een lantaarnpaal op Christopher Street, enkele tientallen meters van het huis. Het is even na twaalf uur 's middags wanneer ik aanbel. Mijn grootvader doet open. Zoals elke keer omhelzen we elkaar langdurig.

'Dat komt goed uit,' zegt hij.

Ik frons mijn wenkbrauwen, maar hij neemt me mee naar de eetkamer. Rondom de tafel maak ik voor het eerst kennis met de ouders van Lisa.

'Ik heb jullie toch gezegd dat hij bestaat,' zegt ze, en ze werpt zich in mijn armen. 'Papa, mama, dit is "de man die verdwijnt".'

En de dag breng ik met mijn 'schoonouders' door alsof ik hen al eeuwig ken.

Eind mei 2008, acht uur 's avonds. Het is *Manhattanhenge*, de 'zonnewende van Manhattan'. Het is druk op straat met mensen die de zon willen zien, die twee keer per jaar precies in het verlengde van de oostwestassen van de grote verkeersaders van de stad ondergaat.

Lisa en Ben staan voor het huis. Mijn zoon zit op zijn fiets en zijn moeder staat met haar rug naar me toe, zodat ze me niet ziet aankomen.

'Daar is papa!' roept hij zodra hij me ziet. 'Papa!'

Terwijl hij als een gek op me af komt fietsen, draait Lisa zich om. Ze is bijna acht maanden zwanger.

'Het is een meisje,' zegt ze, en ze drukt haar gezicht in de holte van mijn schouder.

Ik ben net zo geëmotioneerd als de eerste keer. 'Maar nu ben ik te vroeg voor de bevalling...'

Ze spreidt haar armen om aan te geven dat dat niet erg is. 'Ik stond al op je te wachten om een voornaam te kiezen. Maar ik heb al een idee. Wat dacht je van Sophia?'

Een zaterdagmiddag in de zomer van 2009, in de beschermende cocon van ons huis. Terwijl Lisa zich decadent te buiten gaat aan een boterham met gezouten boter en Nutella, pak ik mijn akoestische gitaar en tokkel een paar akkoorden van een nummer van Leonard Cohen.

So Long Marianne

Op haar kinderstoel begeleidt de kleine Sophia, mijn prinsesje, me door driftig met haar lepel de maat te slaan op haar plastic bord. Benjamin, als indiaan verkleed, doet een regendans rondom het keukenblok.

Op het werkblad ligt een nummer van *Time Magazine*, met op de omslag de foto van een Bengaalse tijger, met daarboven een verontrustende kop.

KLIMAATVERANDERINGEN: NAAR EEN NIEUWE TIJD
WAARIN SOORTEN ZULLEN VERDWIJNEN

Ik kijk naar mijn kinderen en vind ze prachtig. Dankzij hen houd ik het vol. Ze helpen me het niet op te geven, vertrouwen in de toekomst te blijven houden. Maar elke keer wanneer ik naar hen kijk, herinner ik me de inscriptie op de koperen plaat: NA DE VLAAG VAN VIERENTWINTIG WINDEN, ZAL NIETS OVERBLIJVEN. Elke keer herinnert een klein stemmetje me aan de waarschuwing die Sullivan me heeft gegeven: *denk eraan dat alles wat je hebt opgebouwd, slechts een luchtkasteel is dat door de wind zal worden weggeblazen. Dat is de werkelijke vloek van de vuurtoren. Op de ochtend van de vierentwintigste dag zal alles zijn weggevaagd. Niemand die je hebt gekend, zal zich jou kunnen herinneren.*

Ik ben het niet vergeten, maar ik heb besloten te leven alsof de geschiedenis zich niet zal herhalen. Als een gevangene die de dagen tot zijn vrijlating telt, tel ik de jaren die me nog scheiden van mijn vierentwintigste reis. Mijn laatste oordeel.

Op een avond in de lente van 2010 til ik Ben in mijn armen naar zijn bed. Hij is in slaap gevallen achter de Blu-ray van *Avatar*, die we samen op de bank in de zitkamer hebben bekeken.

Ik leg hem neer, stop hem in en geef hem een dikke kus. Ik probeer vooral zijn geur te onthouden, waarmee ik het tot het volgende jaar moet doen. Wanneer ik op het punt sta de kamer te verlaten, trekt hij me aan mijn mouw.

'Ga je weg, papa?'

'Ja, jongen,' zeg ik, en ik ga op de rand van het bed zitten.

'Waar ga je nu heen?'

'Nergens heen, Ben. Dat weet je, daar hebben we het al over gehad.'

Mijn zoon komt overeind in zijn bed en trekt zijn kussen omhoog. 'Je gaat toch niet naar je andere familie?' vraagt hij met angstige stem.

'Nee, Ben, ik heb geen andere familie. Kom nou. Ik heb alleen jullie: mama, opa, Sophia en jou. Er is niemand anders.'

Ik strijk met mijn hand over zijn haar. Hij houdt vol en wordt bijna kwaad: 'Maar wanneer je niet bij ons bent, moet je op een andere plaats zijn. Dat kan toch niet anders?'

Ik leg mijn hand op zijn schouder. 'Ik weet dat het heel moeilijk te begrijpen is, maar voor mij verstrijkt de tijd anders. Mama heeft het je al een paar keer uitgelegd.'

Hij zucht en vraagt: 'Wordt het ooit weer normaal?'

'Ik hoop het.'

'Wanneer?'

'Over vijf jaar,' zeg ik. 'In 2015.'

Hij rekent het in gedachten uit. 'In 2015 ben ik dertien.'

'Ik weet het, dat duurt nog lang... Maar ga nu slapen.'

'Mag ik zien hoe je verdwijnt?'

'Nee, nee. Het is geen spelletje en ook geen goocheltruc. En ik ga ook nog niet meteen weg. Ik blijf nog even bij mama.'

Weer stop ik hem in en geef hem een kus. 'Wanneer ik weg ben, reken ik erop dat je aardig bent voor je zus en vooral voor mama.'

Hij knikt en zegt: 'Als jij er niet bent, ben ik de baas van het huis.'

'Nee, Ben. Mama is de baas. Jij bent de man van het huis. Goed?'

'Goed.'

3

De strijd verstreek bliksemsnel.

Het eerste decennium van de eenentwintigste eeuw naderde zijn einde. De familie Bush had in Amerika afgedaan en het waren nu de jaren van Obama.

Bij elke terugkeer nam ik de veranderingen in de wereld in mij op. Het internet overspoelde alles, verslond alles: muziek, boeken, film. De mensen leefden met een draagbare telefoon in hun hand geklemd, waarop ze elke drie minuten met een afwezige blik keken. iPhone, Facebook, Google, Amazon... Alles werd virtueel, digitaal en immaterieel: contacten, uitwisselingen, vrienden, vrije tijd.

In de gesprekken ontgingen mij veel culturele verwijzingen. Ik kende de nieuwe acteurs niet, de nieuwe rockgroepen, de nieuwe beroemdheden, van wie ik zelfs niet altijd begreep waaróm ze beroemd waren.

Ik herinnerde me opmerkingen van mijn vader uit het begin van de jaren tachtig van de twintigste eeuw, toen ik urenlang met mijn walkman met cassettes naar muziek luisterde: 'Dat apparaat schept een generatie van idioten en doven', 'Madonna is een hoer, David Bowie een travestiet, Eric Clapton een junk'. Ik deed op mijn beurt alsof ik een van die reactionaire klootzakken was aan wie ik de pest had toen ik een puber was.

Ik was een reiziger die de jaren slechts doorkruiste zonder ze werkelijk te beleven.

Ik had geen woorden meer, geen regels.

Ik was losgeslagen, vervreemd, ingehaald door een wereld die steeds minder de mijne was en me angst aanjoeg.

In het vervolg was mijn gezin mijn enige houvast.

En mijn enige horizon.

2011

Ontredderde harten

Het is niet de liefde die het leven doet ontsporen, maar de onzekerheid van liefde.

François Truffaut

0

De gewatteerde hitte van een goed verwarmde ruimte.

Een vleugje fluweel tegen mijn wang.

Een comfortabele stoel. Een zachte leuning om mijn nek te ondersteunen.

Dan muziektonen, een heldere stem, een ballade over de scheiding van een echtpaar, de melancholie van een verloren liefde. Gedurende enkele seconden laat ik me meevoeren door het ritme van het lied. Ik ken dit gedeelte. ABBA. The Winner Takes It All.

Ik open mijn ogen. Ik zit op een stoel midden in een theater. Om mij heen honderden personen die geheel in beslag worden genomen door het optreden: de musical Mamma Mia!

Ik draai mijn hoofd omhoog en kijk op. Het buitengewoon brede toneel, de hoogte van de plafonds, de vorm van het frontbalkon... Ik ben hier lang geleden al eens geweest.

Ik ben op Broadway, in het Winter Garden Theatre. Mijn moeder had me kort voor haar dood meegenomen naar Cats.

Ik sta op en onder afkeurend gemompel werk ik me langs mijn buren naar het gangpad. Ik loop door het pad omhoog, daal de trappen af en verlaat het theater.

1

Broadway, 's avonds

Ik deed enkele stappen en meteen stond ik in de waanzinnige drukte op Times Square, omgeven door een dichte mensenmassa, autobussen en de karretjes van hotdogverkopers. Op de reclameborden werden romantische spots vertoond van sieradenmerken. Op de stoepen probeerden clandestiene verkopers je hartvormige, met helium opgeblazen ballonnen of verlepte bossen bloemen in de maag te splitsen. Het was even na zeven uur 's avonds, 14 februari 2011, de avond van Valentijnsdag.

Terwijl ik een taxi riep, herinnerde ik me die ochtend in juli 1992 waarop Jeffrey Wexler me uit de gevangenis haalde. Ik had hier vlakbij een auto gehuurd en sindsdien was ik er eigenlijk niet meer terug geweest. In twintig jaar was de plek veranderd in een openluchtvermaakscentrum. De Disney Store en gezellige winkeltjes hadden de peepshows en pornobioscopen verdreven. Daklozen, junks en prostituees hadden plaatsgemaakt voor toeristen.

Een Ford Escape Hybrid stopte naast me. Ik sprong de taxi in en tien minuten later stopte ik bij een bloemenwinkel op Bleecker Street om voor Lisa een prachtig boeket met orchideeën en rozen te kopen.

Met mijn boeket in de hand klopte ik op de deur. Opgewonden en blij mijn vrouw en kinderen terug te zien.

Maar Lisa was niet degene die opendeed.

'Goedenavond. Wat kan ik voor u doen?' vroeg een blondine van nog geen twintig jaar oud, gekleed in een te groot sweatshirt in de kleuren van de Stockholm School of Economics.

'Waar is mijn vrouw?'

'Wie bent u, meneer?'

'Zeg me maar eerst eens wie ú bent,' zei ik met een enigszins verheven stem.

Ze werd bang en sloot de deur tot op een kier. 'Ik ben de babysitter.

Ik pas op Benjamin en Sophia wanneer mevrouw...'

'Papa! Papa!' riep Ben, en hij wierp zich in mijn armen.

Ik tilde hem op en liet hem ronddraaien in de lucht. 'Hallo, jongen. Wat ben jij groot geworden, zeg.'

De Zweedse negerend, baande ik me een weg naar binnen.

Sophia was niet in de woonkamer. Ik legde mijn boeket op tafel en ging naar boven, naar haar slaapkamer. Mijn meisje lag in diepe rust in haar bed.

'Slaapt ze al?' vroeg ik verbaasd met een zachte stem.

'Sophia voelde zich vandaag niet lekker,' legde de babysitter ongemakkelijk uit.

'Hoezo?'

'Hoesten, verkouden en keelpijn. Van alles wat.'

Zonder haar wakker te maken, kuste ik mijn dochter en legde mijn hand op haar voorhoofd. 'Ze heeft koorts.'

'Dat had ik ook gezien,' zei de Zweedse, 'maar ik wilde haar liever niet wakker maken. Ik zal haar straks een paracetamol geven, wanneer ze wakker is.'

Ik ging naar beneden, naar de keuken. 'Weet jij waar mama is, Ben?'

'Ze is weg.'

'Dat zie ik, maar weet je waarheen?'

Mijn zoon schudde zijn hoofd.

'Waar is mijn vrouw?' vroeg ik aan het meisje.

'Ik weet het niet. Ik wist zelfs niet dat Lisa getrouwd is, en ze vertelt me in elk geval nooit waar ze heen gaat...'

Ik luisterde al niet langer. Lisa zou vast een adres hebben achtergelaten voor het geval dát. Ik keek bij de telefoon, toen in een beker met rommeltjes en ten slotte op de koelkast. Achter een magneet geklemd zat een velletje dat uit een agenda was gescheurd, waarop met de hand was geschreven: *Restaurant Bouley, 162 Duane Street*, gevolgd door een telefoonnummer.

Een restaurant, op Valentijnsdag...

'Is ze daar gaan eten?'

'Ik weet het niet, dat zei ik toch?'

'Verdomme,' gromde ik, terwijl ik haar boos aankeek.

Mijn zoon pakte mijn mouw beet. 'Je mag niet vloeken, papa.'

Ik liet me op mijn knieën zakken, om op zijn hoogte te komen. 'Je hebt gelijk. Luister, ik ga mama halen en dan kom ik terug. Goed?'

'Mag ik niet met je mee?'

'Dat is niet nodig. We zijn met een halfuur terug. Als je lief bent, maak ik lasagne voor je.'

'Maar ik heb al gegeten.'

'Een toetje dan? Een lekkere sundae met karamelsaus en geroosterde amandelen.'

'Van mama mag ik geen ijs eten. Ze zegt dat het vol met vet en suiker zit.'

Ik zuchtte en streek hem door zijn haar. 'Tot straks, jongen.'

2

Ik nam geen taxi. Het verkeer was te druk, TriBeCa was niet ver en lopen was goed voor me.

Richting zuid: MacDougal Street, 6th Avenue en Broadway tot aan Duane Street.

'Hebt u gereserveerd, meneer?'

Buiten adem en bezweet stormde ik het chique restaurant binnen als een hond die een kegelbaan op rent. Mijn rode parka en mijn spijkerbroek staken sterk af tegen de kostuums en avondjurken.

'Ik wil gewoon weten of mijn vrouw hier is.'

'Ik kan haar voor u halen, meneer,' antwoordde hij, en hij bekeek het scherm van zijn computer. 'Onder welke naam heeft ze gereserveerd?'

'Dank u wel, maar ik ga liever zelf even kijken.'

'Maar meneer, u bent niet...'

Ik liep de gang door naar de eetzaal.

Op deze Valentijnsavond werd de hele zaal bezet door stelletjes. Bouley was het romantische restaurant bij uitstek: chique aankleding, warme sfeer, kaarsen, gewelfd plafond en doeken aan de muren die aan de Provence deden denken.

Ik zag Lisa zitten aan een tafel vlak bij de stenen haard, die midden in de ruimte stond. Opgemaakt, elegant en ontspannen zat ze tegenover een man die met zijn rug naar mij toe zat.

Toen ze me zag, vertrok haar gezicht. Ze vouwde haar servet op, stond op en haastte zich naar me toe, nog voordat ik naar haar tafel kon lopen.

'Arthur, wat doe je hier?'

'Dat kan ik beter aan jou vragen, nietwaar?'

'Ik ben aan het werk. Ik probeer geld te verdienen om mijn gezin te eten te kunnen geven.'

'Door op Valentijnsavond bij kaarslicht met mannen te dineren? Probeer je me voor de gek te houden?'

De gesprekken stokten en tientallen ogen draaiden zich vol afkeuring onze kant op. De gerant kwam naar ons toe en vroeg ons ons gesprek in de hal voort te zetten.

'Luister, Arthur, ik heb mijn leven lang nog nooit een Valentijnsdag gevierd. Ik ben hier voor een werkdiner. Maak alsjeblieft geen scène.'

'Ik ben toch niet gek? Wie is die vent?'

'Nicolas Hull, een bekende auteur en scenarioschrijver. Hij wil me een rol geven in een televisieserie die hij voor AMC aan het voorbereiden is.'

'Dus iemand hoeft je maar een rol voor te spiegelen, en dan ga je als een hoer gekleed met hem eten?'

'Je hoeft me niet te beledigen!'

Nijdig begon ik met verwijten te smijten en beschuldigde ik haar ervan dat ze uitging terwijl haar dochter van drie jaar oud ziek thuis was. Maar Lisa weigerde zich de rol van slechte moeder te laten aanpraten.

'Het is februari, Sophia is een beetje verkouden, zoals negentig procent van de kinderen in deze stad. In de winter is dat normaal. Maar dat kun jij niet weten, want je bent nooit thuis.'

'Je weet heel goed dat ik daar niets aan kan doen. Je weet ook hoeveel ik daar zelf onder lijd. Hoe ik in een permanente nachtmerrie leef.'

'En dacht je dat het voor mij geen nachtmerrie was?'

Terwijl we ruzie stonden te maken, rook ik haar parfum van vanille en viooltjes. Lisa zag er prachtig uit. Soepel en zijdeachtig, haar haar, dat ze los droeg, golfde over haar naakte schouders en over haar borsten, die werden bedekt door een zwart, kanten topje. Om haar polsen glinsterden twee emaillen armbanden. Ze moest uren bezig zijn geweest om zich zo mooi te maken voor iemand anders dan ik. Je kunt niet kiezen op wie je verliefd wordt. Lisa had er altijd al behoefte aan gehad haar verleidingskunsten op mannen uit te proberen. Daar leefde ze van op. Als een soort barometer van haar vrouwelijkheid. Dat had ik al van begin af aan begrepen en dat was in de loop der jaren niet minder geworden. Ik werd er bedroefd van. Gek.

Ik deed mijn best om mijn woede te verbergen. Ik was hier slechts vierentwintig uur. Misschien komt het nog goed, dacht ik naïef. Maar ik vergiste me.

'Kom mee naar huis, Lisa. Laten we naar onze kinderen gaan.'

'Pas nadat ik mijn gesprek heb afgerond. Ik wil die rol echt hebben. Ik weet dat ik het kan.'

Ik verloor mijn geduld. 'We kunnen elkaar maar één dag per jaar zien en jij zegt zonder blikken of blozen dat je liever je etentje met een andere man afmaakt dan de avond met mij door te brengen?'

'Gun me twee uurtjes, daarna kom ik naar huis. Dan kan ik op een nette manier mijn gesprek afronden.'

'Nee, je gaat niet meer naar die vent terug.'

Ik pakte haar bij de hand, maar ze trok zich schreeuwend los. 'Schop alsjeblieft geen scène! Ik ben geen ding, ik ben je eigendom niet!'

'Kom met me mee naar huis, Lisa, anders...'

'Anders wat? Ga je me slaan? Sleep je me aan mijn haren mee naar huis? Ga je bij me vandaan? Iets anders kun je niet, Arthur, dan bij me weggaan.'

Ze draaide zich op haar hakken om en maakte aanstalten om naar de tafel terug te gaan. 'Je bent de rotzak die verdwijnt,' riep ze nog, terwijl ze de zaal in liep.

3

Kokend van woede verliet ik het restaurant.

Op de stoep begroette de parkeerhulp een nieuwe cliënt: een prachtige vrouw met lang, steil haar, in lieslaarzen die met leren riemen met metalen gespen waren dichtgebonden. Hij opende haar portier en hielp haar uit te stappen uit haar cabrio sportwagen.

Toen kon ik me niet inhouden. In een opwelling rende ik naar haar toe om haar autosleutels te pakken, die ze aan de hulp wilde geven.

'Hé!'

Gebruikmakend van de verwarring, sprong ik achter het stuur en stoof met gierende banden weg.

Ik liet Manhattan achter me, reed verder langs de Hudson en nam de State Highway naar Boston.

Plankgas reed ik vier uur door, zo hard mogelijk, alle verkeersregels negerend. Ik was koortsachtig op de vlucht, verloren, ontsteld door de reactie van de vrouw van wie ik hield. Ik voelde me als een dijk die op breken stond. Ik was moe, misbruikt en ik wist niet hoe ik de controle over mijn leven kon terugkrijgen. Wat voor grip had ik op de gebeurtenissen? Geen. Ik onderging alles alleen maar. Al twintig jaar lang glipte het leven me door de vingers. Ik maakte telkens slechts een korte glimp van mijn eigen leven mee. Ik had gevochten, ik had geprobeerd er het beste van te maken. Ik ging de strijd niet uit de weg, maar hoe moest ik vechten wanneer je niet eens wist wie de vijand was?

Zodra ik in Boston was, voelde ik me weer thuis. Ik parkeerde de sportwagen in een straat in Charlestown en ik duwde de deur open van MacQuillan, een Ierse pub waar ik vroeger vaak was geweest.

Eindelijk een plek die niets was veranderd. De bar bestond al sinds het begin van de negentiende eeuw. Er hing nog dezelfde sfeer als toen ik twintig jaar oud was: dezelfde hoefijzervormige toog, dezelfde kroegsfeer, hetzelfde donkergekleurde hout van de vloer tot aan het plafond.

Op de muren herinnerden sepiakleurige foto's aan het losbandige verleden van de kroeg. Het zaagsel op de grond gaf de ruimte een saloonsfeertje. De glazen whisky en bier gingen af en aan.

Ik hees mezelf op een kruk en bestelde mijn eerste pint.

Frank had me met deze bar laten kennismaken. Er kwamen vrijwel alleen mannen. De klanten van MacQuillan kwamen hier niet om een vrouw te versieren, vrienden te maken of chique hapjes te eten. Ze kwamen gewoon om te drinken. Om hun dag te vergeten, hun werk, hun problemen, hun vrouw, hun maîtresse, hun kinderen of hun ouders. Ze kwamen hier om zich te bezatten. Om in slaap te vallen. En dat deed ik nu, met het ene glas bier na het andere, afgewisseld door shots whisky. Ik dronk tot ik niet meer kon. Tot ik geen woord meer kon uitbrengen. Tot ik niet meer kon staan. Toen de bar sloot, sleepten ze me de straat op en zakte ik in mijn nieuwe auto in elkaar.

4

Ik sliep tot aan zonsopgang mijn roes uit, maar ik werd vooral wakker vanwege de ijzige kou en niet door het licht. Met een droge mond en een benevelde geest draaide ik de sleutel in het contactslot om en zette de kachel hoog. Ik vertrok in zuidelijke richting, over Harvard Bridge, en reed verder naar Jamaica Plain. Het was zeven uur 's morgens toen ik de sportwagen op het parkeerterrein van het kerkhof van Forest Hills parkeerde.

Om deze tijd waren de hekken nog gesloten, maar ondanks mijn houten kop lukte het me over een laag gedeelte van de muur te klimmen.

De honderd hectare van het park lag er bevroren bij. Een witte deken had de lijnen van de paden weggevaagd. De begroeiing was verdord door de kou. Het water van de fonteinen was bevroren. De standbeelden leken op wezens van vlees en bloed die door een poolwind midden in hun bewegingen waren verstijfd.

Met een drankkegel van heb ik jou daar en een duf hoofd beklom ik in looppas de heuvel, ijskoude lucht ademend die mijn longen bijna deed bevriezen. Toen ik aan de andere kant van de helling kwam, zag ik het spiegelende oppervlak van het meer, waarin de begroeide oevers en de blauwe lucht werden weerkaatst.

Ik liep omlaag over het bospad, tot aan het grindpad dat langs de graven en tombes liep. Op het gedeelte waar de grafsteen van mijn vader stond, hing een dunne nevel.

FRANK COSTELLO
2 JANUARI 1942
6 SEPTEMBER 1993
Ik ben geweest wat jij bent,
jij zult worden wat ik ben.

'Hallo, Frank. Niet echt warm, hè?'

Ik voelde me vreemd. Meer dan ooit nam ik het hem kwalijk dat hij mijn leven had verpest. Maar een ander deel van me had er ook behoefte aan de dialoog te heropenen.

'Het is mooi hier, maar het is dood,' constateerde ik, tegen een muurtje leunend. 'De dagen zullen wel lang zijn. Je zult je wel vervelen, hè?'

Ik vond een pakje sigaretten en een doosje lucifers in mijn zak, die een serveerster van MacQuillan me had gegeven. Ik stak er een op en blies genietend de rook uit. 'Zelfs dit kun je niet meer. Ga maar na, je bent eraan doodgegaan, dus...'

Ik blies een rookwolk uit, die in de ijzige lucht condenseerde, voordat hij verdween.

'Uiteindelijk heb je gelijk gehad: je kunt in het leven niemand vertrouwen. Bedankt dat je me al zo vroeg hebt gewaarschuwd, ook al heb ik niet genoeg naar je les geluisterd.'

Er vloog een vogel van een tak op, waardoor hij wat sneeuw liet neerdwarrelen, die de vorige avond was gevallen.

'O ja, dat had ik je nog niet gezegd: je bent grootvader geworden. Ja, ja, echt waar. Ik heb een zoon van negen en een meisje van drie. Ik ben geen goede vader, maar ik heb een excuus. En dat had jij niet.'

Ik kwam overeind van het muurtje en liep naar de marmeren steen. Het graf was kaal. Geen bossen bloemen, geen planten, geen herdenkingsplaat.

'Ik geloof niet dat je kinderen vaak langskomen, zeg. Eigenlijk mist niemand je. Ik had altijd gedacht dat ik juist degene was voor wie je niets voelde, maar ik heb me vergist: zelfs van hen hield je niet.'

Ik nam nog een trek van de sigaret, die bitterder smaakte dan de eerste, en trapte hem toen onder mijn hiel uit. 'Waarom hield je niet van ons, Frank?'

Ik liep dichter naar de grafsteen toe, tot ik tegen de sokkel schopte. 'Weet je, ik heb de laatste tijd veel nagedacht en ik denk dat ik een begin van een antwoord heb. Je hield niet van ons omdat liefde je kwetsbaar maakt. Dat is een feit: zodra je een kind hebt, ben je bang het te verliezen. Zodra je een kind hebt, ga je in de verdediging. Jij bent ontwapend, fragiel. Als iemand je kwaad wil doen, hoeven ze je niet meer aan te vallen. Je wordt een gemakkelijk doelwit.'

De nevel was opgelost. De eerste zonnestralen schenen achter de graftombes. 'Maar jij,' vervolgde ik, 'weigerde zwak te zijn. Je wilde onbereikbaar zijn, je wilde vrij zijn, vrij om alleen te zijn. Dat is allemaal een beetje waar, niet? Je hield niet van ons, om je niet kwetsbaar te hoeven opstellen. Je hield niet van ons, om jezelf te beschermen.'

Er kwam wind opzetten. Een minuut lang wachtte ik op een antwoord dat niet kwam.

Toen werd op de ochtendbries plotseling een warme voorjaarsgeur meegedragen, uit de toon vallend, die me overdonderde.

De geur van oranjebloesem.

Nee, dat kan niet waar zijn!

Terwijl mijn ledematen begonnen te trillen en mijn benen slap werden, probeerde ik te begrijpen wat er met me gebeurde. Het was net iets na zeven uur 's morgens. Ik was nog maar twaalf uur terug.

Ik kan niet nu al vertrekken!

Maar een elektrische lading flitste door mijn hoofd. De bevroren grond opende zich onder mijn voeten.

En ik verdween.

2012

De een zonder de ander

Me alleen voelen was ik gewend, maar de haat jegens jezelf is veel erger dan eenzaamheid.

John Irving

0

Een frisse geur met een zweem lavendel.

Houtachtige accenten van de hars van pijnbomen. Geluid op de achtergrond, een slepende melodie, schor van het gekraak van vinyl: het nummer Volare, *gezongen door de warme, alles omhullende stem van Dean Martin.*

Mijn hart bonkt en ik zweet. Het kost me de grootste moeite mijn oogleden los te weken. Met droge keel, het gevoel alsof ik zand in mijn mond heb en een vreselijke hoofdpijn, zoals ik nog nooit heb gehad wanneer ik nuchter werd.

Gerommel doet mijn maag schudden. Ik probeer me te bewegen, maar dat wordt tegengehouden door spierkrampen.

Uiteindelijk is het de noodzaak mijn dorst te lessen die me mijn ogen doet openen. Het is dag. Langzaam kom ik bij zinnen. Een blik op mijn horloge: even na vier uur 's middags.

Half weggezakt op een oude Chesterfield-bank, zit ik in een gezellige winkel die zo uit de jaren vijftig van de vorige eeuw lijkt te stammen. Ik kijk naar de planken om me heen: potten met crème, lotions, stukken zeep, scheerkwasten, een platenspeler. Ik kom wankel overeind, maar het lukt me de letters te ontcijferen die op de etalage staan geschilderd.

Ik bevind me in de winkel van een barbier in East Harlem.

1

'Ga je zitten, jongen?' stelde een stem achter me voor.

Ik schrok op toen ik de eigenaar van de winkel zag: een oude, zwarte man met een grijze baard, op zijn hoofd een borsalino en gekleed in een overhemd, een vest en een streepjesbroek met bretels.

Met een gebaar van zijn hand nodigde hij me uit plaats te nemen in een achterover hangende stoel van rood leer. 'Ik heb je niet horen binnenkomen, maar ik ben dan ook stokdoof,' zei hij met een brede lach.

'Neem me niet kwalijk, meneer, maar...'

'Noem me maar Djibril.'

'Ik heb heel erge dorst, Djibril. Zou ik je om een glas water en een paracetamol mogen vragen?'

'Dat zal wel lukken,' beloofde hij, en hij verdween achter in de winkel.

In een hoek van de barbierswinkel lag een wankele stapel tijdschriften op een oud, mahoniehouten tafeltje dat in de zon stond te glinsteren. Het recentste nummer was er een van *Entertainment Weekly*, daterend van de week van 24 februari 2012. Op de voorkant stond de foto van een blonde vrouw met kort haar en een harde blik, met daarboven de kop:

LISA AMES
ONTMOETING MET DE HELDIN VAN PAST FORWARD,
DE NIEUWE TOPSERIE

Een slankere Lisa, uitdagender en koeler dan de vrouw die ik kende. Ik bladerde het weekblad door en las het artikel vluchtig. Het was haar dus gelukt de rol te krijgen waarvan ze altijd had gedroomd. Moest ik daar blij om zijn of het betreuren?

'Kijk eens aan, jongeman,' zei Djibril, en hij gaf me een glas mineraalwater en een paracetamol.

Na twee tabletjes en drie glazen water begon ik me eindelijk beter te voelen, ook al had ik nog een drankkegel vanjewelste.

Verbaasd bekeek ik mezelf in de spiegel. Ik was zesenveertig jaar oud en dat was me aan te zien. Mijn ogen waren donkerder, omrand, dieper weggezakt, met kraaienpoten aan de uiteinden. Mijn zwarte haar was peper-en-zoutkleurig geworden en op mijn voorhoofd had ik rimpels gekregen. Ik had plooien in mijn hals en mijn huid was bleek. De trekken van mijn gezicht waren slap. Het had zijn strakheid en karakter verloren. Er liepen nu twee plooien van mijn neus naar het tussenstuk van mijn lippen, die fel afstaken tegen mijn wangen, waardoor ik er vermoeid uitzag.

Uitgeput liet ik me in de stoel zakken. Djibril legde een warme handdoek op mijn gezicht, die naar pittige menthol rook. Terwijl ik me ontspande, hoorde ik hoe hij zijn scheermes op een leren riem wette. Vervolgens bracht hij met een scheerkwast scheerschuim op mijn gezicht aan en liet hij het lemmet van zijn mes over mijn wangen en mijn keel glijden. Ik gaf me geheel aan hem over en dacht terug aan de teleurstelling van de 'vorige' dag.

Mijn ruzie met Lisa had me doelloos gemaakt en me een schuldgevoel gegeven. Ik had een kostbare dag verpest, die ik met mijn kinderen had moeten doorbrengen.

De barbier spoelde mijn gezicht met warm water af en depte een klein sneetje met een aluinsteen. Toen rondde hij zijn werkzaamheden af door opnieuw een warme mentholdoek op mijn gezicht en wenkbrauwen te leggen. Met gesloten ogen hoorde ik dat het belletje van de deur ging, dat aangaf dat er een klant binnenkwam. Ik bleef nog enige tijd onbeweeglijk zitten en probeerde zo goed mogelijk op krachten te komen, tot een bekende stem vroeg: 'Zo, jochie, wil je een zacht huidje kweken?'

Ik sprong op, trok de doek van mijn gezicht weg en zag dat Sullivan in de stoel naast de mijne wilde plaatsnemen.

Mijn grootvader was mager geworden. De rimpels op zijn gezicht waren dieper. Hij zag er moe uit, maar zijn blik was nog even fonkelend en sluw.

'Het is fijn je te zien,' zei ik, en ik omhelsde hem langdurig. 'Het spijt me dat we elkaar de vorige keer zijn misgelopen.'

'Ja, ik weet het. Lisa heeft het verteld. Je hebt het flink verpest.'

'Het was niet helemaal mijn schuld,' verdedigde ik mezelf.

Sullivan gromde en wendde zich toen tot Djibril om me voor te stellen. 'Dit is mijn kleinzoon, Arthur. Ik heb je al over hem verteld.'

De oude man barstte in lachen uit. 'Is hij de man die verdwijnt?'

'Inderdaad.'

De barbier klopte met zijn hand op mijn schouder. 'Wist je dat ik de baard van je grootvader al sinds 1950 knip? Sullivan en ik, wij kennen elkaar al zestig jaar.'

'Dat klopt, ouwe reus. En als je, om dat te vieren, nou eens een fles whisky uit je voorraad haalde?'

'Ik heb een Bushmills van twintig jaar oud. Je moet me alles vertellen,' zei de barbier toen hij wegliep.

Sullivan haalde een mobiel uit zijn jaszak en koos een nummer. 'Ik bel Lisa. Ze is in Californië voor opnames voor de serie.'

Dat bericht deed me schrikken. Omdat ik vastbesloten was niet nog een dag te verliezen en ik naar mijn gezin wilde gaan, maakte de gedachte dat ik mijn vrouw dit jaar niet zou zien me wanhopig.

'Sophia is bij haar, maar je zoon is hier in New York gebleven,' legde hij uit, alsof hij me enigszins gerust wilde stellen.

Na enkele woorden met Lisa te hebben gewisseld, gaf mijn grootvader me het toestel.

'Dag, Arthur.'

De eerlijke, vastberaden stem van Lisa klonk nog altijd even fijn.

'Hallo, Lisa. Het spijt me, wat er de vorige keer is gebeurd.'

'Dat is je geraden. Ik heb de hele nacht op je gewacht. En vooral je zoon verwachtte je terug.'

Met de telefoon tegen mijn oor gedrukt, ging ik naar buiten, om te praten zonder dat anderen meeluisterden. Er kwam een idee in me op. 'Zou ik misschien naar Californië kunnen komen, om je te zien? Als ik nu naar het vliegveld ga, kan ik...'

'Daarmee zou je ons alleen maar meer pijn doen,' beet ze me op snijdende toon toe. 'Daarentegen zou je wel wat tijd aan Ben kunnen besteden. Ik denk dat dat hem goed zal doen.'

'Hoe gaat het met hem?' vroeg ik bezorgd.

'Niet zo goed, juist,' zei ze op een toon waarin het verwijt duidelijk doorschemerde. 'Hij is op het moment erg onhandelbaar. Op school doet hij zijn best niet meer, hij vecht met iedereen, hij steelt, hij loopt weg... En thuis gaat het niet beter. Hij is onmogelijk. Te zeggen dat hij niet erg meewerkt, is zwak uitgedrukt. Hij kan zelfs gewelddadig zijn.

Ik kan hem niet meer aan. Zijn overgrootvader is de enige die hem nog een beetje tot rede kan brengen. Soms.'

De wanhoop in haar stem deed me groot verdriet. 'Misschien moet hij eens met een psycholoog praten.'

'Op dat idee zijn we allang gekomen, kom nou. Ben wordt al verscheidene maanden geobserveerd. Daartoe heeft zijn school ons verplicht.'

'En wat vindt de arts?'

'Dat zijn gedrag een schreeuw om hulp is. Maar ik heb geen psychiater nodig om te weten dat Ben onze situatie heel slecht aankan. Of eigenlijk jouw situatie...'

'Het is dus weer mijn fout. Dacht je soms dat het hem goed zou doen dat je vierduizend kilometer hiervandaan bent?'

'Ik zie mijn zoon elke week. En ik ben geen huismoedertje dat braaf thuis op je blijft zitten wachten, zich volstoppend met slaapmiddelen en antidepressiva.'

Ik bekeek de mensen die op de stoep aan de overkant liepen. In twintig jaar tijd waren de straten van Harlem flink veranderd. Veel meer gemengd, meer gezinnen en lachende kinderen.

'Over drie jaar is alles voorbij,' zei ik zo overtuigend mogelijk tegen Lisa.

'Nee, niemand weet wat er over drie jaar gaat gebeuren.'

'Lisa, laten we nou niet de weinige tijd die we hebben ruziemaken. We houden van elkaar en we...'

'Nee, je houdt niet van me!' onderbrak ze me fel. 'Je hebt in elk geval nooit van me gehouden zoals ik werkelijk ben. Je houdt van een vaag idee dat je van me hebt, maar dat is iets wat niet met de werkelijkheid strookt.'

Ik wilde tegen haar in gaan, maar ze gunde me de tijd niet.

'Ik moet nu gaan,' zei ze slechts.

En ze hing op.

2

'Drink op, jochie,' zei Sullivan terwijl hij me een glas whisky gaf.

Ik sloeg zijn aanbod af, maar hij drong aan: 'Vooruit, verloochen je Ierse bloed niet. Je kent het gezegde: in Ierland drinken ze maar bij twee gelegenheden whisky. Wanneer ze dorst hebben en wanneer ze geen dorst hebben.'

Ik keek Djibril aan. 'Hebt u misschien koffie?'

'Eh, jongeman, op mijn gevel staat niet "bar" geschreven, maar "barbier",' antwoordde hij, terwijl hij op zijn dijen klopte.

Sullivan zocht in zijn zak en haalde er twee kaartjes uit, die hij voor zich neerlegde. 'De Knicks spelen vanavond in Madison Square Garden tegen Cleveland. Ik heb deze twee plaatsen voor Djibril en mij gekocht, maar ik denk dat het beter is dat je er met je zoon heen gaat.'

'Wanneer jullie er samen naartoe wilden gaan, wil ik jullie niet...'

Djibril onderbrak hem. 'Maak je om ons maar niet druk, ga met je kind naar die wedstrijd. Sullivan en ik gaan wel samen kip met kerrie eten, of een lamscarré in de Red Rooster. En misschien zelfs iets drinken in de stripclub op 124th Street. En weet je wat? Ik zal koffie voor je zetten.'

Toen we alleen waren, maakte ik van de gelegenheid gebruik om Sullivan te vertellen wat me dwarszat. 'Tijdens mijn vorige terugkeer, vorig jaar, heb ik een probleem gehad. Een ernstig probleem.'

Hij slaakte een diepe zucht, pakte zijn pakje Lucky Strike, haalde er een sigaret uit en klemde die achter zijn oor.

'Mijn reis duurde korter dan ik had verwacht,' zei ik. 'Veel korter. Twaalf uur in plaats van vierentwintig.'

Sullivan klikte zijn stormaansteker aan. 'Daar was ik al bang voor,' zei hij, terwijl hij zijn sigaret aanstak. 'Dat is mij ook overkomen. Mijn vier laatste reizen waren een stuk korter.'

'Hoezo?'

'De lengte werd telkens gehalveerd. Eerst twaalf uur, toen zes, toen drie.'

'En de laatste?'

'Die duurde nauwelijks langer dan een uur.'

Er viel een stilte. Ik kon niet geloven wat hij me had verteld. Toen maakte de ontsteltenis plaats voor woede. 'Maar waarom heb je me daar nooit iets over verteld?' riep ik uit, terwijl ik met mijn vuist op de tafel sloeg.

Vermoeid wreef Sullivan in zijn ogen. 'Omdat dat niets zou hebben uitgemaakt, Arthur. Je zou er alleen nog wanhopiger door zijn geworden.'

Ik pakte de twee kaartjes van tafel en liep de barbierswinkel uit.

De nachtmerrie duurde voort.

3

De basisschool van mijn zoon lag op de kruising van Greene Street en Washington Place, in een gebouw van gele baksteen, naast een gebouw van de New York University.

Aan de overkant van de straat, met mijn rug tegen de muur geleund, keek ik naar de kinderen die naar buiten kwamen en zich lachend en schreeuwend over de stoep verspreidden. Kinderen van nog geen tien jaar oud die zich als pubers gedroegen: meisjes die als jonge vrouwen waren gekleed, jochies die zich als grote kerels gedroegen.

Toen ik Benjamin zag, herkende ik hem bijna niet. Hij was ook een stuk groter geworden. Zijn mooie, blonde haar was gegroeid. Hij droeg een donkergekleurde spijkerbroek, een bomberjack met een bontkraag en dezelfde Stan Smiths die ik op zijn leeftijd ook droeg.

'Waarom kom jíj me halen?' vroeg hij, terwijl hij zijn step uitklapte.

'Ook leuk je te zien,' zei ik, en ik klemde hem in mijn armen.

Hij probeerde zich uit mijn omhelzing los te maken en verdween op zijn step in de richting van het park.

Ik liep achter hem aan. 'Vanavond gaan we als kerels op stap,' zei ik. 'Ik heb twee kaartjes om naar de Knicks te gaan.'

'Ik heb geen zin. Ik hou niet van honkbal,' mompelde Ben, en hij begon harder te steppen.

'Nou, we gaan toch,' riep ik, terwijl hij van me wegreed.

We waren er nog niet...

En een oplossing had ik nog lang niet. De hele avond in Madison Square Garden hield ik mijn zoon met een angstig gevoel in mijn maag in de gaten. Hij behandelde me als een vreemde en ontweek mijn blikken. Mijn vragen beantwoordde hij slechts met woorden van één lettergreep.

Ik was een vader geweest die er nooit was en nu liet hij me daarvoor boeten. Diep in mijn hart begreep ik dat heel goed. Zelfs de zeldzame keren dat ik er wel was geweest, was ik telkens zo gespannen en bezorgd, dat ik er nooit helemaal voor hem was. Een deel van mij was altijd ergens anders: al bij de volgende dag, geobsedeerd door een volgend ontwaken. Ik had er nooit de tijd voor genomen – voor gehad –hem iets bij te brengen. Geen enkel begrip, geen systeem van waarden, geen enkel houvast om moeilijkheden te overwinnen. Maar wat had ik hem kunnen bijbrengen, ik, die van mijn eigen vader alleen een negatief beeld van de wereld had gekregen en wiens bestaan slechts was samen te vatten als een bij voorbaat verloren strijd tegen de kronkelingen van de tijd?

New York won verpletterend met 120 tegen 103 van Cleveland. Ondanks de kou wilde Benjamin lopend naar huis gaan. Toen we voor het huis stonden, keek ik op mijn horloge en stelde voor: 'Heb je trek in een broodje kreeft?'

Hij keek me met zijn knappe gezicht aan en in zijn ogen stond een blik die ik niet van hem kende. Pupillen waarin een levendig, maar verontrustend vuur brandde. 'Weet je waarmee je me echt een plezier zou kunnen doen?'

Ik verwachtte het ergste, en dat kwam er ook. Benjamin opende zijn mond en vol venijn hoorde ik hem zeggen: 'Door nooit meer terug te komen, door voor altijd uit ons leven te verdwijnen.'

Hij aarzelde even en vervolgde toen: 'Laat ons met rust, vergeet ons. Doe mama niet langer pijn. Dat is het enige waarin je goed bent: mensen pijn doen.'

Zijn woorden waren als dolksteken in mijn hart. 'Je bent niet eerlijk tegen me, Ben. Je weet heel goed dat dit allemaal niet mijn fout is.'

'Hou op met steeds te zeggen dat het niet jouw fout is! Wat maakt het uit wiens fout het is? Je bent er niet, dat is het enige waar het om gaat. En ik zal je nog iets zeggen: om Sophia een trauma te besparen, heeft mama nooit tegen haar gezegd dat je haar vader bent. Is het je nooit opgevallen dat ze nooit papa tegen je heeft gezegd?'

Hij had helemaal gelijk, en deze waarheid was ondraaglijk.

'Luister, Ben. Ik weet dat het voor jou heel moeilijk is met deze situatie te leven en alles te kunnen begrijpen, maar ik zeg je dat het niet je hele leven lang zo zal doorgaan. Nog drie jaar en dan wordt alles normaal.'

'Nee.'

'Waarom "nee"?'

Er stroomden nu dikke tranen over zijn wangen. Ik klemde hem in mijn armen.

'Over drie jaar zijn Sophia en ik... zijn we dood...' snikte hij in de holte van mijn nek.

'Maar nee, jongen! Hoe kom je daarbij?'

'Dat heeft Sullivan gezegd...'

Ik onderdrukte zo goed mogelijk de woede die in mij opkwam en nam mijn zoon mee naar de Oyster Bar. Het restaurant was voor driekwart leeg. We namen plaats aan een rustig tafeltje achter in de zaal en ik bestelde twee broodjes en twee fris.

'Vertel eens precies wat Sullivan heeft gezegd.'

Hij wreef in zijn ogen, nam een slok cola en legde tussen twee snikken door uit: 'Het gaat al een paar maanden niet goed met opa. Hij hoest en drinkt veel. Een keer toen mama 's avonds pannenkoeken had gebakken, vroeg ze me er een paar naar hem toe te brengen. Ik ging naar zijn huis en toen merkte ik dat zijn deur niet op slot zat. Ik ben naar binnen gegaan en vond hem stomdronken op de vloer van zijn woonkamer.'

'Wanneer was dat?'

Hij keek omhoog om na te denken. 'Drie maanden geleden. Ik heb hem geholpen op te staan. Hij stonk erg naar alcohol. Ik ben een tijdje bij hem gebleven en vroeg waarom hij zoveel dronk. Hij zei dat hij dat deed om de angst te vergeten. Ik vroeg waar hij dan bang voor was. En toen vertelde hij me zijn verhaal, en hij zei dat met jou hetzelfde zou gebeuren. De ochtend na de vierentwintigste reis zou alles verdwenen zijn. Wanneer je wakker zou worden, zou mama je niet meer herkennen en zouden Sophia en ik nooit hebben bestaan.'

Ik veegde met een papieren servet de tranen weg die over zijn wangen stroomden en probeerde hem gerust te stellen. 'Zo is het met Sullivan gegaan, dat is waar, maar dat betekent nog niet dat dat met ons ook zal gebeuren.'

'Waarom zou het voor ons niet gelden?'

'Omdat we van elkaar houden. En we zijn een gezin, met ons vieren. We zijn de Costello-clan. Weet je wat Shakespeare zei? "Liefde kruipt waar het niet gaan kan." Weet je wat dat betekent?'

'Dat de liefde altijd sterker is dan al het andere?'

'Precies. Daarom hoef je nergens bang voor te zijn.'

Enkele seconden lang hadden de woorden van de grote meester Shakespeare effect, maar toen kwam al snel de realiteit weer boven.

'Denk je dat mama nog van je houdt?' vroeg Ben, aan een frietje knabbelend. 'Want ik geloof dat ze die vent, die Nicolas, graag mag.'

Ik verborg mijn verbazing en vroeg: 'Nicolas Hull, de schrijver?'

Mijn zoon knikte met een beteuterd gezicht. 'Ja, de schrijver. Hij maakt haar aan het lachen als hij bij ons thuiskomt, en ik heb haar tegen iemand aan de telefoon horen vertellen dat hij lief voor haar is.'

Ik keek mijn zoon recht in zijn ogen aan en zei op zo overtuigend mogelijke toon: 'Luister goed naar me, Ben, je hoeft aan mij niet te twijfelen. Ik ben de man van wie mama echt houdt. Want ik ben je vader, van Sophia en van jou. En wanneer ik definitief terug ben, zal ik haar ook aan het lachen maken en ben ik ook lief voor haar.'

Ik zag dat ik hem enigszins had gerustgesteld. Hij had intussen trek gekregen. Toen onze broodjes kreeft op waren, gingen we terug naar huis, waar de au pair wachtte.

Omdat we dat zo gewend waren toen hij nog klein was, poetsten we samen onze tanden in de badkamer. Toen stopte ik hem in en wenste hem welterusten.

'Het worden nog drie moeilijke jaren, hè, Ben? Maar we redden het wel wanneer we er samen aan werken en elkaar vertrouwen. Daarom moet je me helpen door lief te zijn en niet meer van die rare dingen te doen, goed?'

'Goed, ik ben de man van het huis.'

'Zo is dat.'

'En jij bent de man die verdwijnt. Mama noemt je telkens zo.'

'Dat is waar,' gaf ik toe. 'Ik ben de man die verdwijnt.'

En ik begon inderdaad al te trillen.

'Welterusten, jongen,' zei ik, en ik deed het licht uit, zodat hij niet zag hoe ik begon te stuiptrekken.

'Welterusten, papa.'

Met tranen in mijn ogen sleepte ik me naar de deur, ging de kamer uit en verdween al voordat ik een voet op de eerste trede van de trap kon zetten.

Welke misdaad had ik begaan waarvoor ik zo'n hoge prijs moest betalen?

Voor welke onvergeeflijke fout moest ik boete doen?

2013

Het regenseizoen

Het leven is een aaneenschakeling van samengesmolten scheidingen.

Charles Dickens

0

Gefluister.

De lucht van leer en oude boeken.

Een leergierige stilte die nauwelijks wordt verstoord door het geluid van de bladzijden die worden omgeslagen. Verstikt kuchen. Het getik op toetsenborden. Het lichte gekraak van een parketvloer.

Mijn hoofd ligt op een houten ondergrond die naar was ruikt. Ik open mijn ogen en kom met een schok overeind. Mijn armen hangen langs de twee armleuningen omlaag. Rondom mij duizenden boeken op kilometers planken, fijn bewerkte betimmeringen, monumentale kroonluchters, gepatineerde werktafels, messing bankierslampen met groene, opalen kappen.

Ik ben in de leeszaal van de openbare bibliotheek van New York.

1

Nog versuft kwam ik van mijn stoel overeind en begon de omgeving te verkennen.

Op de muur boven de hoofdingang gaf een imposante muurklok aan dat het 12.10 uur was. Tijd om te lunchen. Veel plaatsen waren inderdaad leeg. Ik keek een stapel kranten door en wierp een blik op de voorpagina van een van de dagbladen – HUMANITAIRE NOOD IN SYRIË; NA DE MOORDPARTIJ IN NEWTOWN IS HET VAN GROOT BELANG DAT DE SENAAT VOOR DE BEPERKING VAN VUURWAPENS STEMT... – en ik keek naar de datum van vandaag: het was maandag 13 april 2013.

Het einde naderde. Er restten me nog slechts twee reizen tot het einde. Twee reizen tot het onbekende.

Achter in de zaal was een computerruimte met vrij toegankelijke computers. Ik kwam op een idee. Ik nam voor een scherm plaats en probeerde verbinding te maken met internet. Helaas was er een code nodig om een sessie te starten, en die hadden alleen houders van een bibliotheekkaart.

Ik wachtte enkele minuten en liet mijn blik over de werkplekken om mij heen gaan. Op een gegeven moment begon het mobieltje van een meisje dat vlak bij mij zat te trillen. Ze stond op om op te nemen. Snel sloop ik naar haar plek en opende een nieuw venster op haar computer, dat meteen een zoekmachine toonde. Binnen enkele klikken was ik op de Wikipedia-pagina van de minnaar van mijn vrouw.

Geen foto. Slechts een beknopte biografie.

Nick Hull

Nicolas Stuart Hull, geboren in Boston op 4 augustus 1966, is een Amerikaanse auteur en scenarioschrijver.

Hij is afgestudeerd op de universiteit van Duke en doceert literatuur in Berkeley en Chicago.

De door hem tussen 1991 en 2009 uitgegeven trilogie, The Dive, *heeft meteen groot succes en maakt hem wereldberoemd.*

In 2011 schrijft hij de Amerikaanse serie Past Forward, *die door* AMC *wordt uitgezonden. Een serie waarvan hij ook financieel producent en* show runner *is.*

Ik wilde nog verder lezen, toen een stem zei: 'Hé, wat doet u op mijn plek?'

De studente was teruggekomen naar de leeszaal. Ik was gesnapt en verontschuldigde me, waarna ik snel wegliep en de bibliotheek verliet via een trap naar het Bryant Park.

Ik bevond me op bekend terrein: Midtown tussen 5th en 6th Avenue. Met de metro was Greenwich Village slechts vier stations ver, dus vijftien minuten later stak ik Washington Square over. Ik besloot eerst bij Sullivan de stand van zaken op te nemen, voordat ik naar huis ging.

Toen ik voor de deur van mijn grootvader stond, zag ik verrast dat er weer een envelop tussen de klauwen van de deurklopper zat geklemd.

De vorige keer was dat om me op de hoogte te stellen van de naderende geboorte van mijn zoon. Nu was het nieuws minder goed.

Jochie,

We hebben elkaar al een hele tijd niet meer gezien en ik begin je erg te missen.

Als je een van de komende dagen van plan bent je grootvader op te zoeken, kom dan naar me toe in het Bellevue Hospital.

Wacht niet te lang.

Mijn oude lijf begint zwak te worden.

2

De afdeling Palliatieve zorg.

De plek waar levens ten einde komen.

In alle ziekenhuizen die ik had gekend, was dit altijd een speciale afdeling geweest. De medische ploeg zorgde ervoor dat de patiënten zich behaaglijk voelden, maar besteedde ook aandacht aan de twijfels, de angsten en de laatste wensen van de zieken.

Samen met een verpleegster duwde ik de kamerdeur open. Het was een lichte, rustige ruimte, die opriep tot overpeinzing en introspectie. Het licht was getemperd en de medische apparatuur was tot een absoluut minimum beperkt, om de patiënt te verzekeren van een waardig einde zonder pijn.

Mijn grootvader lag languit, midden op het bed. Onherkenbaar. Zijn gezicht was hol, zijn teint grauw, zijn huid doorzichtig. Vermagerd tot op het bot, leek zijn uitgemergelde lichaam te zijn gekrompen.

Terminale longkanker: dezelfde rotziekte die voor hem al zijn eigen vader en zijn zoon had geveld.

Dat gaf een vreemd idee van erfelijkheid binnen de familie.

Sullivan opende een oog en zag dat ik er was. 'Herinner je je nog,' begon hij met een fluisterende stem, 'dat we in zo'n soort kamer voor het eerst met elkaar hebben kennisgemaakt? En nu zullen we ook in een ziekenhuiskamer afscheid van elkaar nemen.'

Ik had een brok in mijn keel en de tranen welden op in mijn ogen. Ik probeerde hem zelfs niet tegen te spreken. We wisten beiden dat dit het einde was.

Hij wilde er nog iets aan toevoegen, maar hij barstte uit in een vreselijke hoestbui. Nadat ze een kussen achter zijn rug had gelegd, liet de verpleegster ons alleen.

'Het werd hoog tijd dat je kwam, jochie,' zei hij buiten adem. 'Ik heb geprobeerd mezelf zo veel mogelijk te sparen, om niet het loodje te leggen voordat we afscheid konden nemen.'

Ik kende dit fenomeen en het had me altijd al gefascineerd. Bij talloze patiënten had ik meegemaakt dat ze in de laatste momenten van hun leven opleefden en de energie vonden om of nog een dierbare te kunnen zien, of om een laatste taak te volbrengen.

Sullivan schraapte zijn keel en vervolgde met schorre stem: 'Ik wilde afscheid van je nemen, maar je vooral bedanken. Je bedanken omdat je me uit de hel hebt gehaald. Toen je me uit Blackwell meenam, heb je me twintig jaar van mijn leven geschonken waarop ik niet meer had gerekend. Een prachtige bonus, niet?'

De tranen stroomden over mijn wangen. Sullivan pakte mijn hand en probeerde me gerust te stellen. 'Huil niet. Ik heb goed geleefd en dat heb ik ten dele aan jou te danken. Twintig jaar geleden, toen we elkaar voor het eerst hebben ontmoet, was ik vrijwel dood. Jij hebt me tot leven gewekt. Jij hebt me meegesleurd naar een nieuw, opwindend deel van mijn leven, waarin ik gelukkig ben geweest. Door jou heb ik Lisa ontmoet. Door jou heb ik mijn achterkleinkinderen leren kennen.'

Nu huilde hij ook. Tranen die wegliepen door de groeven in zijn gerimpelde huid. Hij pakte mijn arm beet om overeind te kunnen komen. 'Nu maak ik me zorgen over jou, Arthur. Bereid je voor op vreselijke dingen.'

Ik keek hem aan in zijn koortsige, bloeddoorlopen ogen. Hij knipperde snel met zijn oogleden. Als een verlichte geest die het einde van de wereld voorspelde.

'Na de vlaag van vierentwintig winden, zal niets overblijven,' herhaalde hij, alsof hij een mantra citeerde. 'Ik weet dat je me nooit hebt geloofd, maar zo zal het toch gaan. Op de ochtend van de vierentwintigste dag, wanneer je bij bewustzijn komt, zal niemand van de personen die je hebt gekend, zich je nog herinneren.'

Hoofdschuddend probeerde ik hem op mijn beurt gerust te stellen. 'Nee, ik geloof niet dat het zo zal gaan. Frank herinnerde zich jullie ontmoeting op JFK. Hij herinnerde zich dat je hem had gevraagd de deur van de kelder dicht te metselen. Zie je, niet alle gevolgen van je daden verdwijnen.'

Maar dit argument was niet genoeg om Sullivan van zijn geloof af te brengen. 'Alles wat je hebt opgebouwd, zal instorten. Je zult een vreemde voor je vrouw zijn, je kinderen zullen verdwijnen en...'

Hij stokte omdat hij in een nieuwe hoestbui uitbarstte. Het leek bijna alsof hij stikte. Toen de crisis voorbij was, kwam hij met een laatste waarschuwing: 'Er is geen wredere pijn. En wanneer de pijn te sterk wordt, wanneer je het te onrechtvaardig vindt, ben je bereid alles te doen wat in je macht ligt om er een einde aan te maken.'

Hij hijgde even om op adem te komen. 'Ik heb dat al meegemaakt, jochie, en ik verzeker je dat de pijn zo ondraaglijk zal worden, dat de kans bestaat dat je de hand aan jezelf slaat of er geestelijk aan onderdoor gaat. Beloof me dat je het anders zult doen dan ik het heb gedaan, Arthur. Laat je niet door je woede meeslepen, vecht tegen de verleiding van de duisternis!'

Buiten adem pakte hij mijn hand. 'Je moet niet alleen blijven, Arthur. Als je in het leven alleen bent...'

Hij stokte en verzamelde zijn krachten om verder te gaan: '... als je alleen bent, ben je dood.'

Dat waren zijn laatste woorden.

Ik bleef zo lang mogelijk aan zijn bed zitten. Tot ik voelde dat mijn ledematen begonnen te trillen. Voordat ik vertrok, zag ik nog een foto op zijn nachtkastje staan. Ik had die foto op een mooie zomerdag in 2009 met een zelfontspanner genomen.

We waren met ons vijven, tegen elkaar aangedrukt. Lisa straalde, Ben deed gek in zijn tijgerpyjama, Sophie liet kraaiend haar twee enige tandjes zien en Sullivan hield me als een echte patriarch trots bij mijn schouders vast. Een volmaakt moment, voor de eeuwigheid vastgelegd. We zijn een familie. We zijn de Costello-clan.

Terwijl ik begon te schokken, borg ik de foto in de zak van mijn jasje op.

Voordat ik in de tijd zou opgaan, richtte ik een laatste groet tot mijn grootvader.

De enige persoon die me altijd had gesteund.

De enige die me nooit had teleurgesteld.

De enige die me nooit had verraden.

2014

De echte is de ander

Er bevinden zich twee individuen in iedere persoon: de echte en de ander.

Jorge Luis Borges

0

Een explosie.

Het verwarde geluid van de menigte.

Tamboerijnen, muziek van een fanfare, slagen op een gong, knetterende rotjes. De walgelijke stank van ingemaakte vis. Exotische geuren van kruiden, frituur en gerookt vlees.

Ik kom moeizaam bij bewustzijn. Mijn lichaam voelt kapot. Een metalen staaf drukt op mijn gezicht, een andere verplettert mijn borst. Het is alsof ik in de leegte hang, in een wankel evenwicht. Plotseling voel ik dat ik val!

Mijn hemel!

Een harde ontwaking. Ik open mijn ogen en mijn lichaam tuimelt inderdaad langs een ijzeren helling omlaag. Ik spreid mijn armen op goed geluk uit en pak vast wat ik pakken kan.

Zodra mijn val is geremd, kijk ik om mij heen en zie... de kop van een enorme, dreigende rode draak.

1

Een draak. En nog een.

Een leger van draken, leeuwen en paarden dat onder mijn ogen golfde, in beweging gezet door verborgen mensen.

Ik hing enkele meters ondersteboven boven de grond, met zwaaiende armen. Ik kwam overeind en ging vervolgens staan. Ik stond op de overloop van een externe brandtrap. Een ijzeren brandtrap tegen de gevel van een bakstenen gebouw.

Op straat was het een kolkende menigte; een levendige stoet zette zich in beweging: kleurige wagens, vlaggen in felle kleuren, acrobaten, dansers en reusachtige dieren van papier-maché.

Ik kende deze smalle straat met donkere, nogal smoezelige gebouwen en de kleine winkels met verlichte uithangborden met karaktertekens. Ik was in Chinatown, in Mott Street. Hiervandaan vertrok elk jaar de optocht om het Chinese Nieuwjaar te vieren. Er hing inderdaad een feestelijke sfeer. Linten wapperden in de wind, confetti dwarrelde door de lucht, rotjes knalden om de kwade geesten te verjagen.

Ik rende de trap af naar de stoep. Op een op een paal geplakte affiche stond de datum van vandaag – het was zondag 2 februari 2014 – en de route van de optocht: Worth Street, East Broadway en dan Roosevelt Park.

Ik rende de drukke, op elkaar gepakte menigte door om bij de optocht vandaan te komen.

Op Mulberry Street zag ik verscheidene taxi's met een reclamebalk op het dak die me leek uit te dagen met de aankondiging van de komst van *L-O-V-E-R*, de nieuwe roman van Nicolas Hull.

Ik bleef even in Columbus Park staan, de longen van Chinatown. Het was er veel rustiger. Het was een mooie wintermiddag, de temperatuur was zacht en de lucht helder. Er stond een verfrissend briesje en hoog aan de hemel scheen de zon, die zijn stralen tussen de takken door liet schijnen.

Rondom stenen tafels zaten oude Chinezen mahjong en domino te spelen. Ze vormden een harmonieuze eenheid met de beoefenaars van tai chi, muzikanten en jonge stelletjes die er met hun kinderen zaten te picknicken.

'Papa!'

Ik schrok op van de kreet. Ik draaide me om naar een onbekend meisje dat op een houten bankje zat, met op haar knieën een tekenboek. Toen lachte ze naar me en mijn hart ging sneller kloppen: dat was mijn Sophia!

Er was een kans van een op een miljoen dat ik haar bij toeval zou hebben ontmoet. Sullivan had gelijk gehad: niets van de reizen was aan het toeval overgelaten. Ze gehoorzaamden alle aan zekere regels.

'Alles goed, schatje?' vroeg ik toen ik naast haar ging zitten.

Ik had haar niet groot zien worden.

Alle door ouders gebruikte clichés waren nog nooit zo toepasselijk geweest.

Ik was bij haar weggegaan toen ze nog een baby was, en nu was ze een klein meisje met lang haar met een gouden gloed, dat werd samengehouden door paarlemoeren haarspelden. Ze droeg een mooie jurk met een dichte, ronde kraag.

'Alles goed, papa?'

Ik keek om me heen. Tien meter verderop zat de Zweedse babysitter op een bankje, maar ze had alleen oog voor het scherm van haar mobiele telefoon.

'Hoe heb je me herkend, Sophia?'

'Mama heeft zo vaak foto's van je laten zien.'

Ik kon mijn tranen nauwelijks bedwingen.

'Je moest eens weten hoe blij ik ben dat ik je zie,' zei ik, en ik klemde haar in mijn armen.

Ik pakte haar bij de hand en liep bij haar kindermeisje vandaan. 'Kom, schatje, dan gaan we iets lekkers kopen.'

Ik nam haar mee naar de kraampjes van de verkopers en bestelde een cappuccino, een sinaasappelsap en een verzameling plaatselijke lekkernijen, zoals gekonfijte gember, gedroogd fruit, rijstwafels, lotuschips...

'Gaat het thuis goed met iedereen?' vroeg ik, terwijl ik onze lekkernijen op een ijzeren tafeltje legde.

'Gaat wel,' zei ze, op een koekje knabbelend.

Ze legde haar viltstiften en haar tekenblok neer en begon te tekenen.

‘En je broer? Kun je goed met hem opschieten?’
‘Ja, Ben is aardig.’
‘En mama?’
‘Die is vaak naar haar werk.’
Ik nam een slok koffie. ‘Ziet ze Nicolas nog?’
‘Ja, natuurlijk,’ zei ze en ze keek me aan. ‘We wonen nu allemaal bij hem.’
Die opmerking kwam aan als een mokerslag. Ik vroeg het haar te herhalen, om er zeker van te zijn dat ik het goed had begrepen.
‘Ik heb daar een eigen kamer,’ legde ze uit.
‘Maar... sinds wanneer wonen jullie daar?’
‘Een paar maanden. Vlak voor Thanksgiving.’
Ik zuchtte en liet mijn hoofd tussen mijn handen zakken.
‘Je hoeft niet bedroefd te zijn, papa.’
Ik dronk mijn koffie op. ‘Is mama nog steeds boos op me?’
Sophia keek me bezorgd aan. ‘Ik geloof het wel, ja,’ zei ze, terwijl ze haar sinaasappelsap schudde.
Toen ze me het flesje gaf, dat ze zelf niet open kreeg, voegde ze eraan toe: ‘Maar mama weet dat het jouw schuld niet is, wat er is gebeurd. Ze weet dat je er niets aan kunt doen.’
Ik streek over haar haar. ‘Luister, schatje, binnenkort is het allemaal voorbij. Vanaf volgend jaar zullen we elkaar de hele tijd kunnen zien. Elke dag!’
Mijn meisje schudde haar hoofd. ‘Dat geloof ik niet, nee.’
‘Waarom zeg je dat?’
‘Ben zegt dat we doodgaan. Dat heeft Sullivan hem verteld.’
Ik protesteerde. ‘Maar nee, schat, dat is allemaal gelul.’
‘Je mag geen lelijke woorden gebruiken!’
‘Nou, toch is het waar. Niemand gaat dood. Goed?’
‘Goed,’ zei ze, meer om mij een plezier te doen dan dat ze er zelf in geloofde.
Ik schonk wat sinaasappelsap in een kartonnen beker. ‘Denk je dat mama nog van me houdt?’
‘Ik weet het niet,’ antwoordde ze verlegen.
‘En denk je dat ze van Nicolas Hull houdt?’
‘Papa, dat weet ik niet, ik ben pas zes!’
Ik hoorde een stem ‘Sophia’ roepen. Ik keek achterom. De babysitter, die aan de andere kant van het park zat, had ontdekt dat het kind op

wie ze moest passen, verdwenen was. Ik had niet veel tijd meer.

'Waar woont Nicolas?'

'Ik ben het adres vergeten.'

'Denk goed na, alsjeblieft, liefje.'

Ze probeerde het, maar na enkele tellen zei ze: 'Als we in de lift zijn, drukken we op knop 33.'

'Goed, maar in welke wijk?'

'Ik ken de wijken niet.'

'Goed dan... kun je me vertellen waar je langsloopt als je het gebouw uit gaat?'

'Hm, soms eten we een hamburger in een restaurant dat The Odeon heet.'

'Goed, dat ken ik. Dat is in TriBeCa. Hoe ziet het gebouw eruit waarin jullie wonen?'

'Het is gloednieuw. De mensen noemen het soms de Jengatoren.'

'Goed, dat vind ik wel,' zei ik, terwijl ik over haar haar streek. 'Je bent een schat.'

'Sophia!'

Nu had de babysitter ons gezien. Ik stond op en kuste mijn dochter.

'Tot ziens, kleintje. Tot volgend jaar. Dan hebben we alle tijd. Dan gaan we samen een heleboel dingen doen, goed?'

'Goed,' antwoordde ze met een brede glimlach. 'Hier, ik heb een tekening voor je gemaakt.'

Ik pakte het vel papier aan dat ze me gaf, vouwde het dubbel en borg het in mijn zak op, waarna ik het openbare park aan de noordkant verliet.

2

Een sculptuur van kristal, lang en slank, die 250 meter hoog reikte.

TriBeC4 stond aan de kruising van Worth Street en Broadway en was zo'n modern, luxueus gebouw zoals zovele, die sinds het einde van de jaren 2000 in Manhattan als paddenstoelen uit de grond waren verrezen.

Architectonisch bezien bestond de toren uit glazen huizen in allerlei verschillende maten en vormen, die op elkaar leken te zijn gestapeld. Elke verdieping was anders, de wolkenkrabber leek vanuit de verte op een stapel boeken die op het punt stond om te vallen. Sommigen kraakten het gebouw vast af, maar het was origineel en contrasteerde met de oude gebouwen in deze historische wijk.

Maar hoe kom je zo'n gebouw binnen? vroeg ik me af toen mijn taxi voor TriBeC4 stopte.

Een van de mannen in livrei haastte zich om mijn portier te openen. Ik stapte zelfverzekerd uit en ging de wolkenkrabber binnen, zonder dat iemand me iets vroeg. De entree, een hal van ongeveer tien meter hoog, hield het midden tussen een incheckruimte van een vliegveld en de expositiezaal van een museum voor moderne kunst: glazen wanden, abstracte, minimalistische stoffen en een woud van bonsais, die langs een geheel uit levend groen opgebouwde muur stonden.

Een monumentale, doorzichtige loopbrug liep naar een hele reeks liften, die naar de appartementen leidden. Eenmaal in de cabine zag ik dat je een code of een digitale vingerafdruk nodig had om naar boven te kunnen gaan. Ik wilde al uitstappen, toen een soort piccolo, zijn armen vol met pakjes van dure merken, naar binnen kwam. Hij groette me en tikte een reeks cijfers in op het toetsenbordje. Daarna drukte hij op de knop van een van de penthouses boven in de toren en vroeg ook mij meteen: 'Welke verdieping, meneer?'

'Drieëndertig.'

Ik liet hem zijn gang gaan en enkele tellen later stond ik voor de deur van het appartement van Nicolas Hull.

De deur stond op een kier.

Toeval bestaat niet, leek de stem van Sullivan te fluisteren.

Zonder geluid te maken, ging ik de hal binnen en liep ik door naar de modern, maar toch warm ingerichte woonkamer. De stralen van de late middagzon schenen van alle kanten het appartement binnen en gaven het een bijna surrealistische aanblik. Een zacht, koperkleurig, bijna levend licht dat om mij heen leek te draaien. Een boa constrictor van vergulde stof die probeerde me te omwikkelen.

Ik liep verder naar de grote ramen en ging het balkon op, dat werd omheind door een kristalheldere balustrade. Hiervandaan kon je East River zien, Brooklyn Bridge, de vergulde kroon van het Municipal Building, de nieuwe, glanzende toren van het One World Trade Center...

Het uitzicht was fantastisch. Het was een adembenemend balkon, maar toch voelde ik me niet op mijn gemak. Die glazen toren was te irreëel. Het gaf me de indruk te zijn afgesneden van datgene waarvan ik echt hield: mensen, de rauwheid van de straat en menselijk contact, het leven.

Ik ging het appartement weer binnen. Aan de muren zag ik foto's van Lisa en de kinderen: lachend, geheimzinnig, vastgelegde momenten van geluk. Het bewijs dat hun leven verderging zonder mij.

Het bewijs dat ik niet onmisbaar voor hen was.

Ik bleef staan voor een prachtig, sepiakleurig portret van mijn dochter. Ik was er ondersteboven van dat ik haar weer zag, ik miste haar zo! Terwijl ik door de kamer liep, zocht ik in mijn zak naar het vel papier waarop Sophia een tekening voor me had gemaakt.

In een hoek van de kamer stond een groot, notenhouten bureau waarop een stapel boeken lag te wachten om er een opdracht in te schrijven. Exemplaren van het laatste boek van de heer des huizes. Een dikke roman met op de omslag een beroemd schilderij van Magritte waarop een man en een vrouw elkaar zoenden, hun gezichten verborgen door een wit laken. In zilveren letters stond op een donkere achtergrond de titel van het boek, gevolgd door de naam van de auteur:

L-O-V-E-R

NICOLAS STUART HULL

Ik vouwde het vel papier open, dat ik zorgvuldig in mijn zak opgeborgen had, maar in plaats van de door mijn dochter beloofde tekening, stond er in grote hoofdletters:

WIL JE EEN GEHEIM HOREN, PAPA?

Ik voelde een rilling over mijn lichaam gaan. Ik draaide het blaadje om en las:

DE SCHRIJVER BEN JIJ.

Ik begreep niet meteen wat Sophia me had willen zeggen.

Ik bekeek opnieuw de omslag van de roman.

L-O-V-E-R

NICOLAS STUART HULL

Plotseling raakte ik door een duizeling bevangen en begonnen de letters voor mijn ogen te dansen en vormden een anagram waar ik diep door geschokt raakte:

ARTHUR SULLIVAN COSTELLO

Geschrokken pakte ik een van de boeken en draaide het om. Op de achterkant van de omslag stond een korte biografie van Nicolas Hull, met zijn foto.

Op die foto stond ik.

3

'Zeg niet dat je verbaasd bent.'

Er was iemand de kamer binnengekomen. Ik draaide me om en zag mijn evenbeeld. Een kloon. Een andere ik, enigszins arrogant, iets minder zwaar, minder ernstig en minder door zorgen geplaagd, minder last van de angst waarmee mijn lichaam al die jaren doordrenkt was geraakt.

Ik stond als verlamd. Door verbazing, door angst.

'Wie ben jij?' wist ik uit te brengen.

'Ik ben jou, natuurlijk,' zei de ander, en hij kwam naar me toe. 'Heb je in al die vierentwintig jaar nooit serieus aan deze mogelijkheid gedacht?'

'Welke mogelijkheid?'

Hij lachte spottend en pakte een pakje Lucky Strike, dat op het bureau lag. 'Je vader heeft zich vergist: het werkelijke probleem in het leven is niet dat je niemand kunt vertrouwen...'

Hij stak zijn sigaret met een aansteker aan en vervolgde: 'Nee, het werkelijke probleem is dat je eigenlijk slechts één echte vijand hebt: jezelf.'

Hij liep naar een tafeltje en schonk een glas Japanse whisky in. 'Wil je achter de waarheid van de vuurtoren komen?'

Toen ik stomverbaasd bleef zwijgen, ging hij verder. 'De waarheid is dat sommige dingen onomkeerbaar zijn. Je kunt ze niet ongedaan maken. Je kunt niet achteruitgaan. Je kunt niet vergeven worden. Je zult ermee moeten leren leven en uitkijken dat je niet nog meer schade aanricht. Dat is alles.'

Zweetdruppels parelden op mijn voorhoofd. Ik voelde de woede als een dreigende vloed in me groeien. 'En wat heeft dat met de vuurtoren te maken?'

Hij blies genietend een grote rookwolk uit. 'O ja, je denkt dat ik gek ben,' zei hij, alsof hij me belachelijk wilde maken. 'Eigenlijk wil je de waarheid niet onder ogen zien.'

Ik had genoeg gehoord.

Mijn blik viel op een briefopener die op het bureau lag. Een mooi voorwerp in de vorm van een miniatuurkatana met ingelegd ivoor. Woedend dat die andere ik straffeloos met mijn bestaan speelde, pakte ik het wapen en stapte, het voor me uit houdend, naar hem toe. 'Waarom probeer je mijn leven te stelen? Ik zal dat niet op me laten zitten. Ik wil mijn vrouw en kinderen terug. Ik wil ze niet kwijt.'

Zijn mond vertrok en hij barstte in lachen uit. 'Je wilt ze niet kwijt? Sufferd, je bént ze al kwijt!'

Om hem tot zwijgen te brengen, stak ik enkele keren met het wapen in zijn buik. Hij zakte in elkaar, bloedend op het lichtgekleurde parket.

Ik bleef enkele tellen doodstil, als verstijfd staan en probeerde een situatie te begrijpen waaraan niets redelijk was.

Toen vertroebelde mijn blik voor de laatste keer en versprong het beeld voor mijn ogen, zoals op de oude televisietoestellen uit mijn jeugd. Prikkelingen schoten door mijn lichaam en ik begon onbeheersbaar te schokken. Hij viel uiteen, het leven vloeide uit hem vandaan, hij maakte zich los van de realiteit en ging langzaam op in de geur van verbrande suiker.

Toen klonk er een doffe knal, als het schot van een pistool met een geluiddemper. En op het moment dat ik oploste, verscheen het beeld van mijn vrouw en kinderen voor mijn ogen.

Toen openbaarde de waarheid zich voor mij.

In tegenstelling tot wat ik altijd had gedacht, was ik niet degene die verdween.

Maar zij.

2015

De vierentwintigste dag

Nacht. Niets. Dat was zijn horizon.
Hij was alleen.
Alleen zijn heeft een synoniem: dood.

Victor Hugo

0

Ik open mijn ogen.
Ik

Deel vijf
De onvoltooide roman

Persbericht

(2012-2015)

Fictie is slechts de waarheid die de leugen verbergt.

Stephen King

Arthur Costello waagt zich aan jeugdliteratuur

(*Publishers Weekly* – 8 oktober 2012)

Bekend om zijn thrillers en fantasyromans, komt de bestsellerauteur volgende week met het boek *Het kleine meisje van Mulberry Street*, zijn eerste werk dat voor jonge lezers is geschreven.

Het is een boek van nog geen tweehonderd pagina's, maar het valt op in het werk van Arthur Costello. *Het kleine meisje van Mulberry Street* wordt uitgegeven door zijn vaste uitgever Doubleday en zal vanaf 15 oktober te koop zijn. 'Op de tiende verjaardag van mijn zoon Benjamin wilde ik hem een bijzonder cadeau geven en dus heb ik besloten dit boek voor hem te schrijven,' verklaarde de auteur tijdens een persconferentie. De roman is inderdaad opgebouwd als een vertelling van het leven van een jonge tiener, Ophelia, die op de zolder van het huis van haar ouders een luik ontdekt waardoor ze door de tijd kan reizen. Dit brengt haar naar 'de andere kant van de spiegel', een ontdekkingstocht van een magische, verontrustende parallelle wereld. De roman, een kruising tussen Lewis Carroll en *Back to the Future*, zou vanaf de leeftijd van tien jaar kunnen worden gelezen, maar we denken dat ook oudere jongeren en zelfs volwassenen door deze inleidende fabel zullen worden geboeid.

Arthur Costello is in 1966 geboren en begint al op zeer jonge leeftijd te schrijven om zijn studie medicijnen te bekostigen: tussen 1986 en 1989 worden twee detectives en een sciencefictionverhaal onder pseudoniem uitgegeven. In 1991, wanneer hij nog coassistent is, verschijnt onder zijn naam het eerste deel van de trilogie *The Dive*, dat een wereldwijd succes wordt. Costello stopt vervolgens met zijn studie medicijnen om zich geheel aan het schrijven te wijden. In twintig jaar tijd heeft hij zich aan verschillende genres

gewaagd: fantasy, horror, detectives en technothrillers. Tot zijn bekendste romans behoren *Lost & Found* (Edgar Award voor de beste roman in 2001), *Spookbeeld* (Locusprijs 2003), *De stad die nooit slaapt* en *De tweelingen*, die hij samen met zijn vriend Tom Boyd heeft geschreven.
Hij is in veertig landen vertaald en heeft, verdeeld over de hele wereld, meer dan zeventig miljoen boeken verkocht. Zijn boeken zijn vaak verfilmd voor bioscoop of televisie, waar hij als scenarioschrijver zelf aan heeft meegewerkt.

Arthur Costello krijgt de Prix Hugo uitgereikt voor zijn roman *Het kleine meisje van Mulberry Street*

(*Kirkus Review* – augustus 2013)

Nadat Arthur Costello al was gehuldigd met de Bram Stoker-prijs voor het beste werk voor jonge lezers, heeft hij nu nog een erkenning gekregen voor zijn roman, die al wekenlang in de lijst met bestverkochte boeken staat.
In antwoord op de vraag of dit uitstapje naar de jeugdliteratuur nog een vervolg zal krijgen, antwoordde Costello: 'Ik heb deze roman geschreven voor mijn tienjarige zoon, toen ik besefte dat hij geen van mijn andere romans kon lezen, omdat daarin te veel geweld en gruwelijkheden voorkomen. Sophia, mijn dochter van vijf, begint nu te leren lezen en ze is heel jaloers op haar broer. Ze heeft me gevraagd van nu af aan romans voor haar te schrijven. Dus ik ben bang dat jullie nog niet van me af zijn.'

De schrijver Arthur Costello bereidt een nieuwe televisieserie voor AMC voor

(Variety.com – 9 november 2013)

De schrijver heeft onlangs een contract getekend met het kabelkanaal om er een nieuwe serie voor te ontwikkelen, waarvan hij de show runner en de producent zal zijn.
Het kanaal AMC heeft vrijdag bekendgemaakt dat er een akkoord is bereikt met de schrijver om een nieuwe, bovennatuurlijke detectiveserie te produceren waaraan Costello al enkele jaren werkt. Onder de titel *Past Forward* wordt gedurende enkele generaties de

strijd beschreven van een New Yorks politiegezin tegen een seriemoordenaar die door de tijd kan reizen.
De hoofdrollen en de productieplanning zijn nog niet bekend, maar AMC – dat zo enthousiast is over dit project, dat de eerste acht afleveringen van het eerste seizoen al zijn besteld – zou het zo snel mogelijk op het scherm willen zien.

Lisa Ames speelt mee in *Past Forward*
(Deadline.com – 2 maart 2014)

Na Willem Dafoe en Bryce Dallas Howard is het de beurt aan Lisa Ames om mee te werken aan de serie van kanaal AMC in een rol die nog niet bekend is.
Na een opleiding op de Juilliard School en als voormalig boegbeeld van Calvin Klein, is Ames vooral bekend van haar toneelrollen en talloze komische musicals op Broadway. Ze is getrouwd met de schrijver Arthur Costello, de show runner van de serie.

Dramatisch ongeluk op Sagamore Bridge
(Website van de *Bourne Daily News* – 11 juni 2014)

Vandaag, woensdagmiddag tegen drie uur, vond het ongeluk plaats. Een auto die in de richting van Cape Cod reed, raakte plotseling van de weg af en botste tegen de reling van Sagamore Bridge aan. De reling begaf het door de klap en de auto is in het kanaal gevallen.
De mannen van het bureau van de sheriff, de brandweer en een ploeg duikers waren meteen ter plekke. Een eerste balans is dat er twee slachtoffers zijn: een jongen van ongeveer tien jaar oud en een meisje. De vrouw die achter het stuur zat, ongeveer veertig jaar oud, is uit het wrak bevrijd. Bewusteloos, maar levend, is ze onmiddellijk naar het Bourne-ziekenhuis gebracht.

Aanvulling 16.00 uur: Volgens de politie zou de chauffeur van de auto de actrice Lisa Ames zijn, de echtgenote van de bestsellerauteur Arthur Costello.
De comédienne en de schrijver wonen in New York, maar zijn bekende gasten op Cape Cod en brengen er in de regel hun vakanties door.

De lichamen die nadien door duikers zijn geborgen, zijn waarschijnlijk die van hun twee kinderen, Benjamin, twaalf jaar oud, en Sophia, zes jaar oud. Volgens onze gegevens bevond de schrijver zich niet bij zijn gezin in de auto.

Aanvulling 23.30 uur: Volgens medische bronnen zou Lisa Ames zich niet meer in levensgevaar bevinden.

De actrice Lisa Ames ontsnapt maar net aan de dood na een poging tot zelfmoord

(ABC *News* – 3 juli 2014)

Drie weken na de tragische dood van haar twee kinderen naar aanleiding van een auto-ongeval, heeft de actrice en voormalig mannequin vannacht een poging gedaan een einde aan haar leven te maken door haar polsen door te snijden en een overdosis medicijnen in te nemen.
Haar man, de schrijver Arthur Costello, heeft het lichaam van Lisa in een badkuip in hun huis in Greenwich Village ontdekt. Als voormalig arts heeft de schrijver van bestsellers zijn vrouw eerste hulp verleend, voordat ze naar het Bellevue Hospital in Manhattan is overgebracht.
Volgens een medische bron is de gezondheidstoestand van de actrice zeer kritiek, maar zouden de vooruitzichten niet slecht zijn.

Arthur Costello na een vechtpartij door de politie aangehouden

(*New York Post* – 17 november 2014)

Het incident heeft gisteravond op het perron van het metrostation West Fourth Street-Washington Square plaatsgevonden. De schrijver was duidelijk sterk onder invloed van alcohol toen hij een beambte van de MTA mishandelde. Volgens de bewakingscamera's wilde de succesvolle schrijver zich kennelijk voor de metro werpen, op het moment dat de trein het station binnenreed. Maar Mark Irving, een jonge controleur, zou alles hebben gedaan om hem van deze fatale daad te weerhouden. Kwaad richtte meneer Costello zijn woede toen op zijn redder en heeft hem flink mishandeld, voordat de politie tussenbeide kon komen.

Ondanks aandringen van zijn vakbond, wilde de controleur van de MTA geen aanklacht tegen de schrijver indienen.

De schrijver Arthur Costello opgenomen
(*New York Post* – 21 november 2014)

Na een poging tot zelfmoord vorige week, is de bestsellerauteur op zijn eigen verzoek opgenomen op de psychiatrische afdeling van het Blackwell Hospital op Staten Island. Dat heeft zijn agente, Kate Wood, vandaag bekendgemaakt.
'Na de dood van zijn kinderen en de scheiding van zijn vrouw maakt Arthur een zeer moeilijke tijd door,' beaamde mevrouw Wood. 'Maar ik twijfel er niet aan dat hij de kracht in zichzelf zal vinden deze tragedie het hoofd te bieden en erbovenop te komen.'

De schrijver Arthur Costello uit inrichting ontslagen
(*Metro New York* – 5 januari 2015)

De succesvolle auteur is vanmorgen vertrokken uit Blackwell Hospital, waarin hij sinds ruim een maand werd behandeld als gevolg van een depressie en een poging tot zelfmoord na de dood van zijn twee kinderen bij een auto-ongeluk.
Kate Wood, zijn agente, verklaarde dat de auteur het plan had opgevat zich geheel te wijden aan het schrijven van een nieuwe roman, wat de schrijver zelf echter nog niet heeft willen bevestigen.

KateWoodAgency@Kwood_agency. 12 februari.
De nieuwe roman van Arthur Costello zal in het voorjaar verschijnen!
De naam zal zijn De man die verdween.
#GoedNieuws!#Spoed

Een nieuwe roman van Arthur Costello binnenkort in de boekhandel?
(*The New York Times Book Review* – 12 februari 2015)

Het gerucht doet sinds enige tijd de ronde, maar zowel de uitgeverij Doubleday als Kate Wood, de agente van de schrijver, heeft het nieuws op de social media bevestigd. De schrijver Arthur Costello zou komend voorjaar een nieuwe roman uitbrengen, de eerste sinds de tragische dood van zijn kinderen. 'De roman zal *De man die verdween heten*,' voegde de agente eraan toe, die voorlopig weigert een tipje van de sluier over de plot op te lichten en slechts zegt: 'Het verhaal zal beginnen in Cape Cod, op een in zee uitstekende rotspunt waarop een geheimzinnige vuurtoren staat.'

Toch weersprak de beste vriend van Costello, de schrijver Tom Boyd, dezelfde avond nog deze informatie. 'Ik heb Arthur vanmiddag aan de telefoon gehad en hij vroeg mij dit bericht te weerleggen,' verklaarde de Californische auteur. 'Hij is inderdaad weer gaan schrijven, maar het is veel te vroeg om over een publicatie te praten. Arthur heeft zich nergens op vastgelegd. En als u het mij vraagt, gaat het tegen de belangen van zijn agente en uitgever in om te proberen de zaken te versnellen,' voegde de auteur van *De Trilogie der Engelen* er geheimzinnig aan toe.

De remedie en het kwaad

Misschien behoort het beste van ons leven altijd tot het verleden.

James Sallis

Blackwell Hospital, Staten Island
29 december 2014

De deuren van de liften schoven op de zevende etage open.

Gekleed in een witte doktersjas kwam dokter Esther Haziel de cabine uit. Ze was een kleine, energieke vrouw met kortgeknipt, grijsblond haar. Ze droeg een ronde, hoornen bril die haar groene, nieuwsgierige, van intelligentie fonkelende ogen goed deed uitkomen. Met een dikke status onder haar arm liep ze naar het einde van de gang, naar kamer 712.

Daar kwam ze de hoofdverpleger van de verdieping tegen, een grote bodybuilder die sommigen de bijnaam Dubbelgezicht hadden gegeven, omdat zijn gezicht gedeeltelijk verbrand was.

'Wilt u alstublieft de deur voor me opendoen?'

'Goed, dokter,' antwoordde de verpleger. 'Eigenlijk is de patiënt zo mak als een lammetje, maar u weet beter dan ik dat je het nooit zeker weet met dit soort clowns. En ik waarschuw u maar: de noodknop van de kamer werkt niet. Zet u het dus maar op een gillen zodra er iets misgaat, ook al is het niet zeker dat iemand u zal horen, aangezien we door uw schuld altijd onderbezet zijn!'

Toen Esther hem woedend, met een fonkelende blik aankeek, hield Dubbelgezicht verder zijn mond.

'Als je al geen grapjes mag maken,' mompelde hij schouderophalend.

De verpleger opende de deur en deed hem achter haar op slot. Esther liep de kamer binnen. Hij was piepklein, een spartaanse cel met een ijzeren bed, een gammele, plastic stoel en een aan de grond vastgeschroefde tafel.

Arthur Costello lag languit op de matras, met zijn hoofd omhoog tegen een kussen aan. Hij was de veertig ruim gepasseerd, maar zag er nog goed uit: groot, donker, melancholiek, met een scherp getekend gezicht en gekleed in een te wijde broek en een T-shirt.

Bewegingloos, een troebele blik in zijn ogen, leek hij voor zich uit te staren, verdronken in een verre droom.

'Goedemorgen, meneer Costello, ik ben Esther Haziel. Ik ben diensthoofd van de psychiatrische afdeling van dit ziekenhuis.'

Costello bleef als versteend liggen en leek zich zelfs niet bewust te zijn van de aanwezigheid van de psychiater.

'Ik ben degene die de toestemming voor uw ontslag moet tekenen. Voordat u hier vertrekt, wil ik er zeker van zijn dat u geen gevaar meer betekent voor uzelf of voor anderen.'

Plotseling ontwaakte Arthur uit zijn lethargie. 'Maar mevrouw, ik wil helemaal niet uit dit ziekenhuis vertrekken.'

Esther trok de stoel bij en ging naast het bed zitten. 'Ik ken u niet, meneer Costello, noch uw boeken. Maar ik heb wel uw status gelezen,' verzekerde ze hem, en ze legde de kartonnen map op tafel.

Ze wachtte enkele tellen tot ze uitlegde: 'Ik zou graag uit uw eigen mond willen horen hoe het allemaal zover is gekomen.'

Arthur keek de arts voor het eerst aan. 'Hebt u een sigaret voor me?'

'U weet heel goed dat roken hier verboden is,' zei ze, en ze wees naar de rookmelder.

'Hoepel dan maar op.'

Esther zuchtte, maar ze gaf toe. Ze zocht in de zak van haar doktersjas en gaf hem haar aansteker en een pakje dunne mentholsigaretten, waarna ze hem opnieuw vroeg: 'Vertelt u mij uw verhaal, meneer Costello. Wat is er op de dag van de dood van uw kinderen gebeurd?'

Arthur klemde de sigaret achter zijn oor. 'Dat heb ik al herhaaldelijk aan uw collega's verteld.'

'Ik weet het, meneer Costello, maar ik zou graag willen dat u het me zelf vertelde.'

Hij wreef lange tijd over zijn ogen, haalde diep adem en stak toen van wal. 'Benjamin en Sophia zijn op 11 juni 2014 om het leven gekomen. Ik maakte toen een moeilijke tijd door. Ik had al maandenlang geen letter geschreven. De dood van mijn grootvader, begin dit jaar, had diepe indruk op mij gemaakt. Hij heeft me de liefde voor het lezen en schrijven bijgebracht, hij heeft me mijn eerste schrijfmachine gegeven en hij heeft me geholpen bij mijn eerste teksten. Ik heb nooit goed met mijn vader kunnen opschieten. Sullivan is de enige geweest die me altijd heeft gesteund. De enige die me nooit heeft verraden.'

'Wat voor relatie had u met uw vrouw?' vroeg Esther.

'Zoals iedereen hadden we onze hoogte- en dieptepunten. Zoals zoveel vrouwen die met schrijvers zijn getrouwd, verweet Lisa me dat ik te vaak afgesloten van de wereld leefde en dat ik niet genoeg tijd aan haar en onze kinderen besteedde. Ze vond dat ik te veel werkte, dat mijn denkbeeldige wereld mijn leven opslokte. Daarom had ze voor mij de bijnaam "de man die verdween".'

'Waarom "de man die verdween"?'

'Omdat ik te vaak in mijn kantoortje verdween, naar mijn papieren personages. Ze zei dat ik op die momenten een deserteur was en mijn gezin in de steek liet. Ik heb inderdaad wel ouderavonden, voetbalwedstrijden en oudejaarsfeesten gemist. Ik vond dat allemaal maar onzin. Je denkt altijd tijd genoeg te hebben. Je denkt dat je die verloren momenten wel kunt inhalen, maar dat is niet waar.'

Na een ogenblik van stilte vroeg Esther Haziel aan de schrijver: 'Dus op het moment van het ongeluk, was u uit elkaar?'

'Zo was het niet eens. Ik was ervan overtuigd dat Lisa me bedroog.'

'Op grond waarvan?'

Arthur maakte een vaag gebaar met zijn hand. 'Telefoongesprekken die plotseling stopten wanneer ik de kamer binnenkwam, regelmatig was ze zonder duidelijke reden niet thuis, de code van haar telefoon had ze veranderd...'

'Is dat alles?'

'Voor mij was dat genoeg om een privédetective in de arm te nemen.'

'Hebt u dat gedaan?'

'Ja. Ik heb contact opgenomen met Zachary Duncan, bijgenaamd La Chique, een voormalig politieagent die de beveiliging in was gegaan en die ik als adviseur bij het schrijven van mijn detectives betrok. Met zijn eeuwige rode parka van het Rode Kruis en zijn stetson ziet hij er niet uit, maar hij is een van de beste speurders van New York. Hij heeft Lisa geschaduwd en een week na ons eerste gesprek heeft hij me nogal schokkende bewijzen laten zien.'

'Zoals?'

'Voornamelijk foto's waarop mijn vrouw samen met een man, Nicolas Horowitz, te zien was toen ze een hotel in het centrum van Boston binnengingen. Drie ontmoetingen binnen een week. Ontmoetingen die nooit langer dan een uur of twee duurden. Zachary zei dat ik het einde van zijn onderzoek moest afwachten voordat ik er met mijn vrouw over zou beginnen, maar voor mij was er geen twijfel meer aan dat die man haar minnaar was.'

Arthur stond op van het bed en liep naar het raam. Hij keek naar buiten, naar de dikke wolken die naar Astoria dreven.

'De volgende dag ben ik er tegen Lisa over begonnen,' vervolgde hij. 'Dat was op een zaterdag. We zouden op vakantie gaan naar een plek waar ik veel van hield: 24 Winds Lighthouse. Een vuurtoren op Cape Cod die we vrijwel elk jaar huurden. Ik vond dat dat oude gebouw een enorme charme uitstraalde, wat me een goed gevoel gaf. Wanneer ik daar was, werd ik vaak door de omgeving geïnspireerd en kon ik goed schrijven. Maar die ochtend heb ik niet gewacht tot we er zouden zijn en heb ik meteen mijn woede tegen mijn vrouw geuit. Bij het ontbijt heb ik haar direct al de foto's laten zien en eiste ik een verklaring.'

'En hoe reageerde ze?'

'Woedend dat ik een detective op haar had afgestuurd om haar te schaduwen. Ze weigerde er een verklaring voor te geven. Ik had haar nog nooit zo kwaad gezien. Ten slotte heeft ze tegen de kinderen gezegd dat ze in de auto moesten gaan zitten en is ze zonder mij naar Cape Cod vertrokken. En toen is ze onderweg verongelukt.'

Costello's stem brak. Hij barstte uit in een hoestbui, afgewisseld door huilbuien, waarna hij lange tijd zweeg.

'Wat hebt u gedaan toen ze was vertrokken?'

'Niets. Ik ben als versuft achtergebleven, niet in staat iets te doen, nog omhuld door haar parfum: de geur van oranjebloesem.'

'Maar uw vrouw had u niet bedrogen, is het niet?' raadde Esther.

'Nee, integendeel. Ze maakte zich ongerust over mij en wilde me verrassen. Ze had zojuist een grote som geld van een televisieketen ontvangen om in een serie te spelen. Ik hoorde het pas later, maar ze had dat geld gebruikt om 24 Winds Lighthouse voor me te kopen.'

'Ze wilde u de vuurtoren geven?'

Arthur knikte.

'Ze wist hoe erg ik aan die plaats gehecht was. Ze dacht dat het me na de dood van mijn grootvader weer de zin en de kracht zou geven om te schrijven.'

'En die man, Nicolas Horowitz?'

'Dat was geen minnaar van haar. Gewoon een zakenman uit Boston die een hotelketen en enkele pensions in New England bezat. Maar het ging erom dat hij de erfgenaam was van de familie die de eigenaar was van de vuurtoren. Een oude familie uit Boston, die eigenlijk niet van het historische gebouw wilde scheiden. En juist om hen over te halen, had Lisa de laatste weken steeds vaker contact met Horowitz gezocht en hem gebeld.'

Arthur zweeg en stak zijn sigaret op. Gedurende enkele seconden bleef Esther Haziel ook stil. Toen wreef ze met haar handen over haar schouders, om warm te worden. Het was midden in de winter en het was ijskoud in de kamer. Het geluid van het stromende water in een gietijzeren radiator was duidelijk te horen, maar hij straalde geen warmte uit.

'Hoe wilt u nu dat het verdergaat?' vroeg ze, terwijl ze Arthurs blik zocht.

'Verder? Hoezo, verder?' vroeg hij gespannen. 'Dacht u dat ik nog een toekomst zou hebben nadat ik mijn kinderen heb gedood? Dacht u dat...'

De psychiater onderbrak hem snel. 'Dat moet u zichzelf niet verwijten. U weet heel goed dat u uw kinderen niet hebt gedood.'

Arthur negeerde haar. Hij nam zenuwachtig een trek van zijn sigaret en staarde met een wezenloze blik door het raam naar buiten.

'Meneer Costello, u bevindt zich hier in een ziekenhuis, niet in een hotel.'

Gepikeerd keek hij haar vragend aan.

Haziel legde uit: 'Veel van de patiënten die in Blackwell worden verzorgd, lijden aan ernstige aandoeningen waartegen ze zelf geen wapens hebben om te vechten. Dat is bij u niet het geval. U hebt die wapens wel. Laat u zichzelf niet door uw verdriet eronder krijgen. Doe er iets aan!'

Verbijsterd protesteerde Arthur. 'Mijn god, maar wat wilt u dan dat ik doe?'

'Wat u het beste kunt: schrijven.'

'Waarover?'

'Over wat u dwarszit: maak deze beproeving opnieuw door, breng uw verdriet onder woorden, geef uitdrukking aan uw last. In uw geval is schrijven zowel een remedie als het kwaad.'

De schrijver schudde zijn hoofd. 'Dat zijn niet mijn ideeën van een roman. Ik wil mijn geestestoestand niet aan mijn lezers opdringen. Schrijven is geen therapie. Schrijven is iets anders.'

'O ja? Wat dan?'

Arthur kwam tot leven. 'Om te beginnen komt er verbeeldingskracht bij kijken. Je beleeft het leven van anderen, schept een heelal, personages, denkbeeldige werelden. Je werkt aan woorden, schaaft zinnen bij, vindt een ritme, een manier van ademhalen, muziek. Schrijven is niet als genezing bedoeld. Schrijven doet pijn, knaagt aan je, is een obsessie. Het spijt me, maar u en ik doen niet hetzelfde werk.'

Esther gaf hem meteen een weerwoord: 'Ik geloof daarentegen dat we juist met hetzelfde bouwmateriaal werken, meneer Costello: complexen, angst, pijn, hersenschimmen.'

'Dus u denkt dat we de bladzijde zomaar, al schrijvend, kunnen omslaan?'

'Wie heeft het over het omslaan van een bladzijde? Ik heb u slechts aangeraden uw verdriet van u af te zetten door het in een fictief verhaal om te zetten. U kunt iets wat in de werkelijkheid onacceptabel is, in een roman juist acceptabel maken.'

'Het spijt me, maar dat kan ik niet.'

Meteen pakte Esther Haziel de kartonnen map die op tafel lag en haalde er enkele fotokopieën uit. 'Ik heb een interview gevonden dat u in 2011 aan *The Daily Telegraph* hebt gegeven naar aanleiding van de publicatie van een van uw romans in Engeland. Ik citeer: *Achter de denkbeeldige kanten van fictie schuilt altijd een deel van de waarheid. Een roman is bijna altijd autobiografisch, de auteur vertelt immers zijn verhaal door middel van het prisma van zijn gevoelens en ideeën.* Verderop voegt u daaraan toe: *Om interessante personages te scheppen, moet ik empathie voor hen kunnen opbrengen. Ik ben keer op keer ieder van mijn eigen helden. Zoals het witte licht dat door een glazen prisma schijnt, val ik uiteen tot ieder van mijn personages.* Wilt u dat ik doorga?'

Arthur Costello weigerde de psychiater aan te kijken en haalde slechts zijn schouders op. 'Ik zou niet de eerste zijn die maar wat kletst tijdens een interview.'

'Zeker, maar in dit geval geven deze woorden precies weer hoe u erover denkt. Het is...'

Esther wilde haar woorden nog verder beargumenteren, toen de rookdetector afging.

Enkele tellen later kwam Dubbelgezicht de kamer binnen.

Toen hij de sigaret en het pakje op de tafel zag liggen, barstte hij woedend uit: 'Zo is het genoeg, dokter. U moet onmiddellijk vertrekken!'

Liefde is een vuurtoren

Liefde is een vuurtoren die voor altijd is opgericht

Die orkanen ziet zonder ooit te beven.

William Shakespeare

Vandaag
Zaterdag 4 april 2015

De opkomende zon zette de hemel boven de horizon in brand.

Een oude Chevy-pick-up met een ronde motorkap en een verchroomde grille reed over het zandpad naar de noordpunt van Winchester Bay. Het was een woeste, betoverende, door de wind gegeselde plek, aan alle kanten omgeven door de oceaan en rotsen.

Lisa Ames parkeerde de auto op de strook grind rondom het huis. Een grote, zandkleurige labradorretriever sprong de auto uit en schudde zich luidruchtig uit.

'Voorzichtig, Remington,' zei Lisa, en ze sloeg het portier van de pick-up dicht.

Ze keek omhoog naar de robuuste vorm van de achthoekige vuurtoren, die naast een stenen huis met leistenen dak stond.

Aarzelend liep Lisa de treden naar de ingang van het huis op. Ze haalde een sleutelbos uit de zak van haar winterjas, opende de deur en ging de woonkamer binnen: een grote ruimte met een balkenplafond en een groot schuifraam dat uitkeek op de oceaan.

De kamer was ingericht met een boekenkast, een wandkast en diverse kasten met planken van blank hout. Aan de muren en op de planken hingen of lagen visnetten, touw, allerlei soorten stormlantaarns, kreeftennetten van gelakt hout, zeesterren en in een fles zat een klein zeilschip gevangen.

Lisa zag haar man in elkaar gezakt op de bank naast de open haard zitten. Arthur was diep in slaap. Naast hem stond een driekwart lege whiskyfles.

De tranen sprongen haar in de ogen. Ze had hem niet meer gezien sinds de dood van Benjamin en Sophia. Hij was tien kilo lichter, onherkenbaar met zijn lange, ongekamde haar, een gezicht met een onverzorgde baard, zijn holle ogen en donkere wallen.

Op het ruwhouten bureau zag ze de oude schrijfmachine staan die Sullivan zijn kleinzoon op zijn vijftiende verjaardag had gegeven: een Olivetti Lettera met een kap van lichtblauw aluminium.

Dat die daar stond, intrigeerde haar, want Arthur schreef zijn romans al heel lang niet meer op een schrijfmachine. Ze draaide het papier door om het vel eruit te halen.

2015
De vierentwintigste dag

Nacht. Niets. Dat was zijn horizon.
Hij was alleen.
Alleen zijn heeft een synoniem: dood.
Victor Hugo.

0
Ik open mijn ogen.
Ik

Daar stopte de tekst. Ze begreep er de zin niet van. Toen zag ze een dikke stapel papier naast de machine liggen. Met trillende handen pakte ze het manuscript en las de eerste regels.

De geschiedenis van onze angsten

1971
'Wees niet bang, Arthur. Springen! Ik vang je op.'
'Weet je... weet je het zeker, papa?'
Ik ben vijf jaar oud. Mijn benen bungelen over de rand van de bovenste matras van het stapelbed dat ik met mijn broer deel. Met opengespreide armen kijkt mijn vader mij met een vriendelijke blik aan.
'Vooruit dan, jongen!'
'Maar ik ben bang...'

Nog geen tien regels en Lisa huilde al. Ze ging in de rotanstoel zitten die achter de werktafel stond en las verder.

Enkele uren later, toen ze bij de laatste regel was aangekomen, waren Lisa's ogen rood en had ze een brok in haar keel. Deze roman was een allegorie van hun verleden. In driehonderd pagina's had ze de film van haar leven voorbij zien trekken. Eerst haar ontmoeting met Arthur in het New York van het begin van de jaren negentig van de vorige eeuw. Als jonge studente aan de Juilliard School, toen ze in een undergroundbar werkte om haar studie te betalen. Daarna, verfraaid, opgevrolijkt, door elkaar gegooid, zoals het in fictie mag, het plezier en de problemen van hun samenzijn, hun huwelijksreis naar Parijs, de geboortes van Benjamin en Sophia, de reële, maar soms gecompliceerde liefde die ze met zijn vieren hadden gedeeld, het nostalgische voorbijgaan van de tijd en de dagen.

Lisa veegde een traan van haar wang. Al die tijd, tijdens het lezen, had ze het schuldgevoel en de wroeging van Arthur gedeeld, gevoelens die even levendig en ondraaglijk waren als de hare. Al lezend had zich een band tussen hen ontwikkeld en nu voelde ze spijt dat ze hem had belast met de verantwoordelijkheid van het ongeluk.

Toen ze opkeek, scheen de zon door het grote raam naar binnen en zette de kamer in een amberkleurig licht. Arthur, die nog steeds op de bank lag, slaakte een zucht en opende zijn ogen.

Hij kwam overeind en toen hij zijn vrouw achter zijn bureau zag zitten, bleef hij even onbeweeglijk, verbaasd en versuft zitten, alsof hij een spook of een geestverschijning zag.

'Hallo,' zei Lisa.

'Hoe lang ben je hier al?'

'Ruim twee uur.'

'Waarom heb je me niet wakker gemaakt?'

'Omdat ik je roman heb gelezen.'

Toen hij knikte, rende Remington blaffend naar hem toe en likte zijn hand.

'Het einde ontbreekt nog,' zei ze.

Arthur spreidde zijn armen in een gebaar van gelatenheid. 'Je kent het einde. Je kunt je lot niet ontlopen. We kunnen het onherstelbare niet herstellen. Je kunt niet terug naar het verleden.'

Ze deed een stap naar hem toe.

'Maak de roman niet af, Arthur,' smeekte ze hem op nadrukkelijke toon. 'Laat de kinderen alsjeblieft niet een tweede keer omkomen.'

'Het is slechts fictie,' verdedigde hij zich zwakjes.

'Je kent beter dan ieder ander de macht van fictie. Al die pagina's lang laat je Ben en Sophia herleven. Je laat ons allemaal herleven. Je laat ons ruziemaken. Laat ons niet opnieuw uit elkaar gaan. Breng alles niet binnen een paar regels tot zinken. Als je die roman afmaakt, raak je ons definitief kwijt. Geef jezelf niet opnieuw de schuld. Maak jezelf niet opnieuw verantwoordelijk voor het drama van onze levens.'

Ze liep dichter naar hem toe en ging naast hem bij het raam staan. 'Dat boek, dat is onze pijn, zijn onze geheimen. Toon die niet aan de hele wereld. Dat is precies wat ze verwachten. Iedereen. Niemand zal je boek als een roman lezen. Ze zullen het als gluurders lezen en ze zullen proberen aan elk detail een betekenis toe te wijzen. Ze zullen ons verhaal lezen en er een samenvatting van maken. Maar ons verhaal verdient veel meer dan dat.'

Arthur zette het schuifraam wijd open en liep het stenen terras op, dat boven de oceaan uittorende. Lisa liep mee, de roman onder haar arm geklemd, gevolgd door de labrador, die de in de rots uitgehouwen treden naar het strand afrende.

Lisa legde het manuscript op een houten tafel met afgebladderde verf, die het weer niet ongeschonden had doorstaan. 'Kom mee,' zei ze en ze gaf haar man een hand.

Arthur nam hem in de zijne met een intensiteit waartoe hij zichzelf niet meer in staat had geacht. De warmte van haar huid, de verlatenheid van haar aanraking gaf hem nieuwe kracht, die hij dacht voor altijd te hebben verloren.

Terwijl ze naar de oceaan liepen, zei ze tegen hem: 'We zullen nooit meer met ons vieren zijn, Arthur, maar we kunnen er wel nog voor kiezen met ons tweeën te zijn. We hebben al veel moeten doorstaan. Het ergste wat je kunt bedenken, maar we zijn er nog, voor elkaar. We kunnen zelfs hopen opnieuw een kind te krijgen. Dat hebben we toch altijd al gewild?'

Eerst bleef Arthur zwijgen. Hij liep naast zijn vrouw over de verlaten kust, die zich kilometers ver uitstrekte. De wind was aangewakkerd, de vlagen bliezen koud in hun gezicht, het zilveren schuim van de golven likte aan hun voeten. Lisa en hij genoten van de onstuimigheid van dit landschap. Het woeste aanzien, tijdloos, dat hun vandaag, meer dan ooit, het idee gaf dat ze leefden.

Toen blies een hardere windvlaag het zand op. Arthur draaide zich om en hield zijn handen boven zijn ogen om naar het terras boven op de rotsen te kijken.

Meegedragen op de wind wervelden de pagina's van zijn manuscript door de lucht. Honderden vellen papier vlogen alle kanten op, bleven enkele tellen tussen de meeuwen hangen, voordat ze naar de diepte werden meegedragen of in het natte zand dwarrelden.

Arthur en Lisa keken elkaar aan.

De legende van de vuurtoren was waar: de vierentwintig winden lieten niets achter in hun voorbijgaan, en misschien was dat maar goed ook.

Want het ging om het vervolg van het verhaal.

En ze waren het erover eens dat samen te schrijven.

Met dank

Aan Ingrid.

Aan Édith Leblond, Bernard Fixot en Alain Kouck.

Aan Sylvie Angel en Alexandre Labrosse.

Aan Bruno Barbette, Jean-Paul Campos, Isabelle de Charon, Catherine de Larouzière, Stéphanie Le Foll, Caroline Ripoll, Virginie Plantard, Valérie Taillefer.

Aan Jacques Bartoletti, Pierre Collange, Nadia Volf, Julien Musso en Caroline Lépée.

Verwijzingen

Motto: Stephen King, *Different seasons*, 1982; Proloog: Pablo de Santis, *Crímenes y jardines*, 2013; Françoise Sagan, *Les faux-fuyants*, Julliard 1991; Jean Grosjean; Victor Hugo, *La Fin de Satan*, Hetzel 1886; Ruth Rendell, *The Minotaur*, 2005; Oscar Wilde, *The Picture of Dorian Gray*, 1890; Romain Gary, *Au-delà de cette limite votre ticket n'est plus valable*, Gallimard 1975; Confucius; Laurence Tardieu, *Un temps fou*, Stock 2009; Aldous Huxley, *Texts and Pretexts*, 1932; Augustinus, *Confessiones*; Charles Baudelaire, 'L'horloge', *Les Fleurs du Mal*, Poulet-Malassis 1857; Hermann Hesse, *Das Glasperlenspiel*, 1943; Colum McCann, *Let the Great World Spin*, 2009; Ernest Hemingway, *The Old Man and the Sea*, 1951; Claire Keegan, *Walk the Blue Fields*, 2007; Antoine de Saint-Exupéry, *Terre des hommes*, Gallimard 1939; Gabriel García Márquez, *El amor en los tiempos de cólera*, 1985; François Truffaut, *Les Deux Anglaises et le Continent*, 1971; John Irving, *In One Person*, 2012; Charles Dickens, *Great Expectations*, 1861; citaat van Jorge Luis Borges; Victor Hugo, *L'homme qui rit*, 1869; Stephen King, *It*, 1986; James Sallis, *The Long-Legged Fly*, 1992; William Shakespeare, *Sonnet CXVI*, 1609.

Het grafschrift op het graf van Frank Costello is geïnspireerd op het collectieve grafschrift bij de ingang van het kerkhof van Les Salles-du-Gardon (Gard).